존재하는 것만으로도
힘이 되는 이들에게

박상률 산문집

# 존재하는 것만으로도 힘이 되는 이들에게

외로움을 '힘'으로 바꿔 내는
특별한 거인들의 이야기

특별한서재

공자孔子는 정치를 하게 되면 무엇보다도 이름을 바로잡겠다면서 정명正名을 내세웠다. 정명이란 본질과 외면이 일치하는 것을 의미한다. 불의를 정의라고 불러서는 안 된다. 불의는 불의라 이름 붙이고 정의는 정의라 부르고자 한 것이 정명이다. 사물이든 사람이든 어떤 현상이든 딱 맞는 이름이 붙어 있으면 무엇보다도 '어긋남'이 없다.

그렇다면 내면과 외면이 일치해 굳이 이름이 필요 없는, 존재 자체만으로도 의미가 있는 사람이나 사물은 없을까? 글을 쓰며 살아가는 내내 늘 궁금했고, 편히 기댈 수 있는 언덕 같은 존재들을 갈망했다.

그간 내게 힘이 되어 준 작가들은 시대와 국적을 가리지 않고 여럿 있다. 처음에는 그들의 작품이 좋았지만, 차츰 그들의 삶도 귀감이 되었다. 그래서 나는 자연스럽게 그들의 삶을 글로 남겼다. 이 책의 앞부분에는 내가 좋아하는 작가들의 삶과 작품을 다룬 글을 모았다.

또한 이 산문집에는 동시대를 살아가는 작가들이 작품집을 낼 때 첫 독자로서 쓴 '독후감'도 적지 않게 담겨 있다. 특히 문학을 함께 공부하는 작가들의 작품집에는 길잡이 역할을 하도록 덧붙인 글이 많다. 작품을 거들기 위해 쓴 글이지만, 때로는 글쓴이의 의도와 다를 수도 있다. 하지만 모든 글은 독자에 의해 완성된다는 평소의 지론에 따라, 나를 독자로 상정하고 만용을 부려 보았다.

어떤 문학 행위에 대한 나의 의견을 밝힌 글도 있다. 이는 본격적으로 논쟁한 것이 아니라 나의 바람이나 지론을 소박하게 제시한 것이다.

이 산문집은 편집자 안주영 선생이 아니었다면 빛을 보지 못했을지도 모른다. 안 선생은 어지럽게 흩어진 원고를 잘 갈무리해 계통을 세워 주었으며, 미심쩍은 부분은 일일이 확인해 글에 생명과 활기를 불어넣어 주었다. 존재 자체만으로도 힘이 되는, 내가 기댈 또 한 사람의 편집자이다.

2025년 여름, 無山書齋에서
박상률

# 2장 그리움이 안겨 준 사랑

# 3장 아름다움을 찾는 여정

# 4장 나는 언제나 열아홉 살!

# 나의 거인들

나의
특별한 거인,

마크 트웨인·현진건

　30년 넘게 전업 작가로 살면서 여러 장르의 책을 펴낼 때마다 늘 받는 질문 내지는 반응.

　시집을 내면 어떤 시인에게 영향을 받았느냐고 하고, 소설책을 내면 어떤 소설가를 좋아하느냐고 묻고, 동화책을 내면 어떤 동화 작가를 본받았느냐고 한다. 수필집을 내면 어떤 수필가의 글을 좋아하는가 보다, 하며 넘겨짚고 희곡집을 내면 어떤 연극이 대세라며 단정한다.

　묻는 사람이야 인사치레로 별생각 없이 슬쩍 던지기도 하고 자신의 속내를 물음으로 포장하기도 하지만, 나는 그런 물음에 일일이 대답할 수 없어서 때마다 곤혹스럽다. 애써 답하자면 못 할 것도 없겠지만 굳이 답하지 않는다. 어쩌면 모든 작가에게 영향을 받았는지도 모르기 때문이다. 내가 좋아하지 않는 작가의 영향을 받기도 했을 테니까. 하지만 나는 특정 작가의 문투나 글 엮는 방식을 따르지 않고 나만의 방식으로 글을 쓴다.

그러기에 아이작 뉴턴의 다음 말을 좋아한다.

"내가 다른 사람들보다 더 멀리 바라볼 수 있었다면, 그것은 단지 거인의 어깨 위에 올라서 있었기 때문이다."

뉴턴은 사과가 떨어지는 것을 보고 만유인력의 개념을 떠올렸다고 전해진다. 만유인력은 질량을 가진 모든 물체끼리 서로 끌어당기는 힘이다. 뉴턴은 만유인력의 법칙 외에도 관성의 법칙, 가속도의 법칙, 작용-반작용의 법칙을 정리함으로써 뉴턴 역학의 체계를 세워 근대 과학을 이끌었다. 그러기에 그에게 과학자가 받을 수 있는 최고의 찬사가 쏟아졌다.

지금도 작가로서의 삶을 영위하는 비결(?)을 대자면, 나보다 먼저 글을 쓴 숱한 작가가 있었기 때문이다. 그들의 작품을 이해했든 이해하지 못했든 상관없이 그들 모두 내가 작가로 사는 데에 '거인'이 되어 주었다. 나는 그들이 이룬 결과를 출발점 삼아 그들보다 유리하거나 쉽게 출발할 수 있었다.

작품에 있어서는 특정 작가의 작품을 닮으려 하지 않았지만, 삶에 있어서는 특정 작가의 삶을 닮으려 애썼고 지금도 애쓰고 있다. 국외 작가로는 미국의 마크 트웨인, 국내 작가로는 현진건. 두 사람은 무엇보다도 작품에 충실했다.

마크 트웨인은 "소설에는 그 소설에 적합한 형식이 단 한 가지 존재한다. 그 형식을 찾는 데 실패하면 소설은 빛을 볼 수 없다."라고 말했다. 또 "거의 적합한 단어와 적합한 단어의 차이는 반딧불과 번갯불의 차이이다."라면서 한 문장 한 문장을 허투루 쓰지 않았다.

현진건은 그의 사실적인 작품마다 선명한 묘사는 물론이요, 객관적 표현을 바탕으로 한 반전이나 극적 구성을 사용했다. 그래서 그의 작품은 세월이 흘러도 낡은 느낌을 주지 않는다.

그런데 거기에만 머물렀다면, 다른 작가와 그다지 차별성이 없을 터. 형편없는 삶을 산 작가도 작품에는 열심히 매달린 경우가 많기 때문이다. 하지만 두 사람은 작품에만 그치지 않았다. 무엇보다 제국주의의 침략을 싫어했다.

마크 트웨인은 인종 차별에 반대해서 친노예제를 주창한 남부 연맹군에 참여했다가 2주 만에 탈영하기도 했다. 손기정 선수는 1936년 베를린 올림픽에서 일장기를 가슴에 달고 마라톤에서 우승했다. 현진건은 이 소식을 신문에 보도할 때 손기정 선수의 사진에서 일장기를 지우는 일에 관여했다. 이 사건으로 〈동아일보〉 사회부장이었던 그는 구속되어 감옥살이해야 했다.

마크 트웨인의 사회의식은 백 년 전쟁에서 활약한 잔 다르크와 드레퓌스 사건을 고발한 에밀 졸라를 칭송하면서 한 말에도 나타난다. 그는 군인과 성직자 같은 겁쟁이, 위선자, 아첨꾼은 1년에도 100만 명씩 태어나지만, 잔 다르크에 이어 에밀 졸라 같은 인물은 태어나는 데 거의 5세기가 걸렸다고 했다.

마크 트웨인은 미국의 정치 현실을 재미있게 비판하기도 했다. 그가 "모든 미국 정치가는 개자식이다."라고 하자 항의가 빗발쳤다. 그러자 그는 "어떤 미국 정치가는 개자식이 아니다."라고 수정해 반박을 못 하게 했다. 그의 말은 지금 대한민국 정치 현실에도 여전히 맞다.

두 사람이 내게 준 또 하나의 감동은 아내를 대하는 태도이다. 마크 트웨인의 아내는 오랫동안 아팠지만, 두 사람은 평생 해로했다. 마크 트웨인은 아내가 앓다가 잠들면 새들에게 '아내가 겨우 잠들었으니 다른 데로 가서 지저귀었으면 좋겠다.'라는 내용의 호소문(?)을 내걸었다.

현진건도 당시 다른 지식인들과는 달리 어린 나이에 결혼한 아내와 평생 해로했다. 자신과 달리 아내는 신학문을 익히지 않았지만 아랑곳하지 않았다. 현진건의 자전적 체험이 담긴 소설 「술 권하는 사회」에서 아내는 매일 술을 마시고 밤늦게 들어오는 남편에게 누가 술을 마시게 했느냐고 묻고, 남편은 사회가 술을 마시게 한다고 대답한다. 하지만 아내는 '사회'라는 말을 이해하지 못한다. 그래도 두 사람의 사이는 어긋나지 않았다.

또 두 사람의 인생에 끼어든 해학적인 장면이 가슴 아프면서도 웃게 만든다. 나는 그들의 작품에 자연스레 반영된 웃음과 슬픔이 좋다.

골초였던 마크 트웨인은 결혼하기 전 처가에 잘 보여서 청혼에 성공하기 위해 담배는 잠자리에 들기 전 한 대만 피우기로 했다. 하지만 금단 현상이 생기자 자신만의 특별한 크기로 시가를 주문하고는 "한 달 후 내 시가는 목발로 사용할 수 있을 정도로 커졌다."라며 너스레를 떨었다.

현진건은 일장기 말소 사건으로 감옥살이를 한 후 〈동아일보〉에서 쫓겨나 생계를 위해 자하문 밖 세검정 근처에서 닭을 키우기 시작했다. 하지만 술친구들이 찾아와 닭을 안주로 잡아먹는 바람에 닭이 점점 줄어들어 하는 수 없이 양계를 그만두었다. 웃어야 할지 울어야 할지······.

헤밍웨이는 미국의 현대 문학은 마크 트웨인의 『허클베리 핀의 모험The Adventures of Huckleberry Finn』에서 비롯되었다 했고, 윌리엄 포크너는 마크 트웨인을 '미국 문학의 아버지'라고 일컬었다.

현진건은 조화로운 구성과 치밀하고 섬세하며 사실주의적인 문장으로 '한국의 안톤 체호프'라 불릴 만큼 단편 소설에서 두각을 나타냈다. 20여 년에 불과한 짧은 작가 생활 동안에 쓴 20여 편의 소설이 시간의 무게를 이기고 지금도 읽힌다는 사실이 경이롭다.

　문단에 나오기 전이든 후이든 두 사람의 삶이 내 작가 생활에 미친 영향은 크다. 물론 문학에서나 삶에서나 그들을 따라가기는 쉽지 않다. 하지만 그들이 있어 나도 작가라는 신분으로 살 수 있다.

　그들은 내게 특별한 거인이다. 나는 그들의 어깨 위에 올라서서 세상을 두루 살핀다. 그리고 알맞은 장르를 택해 글을 쓸 뿐이다.

# 힘이 되는 외로움과
## 고립감,

### 서머싯 몸

　바다를 사이에 두고 육지와 떨어져 있는 '섬'이라는 땅. 그곳에 사는 사람들은 '고립감'을 느낀다. 단지 육지에 붙어 있지 않다는 이유만으로 그렇다. 육지에 사는 사람들이 고립감을 덜 느끼는 것은 아니지만, 섬에 사는 사람들이 느끼는 고립감과는 비교가 안 된다.

　내 고향 진도도 섬이다. 물리적으로는 육지와 연결된 다리가 놓인 지 수십 년이 지났지만, 심리적 고립감은 어쩔 수 없다. 어렸을 때 육지를 잇는 다리가 없을 때도 그랬지만, 다리를 자동차로 건너서 쉽게 오가는 지금도 마찬가지이다. '진도대교'를 건너 진도로 들어서는 순간, 다른 세상으로 들어가는 기분이 든다. 섬은 외롭고, 그곳에 들어가면 고립감을 느끼기 때문이다.

그런데 이러한 외로움과 고립감이 오히려 '힘'이 되는 경우가 있다. 그래서 서머싯 몸의 소설 『달과 6펜스The Moon and Sixpence』의 주인공 찰스 스트릭랜드도 타히티섬으로 갔다. 그곳의 외로움과 고립감이 오히려 그림에 대한 창작열을 불태웠다.

영국의 소설가 서머싯 몸의 이름을 처음 들은 것은 고등학생 때였다. 그의 작품이 영어 공부에 도움이 된다는 영어 교사와 선배들의 권유 때문에⋯⋯. 그들이 가장 많이 권한 서머싯 몸의 작품은 『서밍 업The Summing Up』이었다. 우리 또래는 당연히 『서밍 업』에 이어 『인간의 굴레에서Of Human Bondage』와 『달과 6펜스』를 읽어야 하는 줄로 알고 학창 시절을 보냈다.

서머싯 몸은 프랑스의 후기 인상파 화가 폴 고갱의 삶에서 영감을 받아 1919년 『달과 6펜스』를 발표했다. 이 소설은 돈과 물질의 세계를 상징하는 '6펜스'를 버리고 문명과는 동떨어진 이상적 세계를 상징하는 '달'로 달아난 한 중년 남성에 대한 보고서이다.

지금은 서머싯 몸이 『달과 6펜스』를 발표하던 시기와 비교할 수 없을 정도로 물질문명이 발달했다. 하지만 그만큼 삶의 질도 높아졌는지는 의문이다. 서머싯 몸이 『달과 6펜스』를 발표할 무렵에도 사람들은 물질문명에 질려 정신을 고양하는 것을 찾았다.

'6펜스'는 당시 영국의 은화로 가장 낮은 가치를 나타냈다. 그런데도 서머싯 몸은 이것을 물질문명과 규범을 상징하는 대상으로 삼았다. 어쩌면 가장 낮은 단위를 나타내는 동전에 인간의 욕망을 투영했는지도 모른다. 반면 '달'은 이상과 열정을 상징한다. 달은 만질 수 없고 멀리 있기에 더더욱 사람들이 선망하는 대상이다. 나아가 열정과 감성의 대상이며, 때로는 광기의 대상이기도 하다.

'달'과 '6펜스'는 둘 다 둥글지만 상징하는 바는 너무나 다르다. 서머싯 몸은 절묘하게 이 둘을 한 제목으로 엮었다. 그래서 『달과 6펜스』는 인간 내면에 자리 잡은 두 가지 본능의 다른 모습을 잘 보여 준다.

『달과 6펜스』의 주인공 찰스 스트릭랜드는 인간이란 무엇이며, 인간은 어떻게 살아야 하는지를 적나라하게 보여 준다. 이 세상의 모든 종교와 철학, 문학은 '인간'에 대해 질문하고 나름대로 답을 제시해 준다. 하지만 '인간'은 여전히 알 수 없는 존재이다. 어쩌면 찰스 스트릭랜드도 사람들에게 질문했는지 모른다. 나처럼 살 수 있느냐고.

아내와 두 자녀를 둔 평범한 중년 남성이자 주식 중개인인 찰스 스트릭랜드는 어느 날 갑자기 아무런 말도 없이 영국 런던에서 프랑스 파리로 가 버린다. 이야기는 여기에서 시작된다.

스트릭랜드의 아내는 남편이 갑자기 사라져서 어이없다. 남편은 한마디 의논도 하지 않았고 어떤 귀띔도 없었다. 두 사람 사이에는 잘 자라난 아이도 둘이나 있었다. 남편의 외도를 의심하던 아내는 지인인 '나'에게 남편이 돌아오도록 설득해 달라고 부탁한다.

그래서 '나'는 파리의 한 호텔에서 스트릭랜드를 만난다. 하지만 예상과는 달리 그는 다른 여자와 달아난 것이 아니다. 남루한 차림과 몇 개의 화구가 그의 현재를 이야기해 준다. 스트릭랜드는 영국의 가족에게 돌아가지 않을 것이며, 앞으로 그림을 그리며 살겠다고 한다. 그는 말한다. "그림을 그리지 않고는 못 견디겠소. 물에 빠진 사람은 수영을 잘하건 못하건 허우적거리며 무작정 헤엄을 쳐서 물에서 나오는 게 중요하오. 그러지 않으면 물에 빠져 죽을 수밖에 없기 때문이오." 이 말에 스트릭랜드의 각오가 다 들어 있다. '나'는 스트릭랜드가 자신도 어찌할 수 없는 힘에 사로잡혀 있음을 깨닫고 영국으로 돌아간다.

하지만 평범했던 스트릭랜드가 그런 예술적인 열정에 사로잡혀 있다는 것을 아내는 물론 처가 식구 아무도 이해하지 못한다. 그들은 그가 평범한 남편이자 아이들의 아버지로 다시 돌아오기를 바랄 뿐이다. 이에 대해 스트릭랜드는 뻔뻔할 정도이다!

스트릭랜드의 뻔뻔함은 '가출'에만 그치지 않는다. 스트릭랜드가 파리에서 화가 활동을 하는 동안 그의 재능을 알아본 화가 더크 스트로브는 그를 아낌없이 지원한다. 하지만 스트릭랜드는 스트로브를 고맙게 여기기는커녕 그를 경멸한다. 그런데도 스트로브는 스트릭랜드가 병에 걸리자 자기 집에 있게 하며, 그의 아내 블란치는 스트릭랜드 그림의 모델이 되어 주기도 한다. 블란치는 처음에는 스트릭랜드에게 거부감을 보였지만, 결국 그를 사랑하게 된다. 하지만 스트릭랜드의 냉담한 태도에 절망한 블란치는 자살하고 만다.

세월이 흘러 스트릭랜드는 창작의 영감을 좇아 파리를 떠나기로 한다. 그는 남태평양의 타히티섬을 자기 영혼의 고향으로 여기고 그곳으로 가서 산다. 타히티섬은 태초의 자연이 남아 있는 곳이다. 스트릭랜드는 이곳에서 원주민 여자 아타를 아내로 맞아들인 뒤 더욱 그림에 몰두한다. 그는 이미 광기에 휩싸인 듯이 보인다. 스트릭랜드의 광기는 그의 생애에서 마지막 그림인 벽화를 그리게 하고 나병에 걸리게도 한다.

우리 현실은 소설과 다르다. 우리는 쉽게 어디로 떠나지 못한다. 더더구나 스트릭랜드처럼 모든 것을 버리고 자기가 원하는 것을 찾아서 가지 못한다. 하지만 가끔은 스트릭랜드의 예술가적 기질이 우리가 추구하는 진짜 모습이 아닐까 하는 생각이 든다.

『달과 6펜스』는 '6펜스'라는 속물적인 삶을 살고 있는 현대인들에게 '달'의 관능과 이상, 혹은 광기의 삶을 살다 간 한 남성에 대해 말하는 보고서이다. 이 보고서는 친절하지 않다. 서머싯 몸은 냉정하고 절제된 문장으로 담담하게 보고한다. 하지만 화가 고갱의 전기인 것만은 아니다. 단지 고갱으로부터 일부 소재를 얻었을 뿐이다.

이 작품은 어쩌면 서머싯 몸의 예술론이자 인생론인지도 모른다. 글쓰기와 작가에 대한 그의 생각, 그리고 세상과 인생에 대한 성찰이 담겨 있어 영어 교사들이 자신 있게(?) 학생들에게 권했는지도…….

일반적 기준으로 보면 스트릭랜드는 '미치광이'이자 '이기주의자'이다. 17년간이나 같이 산 아내를 헌신짝처럼 쉽게 버리고도 아무런 부담을 느끼지 않고, 자신을 돌봐 준 친구의 호의를 무시하고, 게다가 친구의 아내까지 자살에 이르게 하고도 아무런 양심의 가책을 느끼지 않는다. 하지만 그의 '인품'과는 별개로 귀신이나 악마에 쐰 듯 그림에 몰두하는 그의 모습을 보면서 예술의 본질에 대해 다시 생각하게 된다.

스트릭랜드는 아타와 결혼했기에 생애에서 가장 행복한 3년을 보냈다고 할 수 있다. 아타의 집은 섬을 빙 둘러 나 있는 도로에서 8킬로미터가량 떨어진 곳에 있었다. 스트릭랜드가 물고기를 잡아 오면 아타는 그것을 야자 기름에 튀겼다. 그러면서 스트릭랜드는 몇 주일이고 사람을 구경하지 않고 그림을 그리거나 책을 읽을 수 있었다. 그사이 아타는 아이를 낳았다. 스트릭랜드가 그림을 '생산'했듯이!

섬은 다시 태어나게 하는 곳이다. 생산하게 하는 곳이다. 스트릭랜드는 타히티섬에서 다시 태어나 그림을 미친 듯이 그렸다. 나병에 걸려 죽을 때까지 그림을 그렸다. 마지막에는 눈까지 멀었지만, 그는 보이지 않는 눈으로 자신의 그림을 계속 바라보았다. 어쩌면 그는 그 순간 자신이 평생 보았던 것보다 더 많은 것을 보았는지도 모른다.

『달과 6펜스』는 서머싯 몸을 세계에 널리 알린 작품이기도 하다. 제1차 세계 대전의 참상을 겪은 독자들은 이 작품에 깊이 공감했다. 전쟁을 통해 인간 세계에 염증을 느끼고 있던 독자들에게 순수의 세계가 무엇인지를 보여 주었기 때문이다. 그래서 스트릭랜드의 기묘한(?) 행위도 예술과 순수에 대한 지고지순한 열정으로 이해할 수 있었다.

타히티섬은 문명에 오염되지 않은 순수의 세계이기에 스트릭랜드에게 딱 알맞은 곳이다. 억압된 현실에서 벗어나 자유로운 예술혼을 불태우며 살고자 하는 스트릭랜드에게는 낙원이다. 그는 그곳에서 마음껏 그림을 그리고 자유와 열정을 불태운 대가로 나병에 걸리고 눈까지 멀지만, 죽는 순간까지 자신의 욕망대로 살았다. 그가 부럽다.

# 산문적인
## 삶,

### 한용운

　한용운이라는 이름을 들으면 많은 사람이 시 「님의 침묵」을 떠올릴 것이다. 한용운은 평생 시집을 한 권밖에 펴내지 않았다. 하지만 그 시들이 내뿜는 문학적 향취가 짙어 한 권만으로도 충분히 문학의 정수를 내보였다.

　시집 『님의 침묵』에 실려 있는 대부분 시는 산문시이다. 그가 쓴 한시나 시집에 실리지 않은 다른 시를 보면 운문시가 있으나, 그런 시보다는 산문시가 훨씬 더 '한용운'답다. 이런 관점으로 보자면 한용운의 삶도 곧 산문적으로 보인다.

　한 사람의 삶을 산문적 또는 운문적으로 나눈다는 것이 마땅한 일도 아니고 쉬운 일도 아니다. 그렇지만 한용운의 삶을 굳이 산문적이라고 하는 것은 그의 평생이 자기 갱신, 비판, 저항의 연속이었기 때문이다.

두루 알다시피 산문은 어떤 목적을 이루기 위해 언어를 도구로 사용한다. 어떤 사실이나 정보, 상황 등을 전달하기 위해 언어를 사용하며, 그때 언어는 설명하거나 의미를 확산하는 역할을 한다. 독자는 언어의 사전적·문맥적 의미를 살펴 글쓴이의 주장을 이해하거나 비판한다. 글쓴이는 독자의 이해를 돕기 위해 가능한 한 객관적으로 서술한다. 그 설득의 과정에서 곧잘 어떤 사실을 비판하기도 한다. 그래서 산문정신이라 하는 말을 쓴다. 산문정신은 세계를 객관화해 비판하는 데 언어를 최대한 동원하는 것이다.

반면 시는 언어를 도구로 사용하는 산문과 달리 언어 자체에 의미가 담겨 있다. 그래서 산문에 비해 비실용적이기도 하다. 일상의 의사소통 도구로 언어를 사용하지 않는다. 언어 자체에 시인의 속내와 정서가 포함되어 있기에 시인의 주관적인 인식이 담길 수밖에 없다. 또한 시는 압축과 생략의 과정을 거치면서 자연스레 운율이 이루어진다.

한용운이 산문정신으로 살았다고 하는 이유는 그가 세계와 대립하며 현실의 모순을 깨려고 애썼기 때문이다. 산문정신의 핵심은 세계와 대립하지, 적당히 타협하는 것이 아니다. 물론 시에서도 세계가 중요하다. 하지만 시정신은 세계와 대립한다기보다는 세계를 시인의 안으로 끌어들인다. 이른바 세계의 자아화이다. 이때 역지사지易地思之하는 공감 능력이 생긴다.

산문정신과 시정신 중 어느 하나가 더 우월한 것은 아니다. 다만 한 사람의 생을 두고 볼 때 어떤 것이 더 도드라져 보이는가 하는 문제일 뿐이다. 이런 점에서 한용운은 삶은 물론 시에서까지 산문정신이 더 드러난다고 할 수 있다.

널리 알려진 바와 같이 한용운은 3·1 운동의 시작인 「기미 독립 선언서」에 공약 삼장을 추가했다. 최남선이 작성한 초안은 만연체에다 현학적이어서 대중을 하나로 묶기에는 부족한 점이 있었다. 그래서 한용운이 공약 삼장을 추가 작성했다.

공약 삼장에서 가장 중요한 점은 '최후의 1인, 최후의 1각'까지 자주독립한다는 의지의 표현일 것이다. 나중에 재판정에서 취조와 심문을 받을 때 일제의 주구들은 이 대목을 들이대며 내란죄 내지는 선동죄로 몰아 조선의 독립운동에 '폭동' 이미지를 얹으려 했지만, 한용운은 줄기차게 폭력을 배제한 평화적인 독립운동임을 강조했다.

한용운은 감옥 안에서 일제의 패망을 예측하며, '자유는 만물의 생명이요, 평화는 인생의 행복이다. 그러므로 자유가 없는 사람은 시체와 같고, 평화를 잃은 사람은 가장 큰 고통을 겪는다.'라는 내용을 골자로 하는 「조선 독립의 서」를 썼다. 그의 독립운동은 두말할 필요 없이 자유와 평화를 추구한 것이었다.

일제의 간악함이 극심해지면서 「기미 독립 선언서」 초안을 작성했던 최남선까지 변절해, 일본과 조선의 조상은 같은 뿌리 운운하는 친일파가 되었다. 한용운은 그런 최남선을 어떻게 대했을까?

어느 날 한용운은 길에서 최남선을 만났다. 최남선이 아는 체하며 반가워했지만, 한용운은 말없이 그냥 지나쳤다. 그러자 최남선이 뒤쫓아 가 한용운에게 자신이 최남선이라는 것을 재차 말했다. 하지만 한용운의 반응은 싸늘했다.

"최남선이요? 이미 몇 년 전에 장례 치른 사람이구먼요!"

최남선은 싸늘한 말을 내뱉고 가는 한용운의 뒷모습만 바라보고 서 있어야 했다.

한용운의 지조와 꼿꼿함은 추상같이 엄했다. 하지만 시에서는 가을 서릿발 같은 차가움을 안으로 삼키며 겉으로는 나긋나긋하게 말했다.


당신은 해당화 피기 전에 오신다고 하였습니다. 봄은 벌써 늦었습니다.

봄이 오기 전에는 어서 오기를 바랐더니 봄이 오고 보니 너무 일찍 왔나 두려워합니다.

철모르는 아이들은 뒷동산에 해당화가 피었다고 다투어 말하기로 듣고도 못 들은 체하였더니

야속한 봄바람은 나는 꽃을 불어서 경대 위에 놓입니다그려.

시름없이 꽃을 주워서 입술에 대고 "너는 언제 피었니?" 하고 물었습니다.

꽃은 말도 없이 나의 눈물에 비쳐서 둘도 되고 셋도 됩니다.

-한용운, 「해당화」 전문

『님의 침묵』에 실려 있는 대부분 시가 이처럼 '나긋나긋'해서 언뜻 보면 연시 같다. 하지만 한 꺼풀 벗기고 들어가면 속에 향기를 간직한 매화 같다. 특히 『님의 침묵』 앞자리에 놓은 「군말」을 보면 한용운의 삶과 문학에 대한 태도를 엿볼 수 있다.

님만 님이 아니라 기룬 것은 다 님이다. 중생이 석가의 님이라면 철학은 칸트의 님이다. 장미화의 님이 봄비라면 마시니의 님은 이태리다. 님은 내가 사랑할 뿐 아니라 나를 사랑하나니라.

연애가 자유라면 님도 자유일 것이다. 그러나 너희는 이름 좋은 자유에 알뜰한 구속을 받지 않느냐. 너에게도 님이

있느냐. 있다면 님이 아니라 너의 그림자니라.

　　나는 해 저문 벌판에서 돌아가는 길을 잃고 헤매는 어린
양이 기루어서 이 시를 쓴다.
　　-한용운, 「군말」 전문

　　한용운에게 '님'은 조선 독립이며, 그의 신앙인 불교의 교조
석가모니이며, 그가 사랑하는 뭇사람이었다. 그는 평생 '님'을
추구하는 삶을 살았다. 그러기에 조선 독립을 위해 온갖 고초
를 이겨 냈으며, 불교의 쇄신안을 내며 고군분투했으며, 시와
수필과 에세이 등을 통해 자신의 속내와 정서를 토해 냈다.
　　한용운에게 독립운동과 신앙생활, 문학은 분리된 것이 아니
라 하나로 묶였다. 그는 극심한 고통에도 굴하지 않으며 저항
하고, 투쟁하고, 갱신했다. 그러면서 자신만의 인간상을 만들
어 냈다. 그의 일관된 태도는 누구도 쉽게 넘볼 수 없는 도저
한 산문정신이었으며, '님'은 그가 자나 깨나 놓치지 않는 화두
였다.

# 풀,
# 너는 누구냐?

## 함석헌·조기조·김수영

1980년 5·18 광주민중항쟁을 다룬 영화 〈택시 운전사〉에서 주인공 김만섭이 흥얼거리는 가수 조용필의 노래 〈단발머리〉. 이 노래에는 "비에 젖은 풀잎처럼 단발머리 곱게 빗은 그 소녀."라는 구절이 나온다. 단발머리를 곱게 빗은 모습이 비에 젖은 풀잎처럼 보인다. 일반적으로 풀잎은 여리고 청순한 이미지로 나타난다. 더구나 비에 젖어 머리에 단정하게 착 달라붙은 모습은 더욱 청초할 터. 그래서 비극을 다룬 영화에 쓰인 듯하다. 단지 노래가 유행하던 그 시절을 나타낸 것 이상으로……

일찍이 함석헌은 「할 말이 있다」라는 글에서 자신은 아무것도 못 되는 사람이라 했다. 그저 사람일 뿐이라 했다. 그런데 함석헌이 이르는 사람은 민중이다. 그는 민民은 민초民草라며,

풀 같은 것이라고 했다.

나는 풀이다. 들에 가도 있는 풀, 산에 가도 있는 풀, 동
양에도 있는 풀, 서양에도 있는 풀, 옛날도 그 풀, 지금도 그
풀, 이담에도 영원히 그 풀일 풀, (…) 나는 사람 중의 풀이
지, 아름드리나무도, 나는 새도, 달리는 짐승도, 버러지도,
고기도 아니다. 내가 썩어 그 나무가 있고 내가 먹혀 그 노
래, 그 깃, 그 날뜀이 있건만, 언제 그렇다는 소리 한마디도
하지 않더라. 그래도 또 먹히고 또 썩는 나지 마다하지 않는
다. 나는 흙을 먹고 살아 남의 밥이 될지언정 누구를 내 밥으
로 하지는 않는다. 모든 생명의 밑에 깔렸건만 또 아무리 잘
나고 아름답고 날고 긴다 하던 놈도 내 거름으로 돌아오지
않는 놈도 없더라. (…) 밟아도 밟아도 사는 풀, 베어도 베어
도 또 돋아나는 풀, 너는 무한의 노래 아니냐? 다 죽었다가
도 봄만 오면 또 나는 풀, 심은 이 없이 나는 풀, (…)
　-함석헌, 「할 말이 있다」 부분


함석헌은 자신을 풀에 빗대고 나아가 민중을 풀에 빗대었다.
이 대목에서 조기조의 시 「풀의 기술」이 떠오른다.

어머니가 일흔다섯을 기념하여
목뼈에 나사못을 박고 무릎을 인공 관절로 바꾸고
안식에 들어갔다 기나긴
노동으로부터 해방되었다

어머니가 다스린 땅은 매년 수만 평이 넘었지만
어머니의 소유는 집터 포함 삼백 평이었다
이제 어머니의 안식과 함께
그 땅도 휴식 중이다

휴식 중인 땅은 곡식 대신 풀을 기른다
어머니는 안식으로 풀을 기른다
풀을 기르며 풀에 대하여
이런 이야기 하나를 들려준다

풀처럼 살아라
내가 이기지 못한 것은 저 풀밖에 없다.
-조기조, 「풀의 기술」 전문


평생 땅 농사를 짓다 보니 몸 여기저기가 망가져 이제는 농사를 못 짓는 조기조의 어머니. 그 어머니가 아들에게 풀처럼 살아가라고 한다. 자신이 평생 이기지 못한 것은 풀뿐이라고…… 그도 그럴 것이 논농사든 밭농사든 일단은 잡초와의 싸움이다. 풀은 매고 돌아서면 뒷날 또 자라나 있다. 그래서 함석헌은 "베어도 베어도 또 돋아나는 풀", "심은 이 없이 나는 풀"이라 했고, 조기조의 어머니는 자식에게 풀처럼 살라고 했을 것이다. 끈질긴 생명력이 감탄스러웠을 터.

　연약해 보이지만 끈질긴 풀의 생명력. 그래서 풀은 종종 민중을 상징한다. 김수영이 노래한 풀도 이런 의미로 많이 해석한다. 그의 의도는 어땠는지 모르지만.


　　풀이 눕는다
　　비를 몰아오는 동풍에 나부껴
　　풀은 눕고
　　드디어 울었다
　　날이 흐려서 더 울다가
　　다시 누웠다

　　풀이 눕는다
　　바람보다도 더 빨리 눕는다

바람보다도 더 빨리 울고
바람보다 먼저 일어난다

날이 흐리고 풀이 눕는다
발목까지
발밑까지 눕는다
바람보다 늦게 누워도
바람보다 먼저 일어나고
바람보다 늦게 울어도
바람보다 먼저 웃는다
날이 흐리고 풀뿌리가 눕는다
-김수영, 「풀」 전문

"빠른 바람에 굳센 풀을 안다."라는 속담이 있다. 그렇다면 김수영의 시에 등장하는 풀은 굳센 풀일까? 시 속의 풀은 눕기를 가장 잘한다. 비를 몰고 오는 동풍에 눕고, 울다가 다시 눕는다. 바람보다 빨리 눕고, 바람보다 빨리 울고, 바람보다 먼저 일어난다. 그런가 하면 "바람보다 늦게 울어도/바람보다 먼저 웃는다". 풀에 대해 할 수 있는 말이 다 들어 있다. 굳세면서도 연약하고, 연약하면서도 굳센 풀.

그래서 풀은 곧잘 보통 사람을 이르는 '민초'가 되기도 한다. 힘없는 민초는 이리저리 치이면서도 목숨을 부지해야 한다. 민초는 거대한 존재가 아니다. 풀처럼 사나운 바람이 불면 눕는다. 하지만 사나운 바람보다 먼저 일어나기도 한다. 풀은 결코 나약하지만은 않다. 그렇다면 민초는 힘이 세다!

# 문단의 자리는
# 임자가 없다,

## 이태준

　문학의 도구는 언어이다. 언어 가운데에서도 문자 언어를 통해 작품을 형상화한다. 구술 시대에는 이야기를 음성 언어, 즉 말에 실어 퍼뜨렸다. 그래서 음유 시인도 생겨났으리라. 하지만 지금은 '문학' 하면 문자로 기록된 것을 의미한다.

　상허 이태준은 무엇보다도 문학의 도구가 문자 언어라는 것을 의식했던 작가이다. '언어의 연금술사'로 일컬어지던 시인 정지용도 이태준의 적확하고 매끄러운 문장을 높이 샀다. 그래서 1930년대 문단에서는 '지용의 운문, 상허의 산문'이라는 말이 당연한 듯 떠돌았다.

　적확하고 매끄러운 문장에 대한 이태준의 태도는 『문장강화』라는 글쓰기 교본으로 이어졌다. 『문장강화』는 〈문장〉 연재가 끝난 뒤인 1940년에 단행본으로 처음 나왔고, 광복 이후에 다시 새롭게 나왔다. 이 책은 우리말과 글에 대한 욕구가 컸던 당시 상황에서 많은 독자의 사랑을 받았다. 하지만 이태준이 월북한 까닭에 이후 40여 년 동안 햇빛을 보지 못했다.

1988년 월북 작가들의 작품이 해금되면서 『문장강화』가 재출간되었다. 이후 37년이 흐르는 동안 출간된, 웬만한 글쓰기 교본 책들이 『문장강화』를 뛰어넘지 못했다. 이는 이태준이 『문장강화』에서 '웬만한' 점을 다 다룬 것이 유용하기도 하지만, 무엇보다도 예문을 풍부하게 들어 쉽게 설명했기 때문이다. 그가 든 예문은 많은 책을 읽고 그것을 잘 기억하는 그의 박람강기博覽強記한 독서 편력이 없었으면 불가능한 일이다.

이태준은 어릴 때 고아가 되어 친척 집에서 보통학교를 다녔다. 그는 학교를 졸업한 후 자기 세상은 자기 손으로 개척해야 한다고 생각해 단단히 마음먹고 고향 철원을 떠난다. 그 이후의 삶은 지난하기 짝이 없었다. 그는 고학하며 상급 학교에 다니고 일본 유학도 가지만, 학업을 제대로 끝마칠 수는 없었다.

이태준이 '문학의 힘'을 느꼈던 가장 큰 사건은 휘문고보 도서관에서 일어났다. 그는 도서관에서 빅토르 위고의 『레 미제라블Les Misérables』을 읽었다. 그는 장 발장이 아버지 없이 추위에 떨며 굶주리는 조카들 때문에 괴로워하는 모습과, 사생아 코제

트가 남의 집에서 구박받으며 자라는 모습에 자신의 과거가 떠올라 콧날이 시큰해지며 '문필의 힘은 위대하구나.'라는 감동을 받았다.

공자는 배움을 얻는 단계에 따라 사람들을 네 가지 유형으로 분류했다. 태어날 때부터 아는 사람生而知之者, 배우면 아는 사람學而知之者, 어려움을 겪고 나서 배우는 사람困而學之者, 어려움을 겪고도 배우지 않는 사람困而不學者이다. 이 분류에 따르면 이태준은 어렵게 배워도 끝내 모르는 답답한 사람이 아니었다. 그는 타고난 문재도 있었지만生而知之者 배우면 아는 사람學而知之者이었다. 그래서 고학과 독학으로 점철된 문학적인 삶을 꾸릴 수 있었으리라. 자세히 들여다보면 그는 문학에 있어 타고났다기보다는 배우면 아는 쪽에 가까운 사람이었다. 이는 그의 초기 문장은 평범했지만 해가 갈수록 문장이 좋아진 것을 보면 알 수 있다.

이태준은 어쩌면 문학 작품은 형상화보다는 문장이 우선이라는 생각을 했는지도 모른다. 그래서인지 그의 대부분 소설은 얼개가 복잡하지 않아 독자가 머리를 싸맬 필요가 없다. 그의 소설을 읽을 때는 그저 술술 읽히는 문장을 따라가기만 하면 된다. 다 읽고 나면 구성이 복잡한 소설을 읽었다기보다는 손에 잡힐 듯한 수필을 읽은 느낌이 드는 경우가 많다. 어찌 보면 소설도 수필처럼 썼다고 할 수 있다. 이렇게 할 수 있었던 것은 그의 문장력 덕분이었을 터!

이태준은 활동할 당시에 '단편 소설의 완성자'라는 말을 곧잘 들었다. 그의 소설에는 이웃에 사는 사람처럼 평범한 서민들의 삶의 애환이 잘 그려져 있다. 특히 자전적 모습이 엿보이는 소설은 잘 쓰인 수필 같다. 반면 짧은 수필도 잘 짜인 소설 같은 것이 많다. 소설로 만들기 위해 애써 등장인물의 이름을 달아주기는 하지만, 그 이름을 '이태준'으로 바꾸면 글쓴이의 정황이 들어 있는 수필이라 할 만하다. 그렇다면 그는 소설이든 수필이든 같은 산문으로의 정체성을 형식보다 중요시했다는 이야기이다.

이태준의 수필집 『무서록無序錄』은 1941년에 처음 간행되었다. 하지만 그의 월북 때문에 잊혔다가 1988년 월북 작가들 작품이 해금되고 나서야 일반 독자들이 접할 수 있게 되었다.

'무서록'은 말 그대로 '두서없이 적은 기록'이다. 이는 수필을 두고 '무형식의 형식', '붓 가는 대로 적은 글'이라고 하는 의미와 통한다. 『무서록』은 수필집이지만 보통 수필집에 있는 머리말이나 발문이 없다. 오직 '이태준표' 수필 작품만 실려 있다. 이 작품들은 길이도 들쭉날쭉할뿐더러 주제와 소재, 내용도 가지각색이고 천차만별이다. 하지만 어느 글이든 술술 읽힌다. 이는 그의 문장이 물 흐르듯 매끄럽다는 이야기이다.

게다가 전혀 낡았다는 느낌이 들지 않는다. 오래전에 쓴 글이지만 '시간의 무게'를 견뎌 낸 것을 보면 놀라울 뿐이다. 이 놀라움은 어디에서 기인할까? 말할 것도 없이 이태준의 문장 덕분 아닐까? 그가 『무서록』에서 "'내 문장'을 쓰기보다는 될 수만 있으면 '그 작품의 문장'을 써 보고 싶다. 우선은 '그 장면의 문장'부터 써 보려 한다."라고 한 것을 보면 알 수 있지 않을까?

필자의 수필집 『쓴다,,, 또 쓴다』의 주제나 내용도 걷잡을 수 없다. 그런데 이태준의 수필과 비교해 보면 신발을 벗고 맨발로 뛰어도 미치지 못할 만큼 족탈불급足脫不及이다. 내 수필은 횡설수설 내지는 좌충우돌이기에!

이태준은 수필 「册」에서 "책册만은 '책'보다 '册'으로 쓰고 싶다. '책'보다 '册'이 더 아름답고 더 '책'답다."라고 했다. 나는 오래전에 쓴 수필 「책은 册이다」에서 "'册'은 참 절묘하게도 책이라는 '물건'을 닮았다."라고 썼다. 나보다 50년도 넘는 세월 전에 태어난 사람이 책이라는 물건을 보고 받은 느낌이 그럴싸했다. 나도 책을 보고 같은 느낌을 받았다는 것 정도만이 비슷하다고 할 수 있으려나?

이태준이 활동하던 시절에도 지역에 사는 작가들은 서울에 사는 작가들보다 기회가 부족한 것을 탓했던 모양이다. 그래서 그는 수필 「누구를 위해 쓸 것인가」에서 이렇게 썼다. "문단의 자리는 임자가 없다. 좋은 작품을 쓰는 이의 자리다. (…) 예술가는 별과 같아서 나타나는 그 자리가 곧 성좌星座의 일부분이다." 그러면서 "목전에는 독자가 적어도 좋다. 아니, 한 사람도 없어도 슬플 것이 없다. 그 고독은 그 작가의 운명이요, 또 사명이다. 고독하되, 불리하되, 자연自然이 준 자기만을 완성해 나가는 것은 정치가나 실업가實業家는 가져 보지 못하는 예술가만의 영광인 것이다."라며 여론이나 독자의 반응에 너무 예민하게 굴지 말아야 한다고 했다.

지금은 굳이 사는 곳을 따질 필요가 없다. 어디에 살든 오로지 좋은 작품만 쓰면 그만이다. 이태준이 살던 시절과는 비교할 수 없을 정도로 통신이나 교통이 발달했으니, 어디에서든 좋은 작품만 쓰면 독자는 반드시 있다.

하지만 이태준은 수필 「조숙」에서 "좋은 글을 써 보려면 공부도 공부려니와 오래 살아야 될 것 같다."라고 하면서 "적어도 천명을 안다는 50에서부터 60, 70, 100에 이르기까지 그 총명, 고담枯淡의 노경老境 속에서 오래 살아 보고 싶다. 그래서 인생의 깊은 가을을 지나 농익은 능금처럼 인생으로 한번 흠뻑 익어 보고 싶은 것이다早熟."라고 했다. 그랬건만 월북한 뒤 그의 발자취를 잘 알 수 없고 그의 문학 인생은 한반도 이남에서는 42세에 그치고 말았으니, 여러모로 안타까울 뿐…….

# 낡거나
## 어색하게 느껴지지 않는,

백석

정본은 '正本'이며 '定本'이다. '正本'은 원본 또는 원본과 똑같은 것을 이른다. '定本'은 여러 이본異本 중 하나를 표준으로 정한 것을 이른다.

『정본 백석 시집』은 백석 시의 여러 이본을 비교해 원본을 확정하고, 원본의 오류, 즉 오자나 탈자 등을 바로잡기도 했다. 따라서 '定本'이며 동시에 '正本'이라고 할 수 있다.

백석 시에 많은 이본이 존재하는 것은 아니다. 단지 발표 시기와 나중에 수록된 지면에 따라 표기상의 차이나 편집상의 오류가 일부 있을 뿐이다. 『정본 백석 시집』을 엮은 고형진은 처음 발표된 시와 나중에 수록된 지면을 비교 검토한 후 최대한 오류와 차이를 밝혀내 독자들의 이해를 도와준다.

잘 알려진 시 「여우난 곬족」은 〈조광〉에 처음 발표될 때 8연이었지만 시집 『사슴』에 수록될 때는 4연으로 바뀌었고, 이후 『현대조선문학전집』에 수록될 때는 다시 8연으로 바뀌었다. 엮은이는 이러한 개작 과정을 보여 줌으로써 백석의 내면이 어떻게 바뀌는지 들여다보게 했다. 특히 독자가 개작 과정을 자세히 살펴볼 수 있도록 발표 지면마다 달리 수록된 '같은 제목'의 시 전문을 실었다.

「여우난 곬족」의 본문을 살펴보면 낱말과 낱말 사이를 붙이기도 하고 띄어 쓰기도 한 것이 이채롭다. 이는 당시 새로 제정된 맞춤법에 따라 그렇게 한 까닭도 있겠지만, 백석의 내면에 미세하게나마 변화가 있었는지도 모른다. 비슷하면서도 다른 문장을 꼼꼼히 대조해 읽으면서 이런 미세한 차이를 느껴 보는 것도 『정본 백석 시집』 읽기의 재미이다.

이 책의 미덕은 단지 오류를 잡아내는 것에 그치지 않고 백석 시의 특징을 밝혀 주는 데에도 있다.

엮은이는 무엇보다도 먼저 백석 시에 많이 사용된 평안도 방언의 풀이에 공을 들였다. 평안도 출신 사람들의 검토를 통해 방언의 뜻을 최대한 알 수 있게 했다. 또한 평안도 지역의 구체적인 생활을 반영한 백석 시의 올바른 해석을 위해 민속, 지리, 언어 등과 관련한 학자들의 도움을 받아 시의 속뜻을 세밀하게 밝혀냈다.

　백석 시는 시인들이 특히 좋아한다. 그 이유는 시어가 일상적이고 구체적인 생활과 밀접하게 연결되어 있으면서도 낡거나 어색하게 느껴지지 않고 오히려 신선하게 느껴지는, 시인들이 시를 쓸 때마다 염두에 두는 '낯설게 하기'가 자연스레 되어 있기 때문일 것이다.

　이는 시 창작자가 아닌 일반 독자들이 백석 시를 좋아하는 이유이기도 하다. 시어가 어렵거나 고답적이지 않고, 생경하지 않게 일상의 모습들을 그려 내기만 한 것 같은데 다른 시에서는 느낄 수 없는 편안함과 익숙함에 색다른 위로를 받거나 재미를 느낄 수 있기 때문이다.

　엮은이는 백석이 시마다 우리말의 구문들을 다채롭게 활용했다는 것을 구체적인 예를 들어 가며 밝힌다. 백석 시가 일반 독자들은 물론 시인들에게도 영향을 미치는 까닭은 구문을 다채롭게 활용했기 때문이라면서…….

　또한 엮은이는 김소월이 우리말의 율격을 세우는 데 힘을 쏟았고, 정지용이 우리말의 감각을 다듬는 데 힘썼다면, 백석은 우리말의 문장 구조를 잘 파악해 효과적으로 활용했다고 본다. 이로 인해 오늘날 젊은 시인들도 백석 시를 좋아한다고 했다. 그러면서 백석이 가장 즐겨 사용한 것은 반복, 나열, 부연으로 어떤 사실이나 정황 등을 줄줄이 이어 나가는 '엮음'의 구문이라고 했다. 이는 흥미와 속도감은 물론 장면 극대화의 효과를 낸다고 진단한다.

나아가 백석은 정제된 운율로 가지런하게 말을 늘어놓던 전통적인 시 형식을 과감하게 뛰어넘었다고 본다. 백석은 많은 시에 사설체 형식을 도입해 장황하게 묘사하거나 서술했다. 이를 통해 독자는 '이야기'를 느낄 수 있다. 이는 '서사 지향적인 시' 또는 '이야기 시'로 부를 수 있으며, 다른 시인들의 산문시나 서사시와는 확연하게 구분되는 독특함이 있다.

백석은 상당히 짧은 시도 여러 편 썼다. 두 줄짜리 시 「비」, 「노루」와 세 줄짜리 시 「산비」, 「청시」, 「하답」에도 이야기가 들어 있기는 마찬가지이다. 길든 짧든 그의 시 한 편에는 언제나 이야기 한 편이 들어 있다. 이는 그가 본격적인 시작詩作을 하기 전에 단편 소설로 〈조선일보〉 신년현상문예에 당선된 것과 무관하지 않을 듯……

백석은 이미지를 다채로운 감각으로 표현했다. 전통적인 시가 주로 회화성에 치중하던 것과 달리, 그는 냄새와 맛도 굉장히 중요하게 여겼다. 그의 시에 후각 이미지와 미각 이미지가 많이 나오는 것을 보면 알 수 있다. 이뿐만 아니라 청각 이미지, 촉각 이미지 등 우리가 느낄 수 있는 감각은 거의 다 나온다. 엮은이는 특히 후각과 미각을 구체적인 생활 현장의 체취가 묻어나는 감각으로 본다.

백석 시에는 음식이 자주 등장한다. 이는 미각과 구체적인 생활에 바탕을 둔 백석 시의 뚜렷한 특징이다. 음식은 필시 풍속과 연결된다. 어쩌면 풍속을 그리다 보니 자연스레 음식 이야기를 하게 되었는지도 모른다. 어쨌든 구체적인 생활을 반영했기에 가능한 일이다.

엮은이는 백석 시가 현대 시사詩史에서 이룬 가장 큰 성취는 모국어인 한국어를 확장한 것이라고 강조한다. 백석은 토속어, 방언, 고어 등 다양한 우리말을 시에 사용함으로써 한국어의 영역을 넓혔다. 이는 많은 연구자가 이구동성으로 인정하는 바이다.

우리 시대의
성자,

권정생

　나는 권정생 선생을 살아생전에 뵙지 못했다. 이 점을 많은
사람이 궁금해한다. 선생의 작품이 실린 공동 작품집에 참여한
나의 이력(?)을 생각하면 만나도 몇 번을 만났을 것이라 하면
서…….

　권정생 선생을 처음 만난 곳은 장례식장이었다. 2007년 5월
17일, 권정생 선생이 세상을 뜨셨다기에 주저하지 않고 안동
으로 차를 몰았다. 5·18 광주민중항쟁일을 맞아 광주에 가려
고 했다가 선생의 타계 소식을 듣고 차를 안동으로 몰았던 것
이다.

　내가 권정생 선생을 뵙지 못한 것은 다분히 '의도적' 내지는
'고의'였다. 선생의 문학을 지탱하는 선생의 삶을 직접 보면 틀

림없이 충격을 받아 곧바로 문학을 포기할 것 같은 두려움이 있었다. 그래서 선생이 살아 계실 때는 뵈러 가지 않았고, 선생이 세상을 뜬 후에야 빌뱅이 언덕의 흙집을 찾았다. 어떤 해는 '권정생어린이문화재단'에서 시행하는 기금 심사를 했기에 시상하는 날 맞추어 찾기도 했지만, 아동 문학 지망생들과의 인연으로 자주 찾았다. 그때마다 충격이었다. 문학과 삶이 일치하는 작가! 이 말 말고는 권정생 선생을 달리 표현할 말이 없다.

시로 등단한 내가 동화를 쓰기 시작할 무렵 제일 먼저 읽은 책이 『몽실 언니』이다. 동화를 써야 하는 일이 생겼는데, 그때까지 동화의 '동' 자도 생각해 보지 않아서 어떻게 써야 할지 몰랐다. 그래서 서점에 나가 권정생 선생의 『몽실 언니』, 윤기현 선생의 『서울로 간 허수아비』와 『봉황리 아이들』, 정채봉 선생의 『오세암』을 사 왔다. 충격이었다. 그때까지만 해도 동화라면 무조건 아름답고 비현실적인 이야기겠거니 했는데, 그것이 아니었다. 그때 읽은 동화책들이 내 동화 쓰기의 길잡이가 되었다. 『몽실 언니』는 가장 앞에 있는 책이 되었고…….

2012년 100만 부 판매 기념으로 『몽실 언니』 개정판이 나왔다. 그때 나는 기념사 요청을 받았고, 출판사 편집부에 이런 글을 써 주었다.

"우리는 『몽실 언니』를 통해 동화도 우리 역사와 소외된 사람들을 이야기하며 소설보다 더 큰 감동을 전할 수 있다는 것을 알았습니다. 이 책은 아이들에게는 부모 세대가 살아온 근현대사를 알리는 책으로, 어른들에게는 별과 꽃만을 이야기하는 동화가 아닌 인간을 중심으로, 인간의 삶을 다룬 동화의 교본으로 오래도록 남을 것입니다."

권정생 선생 1주기 추모 무렵 『몽실 언니』에 대해 이야기해야 하는 자리에서는 이런 말을 했다.

"『몽실 언니』의 내용은 다 아실 거라 굳이 말씀 안 드리겠습니다. 다만 『몽실 언니』를 애초에 안동 말 내지는 경상도 말로 썼으면 어땠을까, 하는 생각을 합니다. 그랬다면 등장인물이 훨씬 더 생생하게 느껴졌을 텐데, 그건 좀 아쉽습니다."

동화는 금기 사항이 많았다. 지금이야 못 다루는 소재가 없고, 등장인물의 말투도 '개성적'으로 할 수만 있으면 특정 지역 방언도 무방하다. 하지만 동화 작가들이 이렇게 쓴 지는 그리 오래되지 않았다. 나도 1990년대에 펴낸 동화에서는 등장인물 모두 '표준어'를 쓰게 했다. 동화의 주 독자층은 아이들이므로 등장인물이 내가 구사할 수 있는 지역 방언을 쓰면 다른 지역 아이들은 이해하기 어려울지도 모른다는 강박 때문에…….

권정생 선생이 세상을 떠나셨다는 소식은 어떤 지역의 문학 행사 자리에서 들었다. 그때 곁에 있던 서정춘 시인이 이렇게 말씀하셨다.

"우리 시대의 성자가 가셨구나!"

맞는 말씀이었다. 권정생 선생은 문인들 사이에서도 '성자'로 통했다. 아무나 선생처럼 살 수는 없으니까…….

권정생 선생의 유서가 한동안 화제였다. 나는 특히 이 대목을 좋아한다.

"만약에 죽은 뒤 다시 환생을 할 수 있다면 건강한 남자로 태어나고 싶다. 태어나서 25살 때 22살이나 23살쯤 되는 아가씨와 연애를 하고 싶다. 벌벌 떨지 않고 잘할 것이다. 하지만 다시 환생했을 때도 세상엔 얼간이 같은 폭군 지도자가 있을 테고 여전히 전쟁을 할지 모른다. 그렇다면 환생은 생각해 봐서 그만둘 수도 있다."

볼 때마다 웃음이 나기도 하고 슬프기도 하다. 요즘 유행하는 말로 하자면 '웃픈' 유언장이다. 연애할 때 "벌벌 떨지 않고 잘할 것이다."라는 말은 먼저 웃음을 자아내지만, 평생 오줌통을 옆구리에 차고 산 병자여서 결혼하지 않고 혼자 지낸 것을 생각하면 눈물이 난다. "환생은 생각해 봐서 그만둘 수도 있다."라는 말도 그렇다. 권정생 선생은 비참한 처지나 현실 속에서도 글에서는 '유머'를 잃지 않았다.

선생은 어린이를 좋아했고, 전쟁을 일으키는 폭군 정치꾼을 싫어했다. 정치꾼들은 예나 지금이나, 동양이나 서양이나 반성을 안 하기는 마찬가지이다. 권정생 선생은 '하찮은' 일에도 반성하는데…….

도모꼬는 아홉 살
나는 여덟 살

이 학년인 도모꼬가
일 학년인 나한테
숙제를 해 달라고 자주 찾아왔다.

어느 날, 윗집 할머니가 웃으시면서
도모꼬는 나중에 정생이한테
시집가면 되겠네
했다.

앞집 옆집 이웃 아주머니들이
모두 쳐다보는 데서
도모꼬가 말했다.
정생이는 얼굴이 못생겨 싫어요!

오십 년이 지난 지금도

도모꼬 생각만 나면

이가 갈린다.

-권정생, 「인간성에 대한 반성문 2」 전문


    권정생 선생은 일본에서 귀국 전인 여덟 살 때 한 학년 위인 소녀가 못생겼다고 한 말이 50년이 지나도 이가 갈릴 정도로 싫었다. 그래서 동시 「인간성에 대한 반성문 2」를 썼다.

    선생은 그 정도 일 가지고도 자신의 '인간성을 반성'했다. 하지만 지금은 정작 반성해야 할 사람들이 오히려 뻔뻔하다.

# 문학 동네
## 이 씨,

### 이문구

낙엽이 길바닥에 구르는 가을만 되면 이문구 선생이 세상을 뜨시기 몇 달 전인 2002년 11월 어느 날의 풍경이 떠오른다.

그날 나는 서울 지하철 2호선 성내역(현 잠실나루역)에서 내려 선생이 사시는 아파트를 찾아갔다. 아파트로 이어지는 길거리에서 마구 날리던 낙엽들의 모습이 지금도 선연하다. 찻길은 물론 아파트로 들어가는 길 양쪽에 늘어선 나무들에서 떨어져 내리던…… 나무에서 떨어져 길바닥에 구르던 낙엽들이 이문구 선생이 한평생 보듬고 살던 문자처럼 느껴졌다.

그날 이문구 선생 댁을 방문한 이유는 아내가 조제한 '경옥고'를 드리기 위해서였다. 선생은 한 해 전에 위암 수술을 받으셨지만, 당시에는 항암 치료도 다 끝나서 비교적 몸 상태를 잘 유지하고 계셨다. 다만 가끔 식사 자리에서 선생의 의지와 상관없이 목을 넘어오는 음식물 때문에 보는 사람이 더 안타까웠지만…….

경옥고는 인삼과 복령을 찌고 말린 후 생지황 즙과 벌꿀을 섞어 닷새 정도 밤낮으로 푹 달여 만든 한약이다. 부작용이 거의 없는 강장제로 기력 회복에 효과가 있다고 알려져 있다. 당시 아내는 입에 약을 달고 사는 처지였지만 경옥고는 먹어 본 적이 없었다. 그래서 이문구 선생의 병환을 계기로 경옥고를 조제해 보았고, 약이 완성되자 나는 그것을 가지고 집을 나선 것이다.

그날 선생 댁에서 나눈 이야기 가운데 지금도 기억나는 것은 내게 문학적 유언(지금 생각해 보면)으로 하신 말씀이다.

"박 선생은 동화를 계속 쓰시게. 나도 동화를 쓰고 싶었지만 내 문장이 동화에는 맞지 않아 동시만 쓰고 말았네. 박 선생의 문장은 동화에 맞더구먼."

대략 이런 말씀이었다.

이문구 선생의 문장은 독보적인 경지를 이루고 있었다. 그런데 그는 자신의 문장이 동화에는 적합하지 않다고 말씀하셨다. 토속적이고 의고체擬古體면서도 입말 투로 작가의 입담이 잘 드러나는 그의 문장은 문예창작과 학생 시절부터 이미 소설가 김동리 선생의 인정을 받았다. 김동리 선생은 서라벌예대 문예창작과 교수 시절, 이문구 학생의 소설을 보고 "이 학생은 나중에 한국의 명문장가가 될 사람이다."라고 극찬하셨다. 그런 분이 동화를 안(못) 쓰고 동시까지만 썼다고 하시면서 나에게는 어떤 글을 쓰든 동화는 버리지 말라고 하셨다.

그날 선생은 자신의 동시집 『개구쟁이 산복이』와 『울보 자숙이』에 수록된 동시들에 작곡가 백창우가 곡을 붙인 CD와 책자를 주셨다. 나온 지 얼마 안 된 CD였다. 마침 백창우는 같은 '58년 개띠'로 가까이 지내는 동시인이기도 해서 더 반가웠던 기억이 난다.

개인적으로 문단 어른 중 세 분은 어떤 일을 제안하시거나 같이 해 보자고 하시면 절대 거역을 못 한다. 바로 소설가 이문구 선생과 송기숙 선생, 그리고 문학 평론가 임헌영 선생이다.

이문구 선생은 내 문학을 어여삐 여기시고 늘 격려해 주셔서 자연스레 기댈 언덕 같은 선배 작가가 되었다. 송기숙 선생은 대학 다닐 때 같은 학교의 교수였다. 선생은 국문과 교수이고 나는 상과대학 학생이어서 서로 노는 물이 다르기도 했지만, 그보다도 선생은 걸핏하면 해직되어서 강의를 한 번도 못 들었다. 그렇지만 나중에 문단에서 뵈었을 때 남들에게 '내 제자뻘'이라고 하다가 아예 '내 제자'라고 하면서 서울 나들이를 하실 때는 꼭 연락하셔서 서교동의 한 음식점을 단골 식당으로 정해 놓고 점심 식사를 같이하고는 했다.

임헌영 선생과의 인연은 선생이 편집주간으로 계시던 잡지의 신인 공모에 응모한 것이 계기가 되어 사제지간이 되었다. 당시 잡지 편집위원 한 분이 내 작품이 당선되었다고 알려 주었는데, 임헌영 선생은 내가 평생 문학을 할 사람인지 아닌지 확인해야겠다고 하셨다며 점심 먹으러 나오라고 했다. 그렇게 해서 잡지를 발행하던 출판사 근처인 서울 안암동의 한 음식점으로 불려 가 점심을 먹으면서 '면접(?)'을 보았던 기억이 난다.

세 분 모두 내가 문단에 나오기 전부터 흠모하거나 존경하던 문인이었다. 그런데 문단에 나와 실제로 깊은 관계를 맺게 되면서 인연의 '필연성'을 강하게 느끼게 되었다.

이문구 선생은 대학에서 강의하실 때 "내 강의하는 동안만 같이해 보게나."라고 하셨다. 그래서 선생이 세상을 뜨실 때까지 네댓 해 동안 착실하게 수원에 있는 그 대학으로 출강한 적이 있다. 또 선생이 민족문학작가회의(현 한국작가회의) 이사장을 맡으셨을 때는 선생에게 불려 가 아동문학분과위원장을 맡아야 했다. 선생이 세상을 떠나신 뒤에는 선생의 보령 시절 무릎 제자인 안학수 동시인의 청소년 소설에 해설을 쓰기도 하고…….

소설가 송기숙 선생과 이문구 선생, 문학 평론가 임헌영 선생은 모두 엄혹한 시절에 고초를 겪으셨다. 문학과 삶이 일치하는 분들이어서 그랬다. 현실적으로는 많은 고초를 겪으셨지만 세 분 다 늘 웃음을 잃지 않으셨다. 그래서 오래전에 송기숙 선생과 이문구 선생의 삶의 자세나 면모가 드러나는 일화를 시로 쓴 적이 있다.

그 옛날 걸핏하면 글쟁이 얼굴이 지명 수배 전단에 오르던 때였지
세월 지나 그때 일 돌아봐도 될 무렵 되어
송기숙 소설가와 이문구 소설가가 가끔 설전을 벌이며
후배 글쟁이들의 판단을 기다리곤 했지

**송 왈** 미남부터 먼저 한 잔 혀야제.

**이 왈** 형님 먼저 한 잔 허는 거야 말릴 일 아니제만, 껙정패 같은 화상이 미남이라니, 자다가 봉창 두드리데끼 그것이 시방 믄 말씀이우?

**송 왈** 허허, 자네 벌써 까묵어 부렀는가? 나는 국가에서 인정한 미남이잖이여! 촌 차부 벽에까정 그렇게 써 붙여 나를 광고했잖이여? '이 자는 호남형으로' 어쩌구

저쩌구 말이시. 아따, 껄쩍지근허게 내 입으로 이런 말까정 꼭 해야 쓰겄는가?

**이왈** 나도 그렇게 써졌던 것 같은디…….

**송왈** 아녀, 문구 자네는 '얼핏 보면 미남이나…….' 그렇게 사진 밑에다 꼬랑지 붙여 놨잖이여! 그 말이 뭔 소리여? 첫눈엔 미남 같제만 자세히 뜯어보믄 미남이 아니란 말 아녀?

**이왈** 착 보믄 척! 첫인상이 중요하제, 꼭 찬찬히 뜯어봐야 아남. 그러고 그때 사진을 못 나온 걸루 썼드만.

**송왈** 사진 탓허긴! 원판 불변의 법칙 모르는가? 하여튼 나는 나라에서 인정한 미남이란 말이여!

**이왈** 형님은 원판보다 나은 사진 썼드만, 형님은 순 사진 발이었다니께유.

**송왈** 으찌 되았든 나는 나라에서 인정한 미남이란 말이시. 자 한 잔씩들 혀. 미남이 권한께 술맛도 더 돋을 것이여!


후배 글쟁이들 술잔 들고선 저마다 키득키득

-박상률, 「국가 공인 미남」 전문

독재자들의 권위적인 압제에 시달리던 시절, 당신들이 겪은 고초도 웃음으로 승화하며 술 한 잔에 날려 버리시던 분들. 지금은 두 분 다 돌아가셔서 다시는 되돌릴 수 없는 시간이다. 엄혹한 시절을 통과해 온 이분들이 '기대어 비빌 언덕' 역할을 해 주셔서 우리 세대 작가들은 훨씬 수월하게 문학의 길을 걸을 수 있었다.

이문구 선생을 생각하면 그의 문학에 대한 순정을 같이 떠올리지 않을 수 없다. 잡지사 사무실에서 전화를 받으면서도 소설을 쓰시고, 사무실을 찾은 문인들이 소파에 앉아 왁자지껄 떠들어도 묻는 말에 일일이 대꾸하면서 원고지에서 눈을 떼지 않으셨다는 일화는 이제 전설이 되어 버렸다.

대학 시절, 그의 연작 소설 「우리 동네」를 통해 농촌 현실의 팍팍함을 더 잘 알게 되었다. 나는 상과대학에 적을 두고 있는 형편이었지만, 학교에서 경제를 배운 것이 아니다. 경제학 책이나 각종 경제 지표보다 이문구나 송기숙 같은 소설가들의 작품에 농촌 현실이 더 잘 그려져 있었다. 그래서 나중에 이런 시를 쓰기도 했다.

그가 지고 다니던 지게를 본 적이 있는가? 쌀가마도 아니고 장작더미도 아니고 더더욱 돈 자루도 아닌, 말이 담긴 포대 자루가 얹혀 있던 그의 지게. 그가 지게를 잠깐씩 부려 놓을 때마다 나는 보았네. 포대 자루 속에서 마구 쏟아져 나와 내를 이루고 산을 이루던 말들을. 그는 어쩌자고 말 지게를 그렇게 지고 다녔을까? 쌀도 안 되고, 장작도 안 되고, 돈도 안 되던 말들. 구들장 지고 사는 앉은뱅이 신세이면서도 며느리 발뒤꿈치 달걀 같다며 흉보는 할망구에, 곰방대 톡톡 치며 가래 그르렁대면서 늘상 혀를 끌끌 차던 할애비에, 대처 바람 불어서 문전옥답 털어 쥐고 집 나가더니 이태도 못 되어 동가식서가숙하는 허랑한 아들 녀석에, 가까스로 시집 보내 놓았더니 세 이레도 못 채우고 사람 꼴 더 망쳐서 돌아온 반편이 딸내미 얘기까지, 그가 지게를 부려 놓을 때마다 말 자루에서 쏟아져 나온 것들이라네. 때로 등짝에 열꽃 피고 장딴지에 알 배기며 몸뚱이 천근만근일 땐 이깟 말 지게가 다 뭐냐 하며 냅다 팽개쳐 버리고 싶기도 했으리. 그러나 어쩌랴. 그가 아니면 아무도 챙기지 않을 말 짐이라 그러지도 못했으리. 그저 인정 많고 오지랖 넓어 그놈의 말 지게 내동댕이치지 못하고 평생토록 팔자려니 하며 말 지게꾼으로 살다 가고 말았으리. 그러고 보니 그도 우리 동네<sup>*</sup> 아저씨

---

\* 이문구 소설집 제목에 '우리 동네'가 있다.

였네. 말 자루 짐을 져 나르던 말 지게꾼 이 씨. 허허, 똥지게

보다도 살림에 보탬이 안 되던 말 지게라니!

-박상률, 「우리 동네 이 씨 - 소설가 이문구 선생의 말 지게」 전문


이문구 선생은 「우리 동네」에서 그야말로 평범한 사람들을
등장인물로 삼아 1970년대 농촌 생활의 팍팍한 현실을 구체적
으로 그려 냈다. 「우리 동네」 연작에 나오는 농촌 마을의 김 씨,
이 씨, 최 씨, 정 씨, 류 씨, 강 씨, 장 씨, 조 씨, 황 씨 들처럼 나
는 글밭의 이 씨로 이문구 선생을 상정해 시를 써 보았다. 선생
의 입담과 인정 등을 선생이 내버리지 못하는 말 지게로 본 것
이다.

선생은 말 지게꾼이었다. 하지만 말 지게는 똥지게보다도 살
림에 보탬이 안 되었다. 그런데도 선생은 그것을 내치지 못했
다. 그는 평생 말 지게를 지고 살았다. 나는 선생의 문학에 대
한 순정을 그렇게 표현할 수밖에 없다. 달리 말할 재주가 없다.
소설가 이문구 선생은 문학 동네의 이 씨였다!

그리움이 안겨 준 사랑

## 존재하는 것만으로도
## 힘이 되는 이들에게

-전병석 시집
『그때는 당신이 계셨고 지금은 내가 있습니다』

전병석 시집『그때는 당신이 계셨고 지금은 내가 있습니다』
에 실린 각 시편은 존재 자체만으로도 힘이 되는 이들에게 바
치는 노래이다. 존재하는 것만으로도 가장 큰 힘이 되는 이는
누구보다도 어머니이다(였다).

지난밤
거친 바람에도
떨어지지 않으려 버틴 것은
네가 있기 때문이다.
존재하는 것만으로
힘이 된다는

네 말 때문이다.

홀연히

어느 바람에 떠나더라도

슬퍼하지 마라.

흩날리는 벚꽃처럼

아름답길 빌어라.

　　　-전병석, 「병상에서」 전문

　어머니는 병원에서 투병 중이다. 이제는 이승의 인연 줄을 놓고 싶지만 "존재하는 것만으로/힘이 된다는/네 말 때문"에 목숨줄을 붙들고 있다. 하지만 바람에 흩날리는 벚꽃처럼 아름답게 떠나고 싶다던 어머니는 홀연히 하늘길로 떠나셨다. 그것도 퇴원 날을 받아 두고서…….

내일이면

엄마는 퇴원한다.

형제들이 모였다.

엄마를 누가 모실까.

아무도 나서는 사람이 없다.

큰형이 무겁게 입을 열었다.

요양원에 모시자.

밀랍처럼 마음들이 녹는다.

그렇게 모의하고 있을 때

병원에 있던 작은형수

전화가 숨넘어간다.

어머님 상태가 갑자기 나빠지고 있다며…….

퇴원 후를 걱정하던 바로 그 밤

자식들 역모를 눈치챘을까.

서둘러 당신은

하늘길 떠나셨다.

    -전병석, 「역모」 전문


　어머니가 퇴원하면 모시겠다고 나서는 자식이 아무도 없다. 어머니는 이를 눈치채셨을까? 혹은 요양원에 모시자는 이야기를 들으셨을지도 모른다. 그래서 서둘러 세상을 떠나신 것이 아닐까? 전병석은 자식들의 '모의'를 어머니가 들은 성싶어 괴롭다. 어쩌면 어머니는 퇴원 후 자식들에게 짐이 되지 않을까 줄곧 생각하셨을 것이다. 그래서 오히려 괴로웠으리라. 그 괴로움은 하늘로 가실 만큼 깊었는지도 모른다.

　부모가 자식에게 베푸는 내리사랑은 맹목적이지만, 자식이 부모를 사랑하는 치사랑은 맹목적이지 않기에 매우 어렵다.
전병석의 어머니가 베푼 내리사랑도 마찬가지였다.

수돗가 양지
올망졸망한 장독들
일찍 떠난 남편
군에 간 큰아들
콩나물처럼 자라는 막내
생각날 때마다
하나, 둘, 셋……
가슴 아리는 그리움
눈물 반짝이는 슬픔
큰 그리움은 큰 독에서
작은 슬픔은 작은 독에서
아프게 익었으리라.
하지만
큰 독에도 작은 독에도
담을 수 없었던 외로움은
어떻게 되었을까.
-전병석, 「장독」 전문

이 시에는 어머니의 신산했던 젊은 날이 담겨 있다. 남편을 일찍 여의고 자식들을 도맡아 키우는 어머니. 전병석은 어머니의 그리움과 슬픔이 저마다 크기에 맞는 장독에서 아프게 익었으리라고 짐작한다. 그런데 "큰 독에도 작은 독에도/담을 수 없었던 외로움은" 어찌했을까?

자식은 어머니의 외로움을 걱정할 만큼 자랐지만, 어머니는 이제는 시어머니보다 자식이 더 어렵다고 느낀다. 그럼에도 어머니는 자식이 전화만 해도 기쁘다.


오늘은 기쁜 날

네가 오랜만에 전화를 하였다.

네게는 사소할지 모르나

나는 그 사소한 전화로

오랜 외로움을 견딘다.

늙어 혼자 살면서

전화를 기다리는 것이

하루의 전부라면

너는 믿을까.

-전병석, 「운수 좋은 날」 부분

어머니의 외로움은 자식의 전화 한 통으로도 떨쳐진다. 자식에게는 사소한 전화이지만 어머니는 그 전화로 외로움을 견딘다. 전병석은 어머니의 외로움에서 이 시대 노인들의 보편적인 '삶'을 읽어 낸다.

80이 되었어도
혼자 일어나
혼자 밥 먹고
혼자 목욕 가고
혼자 말하고
혼자 TV 보다
혼자 잠자고
혼자……
혼자……
혼자……
혼자 죽는다.
-전병석,「혼자」전문

전병석의 시는 말장난이나 잔재주가 없다. 하지만 울림은 크다. 이는 특별한 시적 장치 없이도 평이한 언어 배치를 통해 말하고자 하는 바를 효과적으로 드러내기 때문이다. 이 시에서는 "혼자~", "혼자……"를 시각적으로 도드라지게 했다. 그냥 혼자인 상태를 보여 주기만 한다. 독자들이 머리를 쥐어짜게 하지 않는다.

"혼자 죽는다."라는 언명. 이 시대 노인들의 '숙명'처럼 느껴진다. "혼자 일어나/혼자 밥 먹고/혼자 목욕 가고/혼자 말하고/혼자 TV 보다/혼자 잠자고" 결국 "혼자 죽는" 존재. 사람은 저마다 홀로일 수밖에 없는 숙명을 타고났지만, 살아가는 동안에는 다른 사람들과 어울려 지낸다. 죽을 때도 곁에서 다른 사람들이 지켜봐 주었다. 하지만 이제 많은 이에게는 죽는 일조차도 홀로 치러 내야 하는 의식이다.

전병석의 시 「벌초」를 보면, 어머니도 무덤 속에 홀로 누워 있다. 자식은 벌초 때에나 어머니 무덤을 찾는다. 마흔쯤에 홀로되신 어머니. 그때부터 "쑥대처럼 생목숨 쫓겼던" 어머니. 어머니는 "함부로 할 수 있는 목숨은 없다."라고 말씀하신다. 그래서 어머니 무덤가에 지천으로 자라난 쑥대를 예초기로 자르면서도 죄스럽기만 하다. "쑥도 생목숨인데……."라고 무덤 속의 어머니가 말씀하신다.

존재 그 자체만으로도 힘이 되어 주신 어머니는 지금 이 세상에 없다. 자식은 어머니가 그립다. 그래서 시 「그리움」에서

"아무리 당신 모습 떠올려도/물에 번진 수채화처럼/희미합니다", "혹여나 당신/오는 길 잊었을까/아스라한 꿈길에/초승달하나 달았습니다"라고 노래한다. 초승달을 등불 삼아 어머니가 찾아오시면 좋겠다. 자식의 탄식 어린 '사모곡'으로 절절하다. 더구나 어머니는 생전에 "애비 없는 자식 소리 듣지 마라/이 말 이상 한 적이 없다"(전병석, 「어머니」 부분).

어머니가 없는 세상은 '어둠'이다. 어머니가 이 세상에 계실 때는 어둡지 않았다. 이제야 깨닫는다.

밤이 되어야
나타나는 별처럼
어둠이 마당을 채우고서야
집으로 돌아왔다.
그러다 어머니는
아예 어둠이 되었다.
큰 별이 아니어도
어느 언덕에선가
세상에서 가장 행복한
별로 빛나기를 소원하며
어머니는

세상에 남아 있는 어둠 모아

완전한 어둠이 되었다.

어머니가 없는 밤

어머니의 자리에 누워

별을 기다리는 어둠이 된다.

　　-전병석, 「어둠」 전문


　전병석은 마침내 "어머니의 자리에 누워/별을 기다리는 어둠이 된다." 어머니에게는 자식이지만 전병석은 자기 자식도 거느리게 된다. 자식이 자신에게 어떤 존재인지도 안다. "아침에 보아도/저녁에 보아도/예쁘다./가까이서 보아도/멀리서 보아도/가지에 달려 있어도/땅에 떨어져 있어도/예쁘다."(전병석, 「자식」 부분) 자식은 그런 존재이다. 하지만 사춘기를 통과하는 자식은 내 자식이 맞나 싶기도 하다. 그래서 "아들이/불처럼 대든 날은/온몸으로 바람이 들어오는 것 같다."라는 시 「사춘기」가 나왔을 것이다.

　전병석은 젊은 시절 군 복무 중 외박을 나왔을 때 어머니에게 김치가 가장 먹고 싶다고 말했다. 그랬더니 어머니는 "기차 타고/시외버스 타고/걷고 또 걸어/전방으로 면회 왔다./배추김치/열무김치/깍두기/파김치/머리에 이고/양손에 들고"(전병석, 「자식이 뭐라고」 부분) 자식을 면회했다. 그때 전병석은 "아들이 뭐라고/자식이 뭐라고"(전병석, 「자식이 뭐라고」 부분) 하고 싶었을 것이다. 하지만 이제는 자신이 그런 애비가 되어 있다. 자식이면 무조건 예쁜 애비! 그러면서 노후 대비가 뭔지도 안다. "나이가 들면/보험보다/연금보다/출세한 자식보다/찾아오는 자식이 있어야 한다"(전병석, 「노후 대비」 부분).

존재 그 자체만으로도 힘이 되는 사람은 어머니와 자식뿐만이 아니다. 아내도 그런 사람이다.

토요일 오후
아내가
물회가 먹고 싶다며
포항에 가자고 하였다.
나는
물회도 별로고
운전도 싫어
핑계를 대었다.
아, 아내를
사랑하지 않는구나
가슴이 철렁하여

프로 야구가 없는
토요일 오후
아내와 포항 물회를 먹었다.
　-전병석,「권태기」전문


　자식을 낳고 살다 보면 어느 때부터 남편은 아내를, 아내는
남편을 그리 귀히 여기지 않게 된다. 부부는 촌수를 따질 수
없는 무촌이다. 그러기에 가벼이 여기면 남이지만, 중하게 여
기면 가장 소중한 존재이다. '권태기'라는 제목이 말해 주듯 전
병석도 처음에는 시큰둥하게 반응했다가 '아차' 싶어 기꺼이
아내의 요구에 응했다. 이어 아내의 잔소리를 통해 '한 소식'을
접하기도 한다.


세탁기에서
막 꺼낸 빨래를
대충대충 건조대에 넌다.
탁탁 털어 널어야 한다는
아내의 말은 잔소리로 흘린다.
햇볕과 바람이 놀다 간
빨래들은 뻣뻣하다.

펴려고 해도 펼 수 없다.

젖어 있을 때

탁탁 털어 널어야 하듯이

인생도 젖어 있을 때

탁탁 털어야 한다.

　　-전병석, 「깨달음」 전문


　남편은 아내를 통해 "젖어 있을 때/탁탁 털어 널어야 하듯
이/인생도 젖어 있을 때/탁탁 털어야 한다."라는 깨달음을 얻
는다. 삶의 비의를 알게 된 것이다. 그래서 "조간신문을/아껴
읽는 은퇴자처럼/마음을 아낍니다."(전병석, 「숨바꼭질」 부분)의
경지에 이른다. 더불어 "내가 있어 네가 더 붉고/네가 있어 내
가 더 빛나는/아름다움이 되었다."(전병석, 「동행」 부분)까지 다
다르게 된다.

　시를 쓴다는 것은 자신의 삶에 난 생채기를 어루만지고 스
스로 성찰도 하는 것이리라. 중년의 전병석은 스스로 다짐한
다. "(국기에 대해) 엄숙하게 맹세하여도/애국심이 자라지 않는
것처럼/날마다/다짐의 맹세를 하여도/짭조름한 새우깡 그 하
나를/참을 수 없다."(전병석, 「갈매기」 부분)라고 스스로를 다잡
는다. 물론 "아이들이 돌아간/텅 빈 운동장/중년의 사내들이/

공보다 큰 배를 흔들며/축구를 한다."(전병석, 「중년의 꿈」 부분)
라며 자신의 현재 상태를 정확히 파악하고 있기도 하다.

　그렇다고 나이를 먹는 것을 초조해하지도 않는다. "신호등은 급하다고/신호를 바꾸지 않는다./눌린 살갗이 올라오듯이/다음 신호를 기다려야 한다."(전병석, 「나이를 먹다」 부분)라는 것을 알고 있다. 그래서 저승으로 가는 '태국이 형에게' "한 사람의/생애가 가는데/꽃 피는 봄이면 어떻고/눈 내리는/겨울이면 어떻겠는가,/잘 가시게/사랑하는 사람아."(전병석, 「잘 가시게-태국이 형에게」 부분)라고 덤덤하게 말한다. 자신은 "동백처럼/단번에 훅/떨어지고 싶다."(전병석, 「죽음의 꿈」 부분)라면서…….

# 기록하지 않으면
# 기억되지 않는다

### -김광수 수필집 『덩굴째 받은 인생』

**1**

영국의 소설가 버지니아 울프는 이런 말을 했다. "기록되지 않은 것은 어쩌면 일어나지 않은 일인지도 모른다."

그렇다. 기록되지 않은 일은 잘 기억되지 않는다. 그래서 기억되지 않는 일은 일어나지 않은 일 같다고 할 수도 있다. 따라서 기억되게 하기 위해서는 먼저 기록을 해야 한다!

김광수의 글은 일단 기억을 토대로 한 기록에서 시작한다.

1950년, 6·25가 터지자 내가 살던 김천에도 인민군이 들이닥쳤다.

"피난이오! 서둘러요. 남쪽으로 내려가시오. 빨리 서두르시오!"

멀리 북쪽 하늘에서 들려오는 포성에 놀라 우리 가족도 급히 피란을 서둘렀다. 초등학교 3학년이었던 나는 어머니가 만들어 주신 봇짐 하나를 등에 동여매고 고무신을 끌며 피란 행렬에 올랐다. 사람들에 휩쓸려 떠밀리다시피 가면서도 혹시나 어머니 곁을 벗어날세라 걸음아 날 살려라 종종걸음을 쳤던 60여 년 전의 기억이 어제 일처럼 생생하다.

-김광수, 「내가 겪은 6·25」 부분

김광수는 6·25 전쟁이 일어나서 피난 가는 첫 모습에 이어 피난지에서 '멍멍이'라는 개와 어떻게 우정(?)을 쌓게 되었는지 등을 '기록'한다.

피란민촌 가까운 뒷산 기슭에 허물어진 오두막 한 채가 있었는데 그곳에는 내가 '멍멍이'라 이름 붙인 개 한 마리가 살고 있었다. 인민군에게 잡히지 않고 내가 가면 어디선가 나타나 꼬리를 흔들며 따르곤 했다. (…) 어느 날 그곳을 찾았더니 멍멍이는 불러도 대답도 없이 어디론가 사라져 버리고 말았다. 나는 크게 낙담했다. 어른들에게도 알릴 수도 없

었다. 멍멍이는 혼자서 어디로 간 것일까? 인민군들에게 잡
혀 먹이가 된 건 아닐까? 아니면 폭격에 맞아 산산조각이 되
어 버렸나?

-김광수, 「내가 겪은 6·25」 부분

독자는 이러한 '기록'을 통해 6·25 전쟁과 당시 벌어진 일의
사정을 짐작하게 된다.

익히 알다시피 체험에는 직접 체험과 간접 체험이 있다. 수
필은 대부분 글쓴이가 직접 겪거나 사색한 결과를 쓴 글이다.
그래서 다른 문학 장르보다 글쓴이의 '직접적인' 일이 많이 담
겨 있다.


2


작가들은 시에서는 화자, 소설에서는 서술자, 희곡에서는
등장인물 등 어찌 보면 작가의 '대리인'이라고 할 수 있는 이
를 내세워 글을 전개한다. 반면 수필은 작가가 곧 서술자가 되
는 경우가 많다. 이로 인해 수필에 대한 오해가 많이 생긴다.
수필은 모두 작가의 직접 체험만을 적은 개성적인 문학이라는

오해!

나는 편의상 수기手記, 수상隨想, 수필隨筆을 구분해 사용한다. 한국어 발음으로는 모두 '수'로 시작하기에 많은 사람이 이를 구분하지 않고 쓴다. 그래서 수필은 수기나 수상같이 여겨지는 경우가 많다.

극단적으로 말하면 글자를 아는 사람이라면 누구나 수기를 적을 수 있다. 내가 20대 때 무엇을 했고, 30대 때는 무슨 일을 했는지 등을 편년체 식으로 일목요연하게 적기만 하면 된다. 굳이 구성을 일부러 할 필요가 없다. 가끔 수기 자체가 기막히게 구성되어 있어서 독자에게 '감동'을 주는 경우가 있다. 하지만 이는 내용 자체가 '극적'이어서 그런 것이지 글 자체 때문에 '감동을 받는' 것이 아니다.

수상은 성직자나 학자가 자주 사용하는 용어이다. 성직자들은 자신이 믿는 종교의 경전 내용을 알기 쉽게 현실의 구체적인 예화를 들어 내놓는다. 학자들은 자신의 연구 분야를 일반 독자도 알기 쉽게(최근 유행하는 말로 하자면 '대중적인 글쓰기!') 풀어서 내놓는다. 이러한 글들은 종종 '수상록' 혹은 '수상집'이라는 딱지가 붙어 출간된다. 수상도 산문이라는 점에서는 수필과 비슷하지만, 엄격히 말해 문학으로서의 수필은 아니다.

수필은 무엇보다도 문학이다. 문자로 쓰인 것은 다 문학이니 수기나 수상도 문학 아니냐며 의문을 품는 이도 있겠지만, 여기에서 말하는 문학은 그렇게 넓은 개념이 아니다. 수필은 시나 소설, 동화, 희곡 같은 장르로서의 문학이라는 것이다.

두루 알다시피 소설은 허구를 바탕으로 한다. 더러 작가가 '자전적 소설'이나 '실화 소설'이라는 부제를 표지에 달아도 독자는 기본적으로 소설을 허구로 여긴다. 하지만 수필은 아무리 상상력을 바탕으로 썼다고 해도 작가가 직접 겪은 이야기로 여긴다. 이 점이 소설과 수필을 크게 구분 짓는다.

하지만 소설과 수필 모두 결국은 진실을 추구한다. 소설은 허구를 바탕으로 하기에 '픽션fiction'이라 불리지만, 진실을 드러내기 위해 그러는 것이다. 그렇다면 수필은 어떨까? 수필은 사실을 바탕으로 한다. 하지만 결국은 소설과 마찬가지로 진실을 드러낸다. 그러기 위해서 수필은 사실에다 가공을 덧붙여야 한다. 곧이곧대로 자신이 겪은 것만 쓰면, 수필이 아니라 수기가 되는 경우가 많다.

물론 수기가 잘못된 것은 아니다. 다만 수필과 다를 뿐이다. 그간 수필과 수기가 혼동되면서 수필이 문학의 자리를 온전히 차지(?)하지 못했다. 수기가 수필이 되기 위해서는 구성이 되어 있어야 한다. 물론 운 좋게(?), 혹은 기가 막히게 수기가 구성된 경우도 있다. 하지만 수필을 쓰는 사람이라면 그런 행운에 기대어서는 안 된다.

그렇다면 어떻게 구성해야 할까? 고지식하게 있었던 일만 적는 것이 아니라 '가공'을 하는 것이 필요하다. 그래야 진실을 드러낼 수 있다. 단순히 있었던 일만 적으면 수기가 되기 쉽고 극단적으로는 기사가 되고 만다. 수기나 기사가 되지 않고 문학이 되게 하는 글, 그것이 수필이다.


## 3


김광수는 일차적으로는 기록하기 위해 글을 쓴다. 일단 기록해 두어야 기억할 수 있고, 나아가 일어난 일이 되니까! 평생을 일군 자신의 삶이 기록되지 않아 애초에 일어나지 않았던 것처럼 여겨진다면 얼마나 황당할까?

그는 어린 시절뿐만 아니라 자신의 직업, 종교, 교우 관계, 가족 관계, 취향 등을 적나라하게 그린다. 자칫 수기에 머물 수도 있는 내용을 인위적으로 가공하지 않고 있는 그대로 보여 줌으로써 오히려 극적인 반전을 이루거나 감동을 불러일으킨다.

알프스산 정상에서 스위스 쪽으로 하산을 하는데 산비탈에는 그림 같은 전원주택들이 띄엄띄엄 보였다. 옛 연인 미스 박은 뒤셀도르프로 돌아가는 도중에 슈투트가르트역 홈에서 정차 시간을 이용하여 잠깐 만나기로 했다. 기차가 역에 도착하자마자 나는 미끄러지듯 열차에서 내려 기다리고 있던 그녀와 짜릿한 포옹을 했다. 하지만 시간을 다투어 기차가 떠난다고 재촉하여 서로 할 말을 잊었다. 그녀는 떠나가는 기차 옆구리를 한 손으로 잡고 손을 흔들었다. 멀어져 가는 그녀를 바라보는 내 마음도 안타깝긴 마찬가지였다.

-김광수, 「독일에서 만난 첫사랑」 부분

옛 연인을 만나면 무슨 말이 필요할까? 그냥 포옹만 하면 그만일 터. 그 포옹 속에 지난 세월이 다 들어 있을 테니…….

윗글은 1980년대 초, 독일 출장 중 알프스산에 갔다 돌아오는 길에 기차역에서 잠깐 만난 옛 연인을 그린 이야기이다. 1960년대, 그러니까 1980년대로부터 20여 년 전에 독일로 파견되면서 헤어진 간호사 출신의 첫사랑과의 애틋한 이야기이다.

이 대목 앞뒤로는 첫사랑과의 인연과 당시 둘러본 성당 등이 자세히 언급되어 있다. 하지만 이 대목이 없었다면 이 글은 단순한 수기가 되었을지도 모른다. 이처럼 인위적인 가공을 하지 않아도 자연스럽게 구성되어 독자에게 글의 참맛을 느끼게 해 주는 것이 김광수 글의 특징이다.

> 얼마 전, 내가 아는 고등학교 친구가 폐암으로 사망하였다는 부고를 받고 삼성병원 영안실에 갔는데 거기서 그 친구를 만나게 되었다. 죽은 친구와 그는 중학교 동기라고 했다. 나는 맞은편에서 친구들과 같이 있었는데 그는 세 부부와 함께 앉아 있었다. (…) 사흘 후 그 친구가 심근 경색으로 사망했다는 전언이 왔다. (…) 사흘 전에 살아서 만난 친구가 사흘 뒤에 운명을 달리하다니 너무나 아이러니했다.
>
> -김광수, 「살아서 한번 죽어서 한번 만난 친구」부분

그 친구는 초등학교 시절에 만났다. 김광수는 초등학교 6년 내내 반장을 했지만, 그 친구는 부반장조차도 못 해 보았다. 그러다 60여 년 만에 장례식장에서 우연히 만나 조만간 다시 보기로 약속했지만, 끝내 그 약속을 지키지 못하고 말았다. 사흘 후 그 친구가 세상을 떠나 버린 것이다. 김광수는 이 상황을 '아이러니'하다고 썼다.

살다 보면 이런 기막힌 경우가 간혹 있다. 이런 일을 있는 그대로 쓰면 굳이 인위적인 가공이 필요 없는 수필이 된다. 김광수는

군 생활을 할 때도 이런 '아이러니'를 경험한 것을 기억해 냈다.

　나는 제대가 임박한 고참 병장이 되었으므로 곧 제대하여 나갈 것을 생각하니 장성이 부럽지 않았다. 대부분의 시간을 보안실 침대에서 쉬면서 근무를 했다. 문서를 대여해 가려면 각 부처의 졸병들은 나에게 신고를 하고 열람 대장에 기입을 해 놓고 갔다.

　여기에서 병장인 내가 육군 소장이었던 사령관을 호령했던 웃지 못할 사건이 있었다. 어느 날이었다. 누군가가 보안실 문을 요란하게 두드렸다.

　"텅, 텅, 텅"

　"누구야? 들어와."

　그런데도 계속 문을 두드리기만 했다. 화가 난 내가

　"어느 개자식이냐, 확 나가서 죽일 놈! 제길 할 놈, 어디 버릇없이 고참병 단잠을 깨우다니……, 어떤 몹쓸 놈이 문을 이렇게 요란스럽게 두드리냐? 이 개새끼야!"

　하면서 문을 확 열어젖히자 눈앞에 별 두 개가 번쩍 스쳐 왔다. 너무 놀란 내가 엉겁결에 손가락을 반쯤 굽혀 "김광수 병장입니다." 복창을 하며 경례를 했다.

　　-김광수, 「보다 효율적인 군대 복무의 방편은 없을까?」 부분

바깥에서 보초를 서고 있던 헌병은 그가 알고 그랬든 모르고 그랬든 사령관에게 욕설을 내질렀으니, 형식적으로라도 영창에 가야 한다며 목욕재계한 후 대기하라고 했다. 하지만 결국 아무 일도 일어나지 않았다. 김광수는 이러한 군 시절 경험을 이야기하면서 병역 복무 제도에 대한 의견을 제시함으로써 단순한 '칼럼'이 되지 않게 했다.


**4**


김광수의 글에는 편마다 인위적이지 않은, 자신의 직접 체험에서 나온 '계산 없는', 즉 '천진무구한' 사건이 하나씩 담겨 있다. 이러한 대목이 글을 살리고 읽는 재미를 준다.

> 아내가 산행 대장에게 급히 연락을 해 도움을 청했더니 그
> 가 올라와 내 배낭을 들고 업히라고 했다. 하지만 나는 그의
> 호의를 뿌리치고 스틱을 짚고 내려오겠다며 오만의 떼를 쓰
> 다 결국 쓰러지고 말았다. (…) 아내는 이때다 하고 그동안 가
> 슴에 담아 두었던 내 결점에 대해 퍼부어 대기 시작했다.
> -김광수, 「산이 베푼 늦은 가르침」 부분

아내가 말한 결점들은 다음과 같다.

"겸손할 줄 모르는 오만함, 남을 배려할 줄 모르는 이기심, 행동 없는 생각은 죽은 생각이다, 지금 바로 사랑한다는 말 한마디 못하고 죽는 고루한 어리석음을 범하지 말아라, 남을 항상 당신에게 맞추어 바꾸라고만 했지 당신이 바꿀 노력을 해 본 적이 있느냐, 인생을 너무 안일하게 산다, 대인관계에 있어서 솔직하게 자신을 드러내 보여라, 위급할 땐 젊은이에게 의지하여 도움을 청하는 것도 나이 든 사람의 멋진 미덕 가운데 하나."라는 등 신부님에게 고해 성사를 하듯 줄줄이 내 단점을 나열하며 호된 질책으로 내 인생을 만신창이로 만들었다.

　-김광수, 「산이 베푼 늦은 가르침」 부분

이 말에 김광수는 자신을 돌아본다. 글쓰기의 주요한 기능 가운데 하나가 바로 '성찰'이다. 글을 쓰면서 자신을 돌아보게 되는 것이다.

김광수의 성찰은 내면으로만 향하지 않고 바깥으로도 향한다. 그래서 「교황은 한국에 무엇을 남겼는가?」에서 그가 믿는 천주교의 최고 수장 프란치스코 교황이 주님의 종으로 이 땅에 오셨다고 여긴다. 프란치스코 교황이 세월호 참사의 슬픔을 쓰다듬어 준 것을 비롯해 가장 그늘진 곳, 슬픔과 고통이 있는 곳, 소외된 어린 양들이 사는 곳을 방문해 사랑과 희망의 씨앗을 흠뻑 뿌려 준 것에 대해 무척 자랑스럽게 여긴다.

**5**

글쓰기는 치유의 역할도 한다. 김광수가 글을 쓰지 않았다면 아들을 잃은 참척慘慽의 슬픔을 견디기가 훨씬 더 어려웠을 것이다.

해가 저물어 가는 11월이 가까이 오면 잠을 자다가도 길을 가다가도 불쑥 그때의 악몽이 떠올라 몸서리를 치곤 한다. 십수 년이 흘렀지만 올해도 어김없이 그때의 비극적 정황이 또렷하게 보이고 들려오는 것 같다. 그날 이후 자식이 먼저 죽으면 부모 가슴에 무덤을 만든다는 그 말이 전혀 과장이 아니라는 것을 절실하게 깨닫고 있다.
　　-김광수, 「비 내리는 킹스턴 거리에서」 부분

김광수의 아들은 대학 3학년 재학 중 어학연수를 위해 영국 런던을 찾았다. 그는 성당에 가기 위해 숙소 인근 전철역에서 전동차를 기다리다 부랑아들이 장난삼아 등 뒤에서 밀치는 바람에 죽었다. 「비 내리는 킹스턴 거리에서」에는 런던으로 날아가 아들의 시신을 수습하고 자신을 달랜 일들이 그려져 있다.

　　런던 킹스턴 거리를 걸으면서 노랫말을 차용해 울부짖었던 그날의 넋두리를 여기에 올려 본다.

　　못 견디게 슬프고 괴로워도 소리 높여 울지 못하고
　　혼으로 사라진 아들을 부여잡아 안고 흐느껴 울던
　　런던의 킹스턴 거리를 휘청거리며 걷던 상황을
　　그 누가 알아줄까 기막힌 이 사연을
　　울어라 런던아 너도 같이 밤이 새도록 울자꾸나
　　-김광수, 「비 내리는 킹스턴 거리에서」 부분

어떠한 필설로도 멍울이 쉽게 가시지 않을 일. 하지만 김광수는 이런 아픔도 이겨 냈다. 그래서 이런 성찰에 다다른다.

　　삶은 이별의 연습이고 헤어짐 또한 죽음의 연습이다. 우리는 매 순간 이별과 죽음을 체험하고 있다. 그러므로 우리는 잘 죽는 연습을 해야 한다.

-김광수, 「묘소 참배를 통한 명상」 부분

**이뿐만 아니라 그는 성찰을 통한 치유의 단계까지 나아간다.**

현시점에서 뒤돌아보니 하느님께서는 시련과 낙담으로 뜨겁고 모진 매질로 담금질을 하셨고, 한편으론 기쁨과 보람으로 어루만져 주신 것 같다. 이것을 시금석으로 삼아 앞으로도 가능한 한 어리석은 삶을 살지 않도록 노력하며 하느님께서 내려 주신 허용된 생명에 대해 최선을 다하며 살아가야겠다.

-김광수, 「인간을 담금질하시는 하느님」 부분

이러한 다짐은 믿는 종교가 있어서 가능하기도 하지만, 기본적으로는 글쓰기의 힘이다. 글을 쓰지 않았다면 차분히 종교의 속살을 들여다보지 못했을 수도 있으므로…….

# 소녀의 가슴과
# 어른의 눈으로 하는 글쓰기

### -이정애 수필집 『반 평짜리 사랑방』

　많은 사람이 글쓰기, 특히 문학은 '소녀적 감상'이라고 오해한다. 그런데 문학이 소녀들이 지닌 감상만으로 될까? 실제로 글 한 줄 써 보지 않고, 감상과 감성을 구별하지 못하는 사람들의 '쉬운' 잣대가 그런 말을 만들었으리라.

　나아가 많은 사람이 자신도 젊었을 때는 문학청년이었느니, 자신도 어릴 적에는 문학소녀였느니 하는 말을 한다. 이는 지금은 나이가 들어 그런 '치기 어린' 생각을 하지 않아, 문학과 자연스레 멀어졌노라고 자랑스러운 태도를 취하는 이들의 스스럼없는 말이다.

　이정애의 글쓰기는 이런 오해를 불식시키는 데 중요한 근거를 제시한다. 그의 글에는 소녀의 가슴으로 세상을 느끼는 감성이 있지만, 동시에 어른의 시선으로 세상일을 재단하는 이성적 태도도 있다.

11년을 우리와 함께 지냈던 카니발을 얼마 전 다른 집으로 보냈다. 자동차와의 헤어짐도 사람과의 이별과 별반 다르지 않았다. 같이 있을 때는 별로 애틋하지도 못했으면서 막상 볼 수 없게 되면 보고 싶고 못해 준 게 미안하고 한 것처럼 그렇다. 두고두고 생각해 가며 우는 아이의 질긴 울음처럼 이별의 끝이 꽤 길다. 노동이 버거운 노년의 시기에 떠난 터라 새 주인의 심한 닦달에 힘겨워하는 건 아닌지 측은하기도 하다. 겉모습은 청년 같지만 밥을 너무 급하게 먹이면 두어 번씩 컥컥 목이 메기도 하는 약골이 되었는데 쉬엄쉬엄 잘 달래 가면서 먹이기는 하는지도 궁금하다. 새 주인이 우악스러운 시어머니 맘보만 닮지 말기를 바라는 건 고생만 실컷 하다가 시집가는 딸이, 결혼해서는 편안히 살기를 바라는 친정엄마 마음과 닮은 것 같다. 만으로 10년이면 짧은 인연은 아니니 지나친 감상은 아니리라.
    -이정애, 「누구랑 어디서」 부분


10년 넘게 탄 자동차가 다른 집으로 간다. 자동차는 무정물이지만 이별하기가 쉽지 않다. 어린애 같으면 울고불고 난리를 칠 일이다. 아이들은 정이 든 장난감만 잃어버려도 세상이 끝난 것처럼 굴지 않던가!

이정애는 감성에 바탕을 둔 감상에 머무르지 않고 이내 이성적인 판단을 한다. 시집가는 딸이 편히 살기를 바라는 친정 어머니의 마음으로 돌아간다. 여기에서 감상적인 마음만 묘사했다면 반쪽짜리 글쓰기에 그쳤을 터. 하지만 그는 자신의 감상적인 마음을 다스려 아쉬움을 달랜다.

이정애의 글쓰기는 얼핏 보면 감상적인 소녀 같은 마음에서 출발하는 것 같다. 하지만 자세히 들여다보면 그것은 단순한 감상이 아니라, 공감이다.

교실을 나가는 그의 등을 덮은, 아직은 철 이른 얇은 겉옷이 내 눈에 들어왔다. 어쩌겠는가. 저들은 추워도 불편해도 멋을 먼저 생각하는 세대이고 나는 멋보다는 따뜻하고 편한 것을 먼저 취하는 세대인 것을. 머쓱했던 기분을 스스로 풀어 주었다. 성운 씨는 그 뒤로도 내 공부의 충실한 부교재가 되어 주었다. 길이 책에만 있는 게 아니었다.

　　-이정애, 「성운' 씨」 부분

상담학을 배우기 위해 평생 교육원 같은 반에서 공부한 선천성 장애인 성운 씨. 그는 몸이 불편하지만 멋을 아는 젊은 세대이다. 그래서 날씨가 쌀쌀한데도 얇은 겉옷을 걸치고 있다.

이정애는 멋보다는 따뜻하고 편안한 것을 먼저 챙기는 세대이다. 하지만 성운 씨 같은 젊은이의 속내를 이해하고 기꺼이 공감한다. 그래서 길은 책 속에만 있지 않다고 말할 수도 있다. 장애인에 대해 이론적인 것만 고지식하게 따지지 않는다. 그들의 행동과 삶을 통해 책을 읽는 것보다 더 많이 배운다.

이정애의 공감 능력은 국제 구호 단체에 후원금을 내게 하기도 한다.

컴패션은 세계 여러 지역에서 우리나라의 방과 후 학교 같은 교실을 운영하고 있다. 부모가 돌볼 수 없는 아이들을 데려다가 먹이고 가르치고 보호하는 일을 하는 곳이다. 나는 거기에 출석하는 아이를 후원했다. 서로 사진도 오가고 편지도 주고받고 생일이나 연말 같은 특별한 날에는 선물도 보내며 여러 해를 보냈다. 내 여건이 나빠지지만 않는다면 대학교를 마칠 때까지는 그를 도울 생각이었다. 그런데 어느 날 2개월분의 후원금이 내게 도로 돌아왔다. 컴패션의 설명은 이랬다. 아이의 결석이 며칠 계속되어 찾아 나섰다.

가족 모두가 어디론가 떠났는데 그곳을 아는 사람이 아무도 없었다. (…) 그간 후원금이 집행되지 못했으니 반납한다는 것이었다. 다음 아이를 선정하여 연결이 될 때까지 기다려 달라고 했다.

    -이정애, 「거슬러 오르는 일」 부분

후원하던 아이와 연락이 끊겼다. 단체에서는 다른 아이가 연결될 때까지 기다려 달라고 했다. 여기에서 이정애의 통찰력이 발휘된다. 그는 단순히 후원금을 내는 문제에 그치지 않고, 근육의 감소는 늙음과 쇠퇴를 뜻한다면서 그 단체 사람들은 마음에 탄탄한 근육이 있기 때문에 산 사람으로 사는 것이라고 생각한다.

이정애의 공감은 단순한 감상이나 동정, 연민이 아니다. 어떤 상황에서도 인간의 품위를 잃지 않으려는 이들에 대한 사랑이다. 그 사랑은 하루아침에 만들어진 것이 아니다. 평생 담금질했다.

시어머니에게 매달려 살던 그 무렵의 내 일기는 이렇다.

"오늘도 참 무거운 마음으로 하루를 시작한다. 사는 것도 아니고 안 사는 것도 아니며 모든 게 뒤죽박죽이다. 언제쯤

이나 무거운 내 눈은 정상적으로 떠질까?"

조절하고 달래야 지탱되던 내 약한 체력은 병원과 집을 오가며 언제 끝날지 모르는 시어머니의 간병으로 기진맥진해 있었다. 짐을 나누자고 떼어서 맡길 사람도 없고 상의할 사람도 없는 외며느리다. 판단하고 결정해야 하는 일은 늘 혼자여야 하니 팍팍했다.

"친구에게서 전화가 왔다. 네 집 앞으로 갈 테니 잠깐 나와라. 같이 밥 먹자. 힘내야 산다. 누구를 만나서 밥 먹고 이야기할 기운도 없고 귀찮다. 다음에 먹자고 했다."

이런 일기를 쓰며 연초부터 봄과 온 여름을 다 보냈다. 이맘때쯤 요양 병원으로 모시고 가던 길이 사진 한 장으로 진하게 찍혀 버린 것이다. 그 길이 홀가분할 줄 알았다. 나를 누르던 무거운 짐이 떨어져 나가기만 하면 시원하게 큰 숨을 쉴 수 있을 거라 생각했다. 이리저리 괜찮은 요양원을 알아볼 때까지는 그랬다. 그런데 그 길이 지금도 여전히 패이고 꺼져서 꺼칠한 그대로 가슴 복판에 걸려 내려가지도 토해지지도 않는다. 왜 항상 이 기억은 이러는지 모르겠다.

-이정애, 「끈」 부분


누구나 시어머니에게 잘해야 한다고 생각한다. 하지만 막상 현실로 닥치면 잘하기 쉽지 않다. 오죽하면 '고부 갈등'이라는 말이 일반화되었을까? 이정애도 자신을 누르던 시어머니의 존재가 짐처럼 여겨져, 그 짐이 떨어져 나가면 마음이 가벼울 줄 알았다. 하지만 막상 시어머니의 빈자리는 '홀가분하지 않다'.

이정애의 공감은 오랫동안 투병 중인 올케언니를 만났을 때도 이어진다.

올케언니 문병을 갔다. 바빠서, 번거로워서, 거기 오래 있겠거니 하고 방문을 미루다가 내일이 모레가 되고는 했다. 친구에게도 그랬다. 그러다가 결국 그녀에게 한 번 더 가 보지 못하고 장례식장에서 아무 소용없는 눈물을 흘린 일도 있다. 그러고도 해야 할 일을 미루는 핑계는 여전했다. 언니 문병도 몇 번이나 벼른 뒤였다. 혼자서는 보행이 불가능하고 말하기도 불편한 환자의 어눌한 혀가 나를 만나 수다를 늘어놓는다. 언니의 기묘한 발음을 내가 기묘하게 알아맞히면 둘이 하이파이브도 하면서, 말할 줄 모르는 언니의 '능변'과 말할 줄 아는 나의 경청으로 대화는 이어진다. 그녀가 이만큼 안정이 되고 회복이 되기까지 오빠와 두 아들의 고생이 눈물겨웠다. 일찍 병을 얻은 언니의 병상은 내일모레면 십칠 년이 된다. 가족들에게 지금의 일상이 상처인지 맨

살인지 구분이 거의 안 될 만한 세월이 되었다.

　　-이정애, 「꽃밭에서」부분


올케언니의 발음은 불분명하지만, 이정애는 기가 막히게 알
아듣는다. 그때마다 둘은 서로 소통한 것에 대해 기뻐한다. 올
케언니의 병상 생활이 17년이라니, 매우 긴 세월이다. 그래서
이정애는 가족들에게 지금의 일상이 상처인지 맨살인지 구분
이 안 될 정도라고 말한다. 이는 오빠와 두 아들의 고통을 충
분히 감지한다는 뜻이다.

　이정애의 공감 능력은 손자와 '공범'이 되게도 하지만, 그는
오히려 뿌듯함을 느낀다.


　할머니와 손자는 의기투합하여 햄버거 가게로 들어갔다.
마음 켕겨 하며 먹는 간식은 한마디로 맛도 있고 멋도 있었
다. 본래의 맛도 좋은데 금기까지 바르고 얹었으니 그렇지
않으랴. 너희는 학생 신분이니 개인적으로는 가지 말라던
영화관을 조마조마 숨죽여 가며 그래도 기어이 갔던 친구들
은 이 맛을 진즉 알았던 모양이다. 아이는 빵을 씹는 게 아니
라 단물을 빨아들이듯이 맛있게 먹었다. 이제는 더 이상 불
량이니 금기니 하는 것은 소용없고 그저 아이를 기쁘게 하

는 고마운 빵일 뿐이었다. 햄버거와는 좋은 파트너인 콜라까지 마시게 할 수는 없어서 우유를 먹이는데 도둑 이야기가 생각났다. 집을 모두 뒤져 다 가져가면서 아침에 먹으라고 쌀 한 됫박은 남겨 놓고 갔더라는 이야기가 나를 빗대는 것 같아 혼자 웃었다. 마주 앉아 거의 다 먹을 무렵 우리는 눈이 마주쳤다. 내가 한쪽 눈을 찡긋하니 녀석이 무슨 말인지 알았다는 듯 헤헤 웃었다. 우리는 행복했다.

　-이정애, 「상큼한 사이」 부분


　손자는 엄마, 즉 이정애의 며느리가 금기시하는 음식을 먹고 싶어 한다. 할머니인 이정애는 손자와 함께 산책한 뒤 주전부리로 손자가 먹고 싶어 하는 것을 먹게 한다. 손자와의 사이에 '공범 의식'이 생겨났지만 행복을 느낀다. 할머도 안 되는 줄 알면서, 며느리가 아이들에게 먹이고 싶어 하지 않는 음식인 줄 알면서도 손자의 속내를 알기에 햄버거 가게에 들어간 것이다. 어른의 자리에서 손자에게 군림했다면 결코 일어날 수 없는 일이다.

　이정애의 손자 사랑은 자발적인 하인(?)이 되는 것을 영광으로 아는 지경에 이르기도 한다.

"이게 뭐야?"

아침 여섯 시가 막 지난 시간, 돌 지나고 석 달 된 손자가 기상나팔 대신으로 불어 대는 말이다. 잠자리에서 일어나 앉자마자 잠도 덜 깬 눈으로 우선 이 말부터 하고 본다. 그것을 신호로 아직 일어나기 싫은 옆의 다른 식구들도 부스스 눈을 뜬다. 아기가 대화체로는 맨 처음 배운 말이기도 한데 왜 그 말을 그 시간에 쓰는지는 잘 모르겠다. 다만 자기가 깼다는 신호인 동시에 기분이 좋다는 뜻이라는 것만 안다. 아이의 기상나팔이 울렸음에도 휴화산처럼 아직 활동하고 싶지 않은 내 몸은 뭉그적거리며 바닥에서 떨어지고 싶어 하지 않는다. 아이는 제 말에 빨리 반응하지 않는 나를 보고 지금 뭐 하고 있는 거냐고 엄포를 놓거나 호통을 치지는 않는다. 그럼에도 오래 저항하지 못하고 일어나는 건 자발적 순종이다. 보드랍고 말랑거리는 목소리, 뽀얗기나 예쁘기가 하얀 바람떡 같은 상전의 얼굴 때문이다. 그 얼굴은 종의 영광을 얻게 된 것에 감사하게까지 한다. 나이로나 덩치로나 나에게는 어처구니없는 상대 앞에서 배운 말이라고는 "네네."밖에 없는 하인처럼 그저 충복忠僕이 될 것을 기쁘게 다짐하게도 한다.

　-이정애, 「상전의 길 하인의 길」 부분

아침을 안 먹는 습관이 든 지 오래지만, 손자 때문에 아침을 차려야 한다. 손자가 상전을 자처해서도 아니다. 손자가 명령해서도 아니다. 가족 모두 자발적으로 손자의 비위를 맞춘다. 그래서 음식의 간도 손자의 입맛에 맞춘다. 자발적인 하인! 웃음이 절로 나온다.

이정애가 손자에게 공감하는 이야기는 또 있다.

세 살짜리 외손자가 우리 집에 왔다. 제 엄마가 동생을 낳으러 병원에 가면서 데려다 놓고 갔다. 엄마와 처음 떨어져 보는 아이인지라 달라진 환경에 풀이 죽거나 힘들게 하면 어쩌나 걱정이 되었다. 다행히 그간의 잦은 만남으로 익힌 친밀감 덕인지 아이는 수월하게 적응해 주었다. 제집에서 가져온 장난감들과 그림책, 그리기 놀이를 하면서 초저녁까지는 신나고 즐겁게 잘 놀아 주었다. 노는 중간중간에 스스로 지은 노래를 흥얼거렸다. '엄마는 언제 오려나.'를 후렴처럼 노래 중간에 자주 끼워 넣는 즉석 랩이었다. 그 노랫말을 할 때는 어김없이 창문으로 걸어가 주차장 쪽을 흘낏 넘겨다보았다. 그 모습은, 혹시라도 엄마가 도착하면 자기가 제일 먼저 보는 행운을 잡고 싶다는 것 같기도 하고, 나는 지금 많이 슬퍼서 조금 슬픈 것처럼 보채거나 울 수가 없어요, 하는 것 같기도 하다.

-이정애, 「자꾸만 눈물이 나요」 부분

아이의 심정에 공감하는 할머니. 그래서 손자가 "나는 지금 많이 슬퍼서 조금 슬픈 것처럼 보채거나 울 수가 없어요, 하는 것 같기도 하다."라고 느낀다.

이정애의 공감 능력은 자신과 자식에 그치지 않고 손녀에게까지 이어진다.

제 누나가 지난 사진을 보고 있다. "사진 속에 승찬이는 왜 없어?" 하고 내가 물었다. 교육 덕인지 착각 탓인지 "제 동생이 아직 태어나기 전이어서요." 한다. '데려오기 전이어서요.'가 아닌 대답이 술술 자연스럽고 듣기 좋다. 덕이든 탓이든 대답에 녹아 있는 누나의 시간이 고맙다. 그런데 내 시간은 아직이다. 당분간 보조 양육자로, 수시로 아이를 맡아서 살펴야 하는데 누나만큼이 못 된다. 그들, 아빠, 엄마, 형, 누나. 승찬이는 잘 비벼진 비빔밥이 되었다. 나는 비빔밥 그릇 안에서 승찬이를 가려내어 다른 그릇에 따로 담을 때가 있다. 입양을 크게 찬성했고 인정했고 받아들였는데 그 생각과 마음이 합치지 않으려고 몽니를 부리는 형국이다. 시간이라는 선량한 스승을 따라가고 있는 중이다.

-이정애, 「승찬이」 부분


승찬이는 입양한 아이이다. 승찬이의 누나인 손녀는 어른
보다도 먼저 스스럼없이 승찬이와 지낸다. 이정애는 손녀만큼
되지 않는다고 자책한다. 승찬이는 그새 잘 비벼진 비빔밥처
럼 한 가족이 되었다.

이 밖에도 이정애 수필집 『반 평짜리 사랑방』에는 남편, 친
구, 마을 사람 등 많은 인물이 등장한다. 한결같이 감성을 자극
하고도 남는 글쓰기이다. 하지만 이정애는 거기에 머물지 않
는다. 어떤 상황에서도 자신의 태도와 속내를 이성적인 어른
의 시선으로 점검하고 비판하며 스스로를 다그친다. 굳이 드
러내지 않아도 될 것들을 드러내면서 자신의 발밑을 돌아본
다. 그래서 더욱 믿음이 가는 글쓰기이다.

# 농경 사회의 정서로
# 삶을 가꾸고 글을 쓰고

### -박병률 수필집 『행운목 꽃 필 때』

    박병률은 글쓰기의 바탕을 농경 사회의 정서에 두고 있다. 이는 농경 사회의 정서가 고루하다는 의미가 아니라 농경 사회의 제반 장점을 수필에 두루 반영한다는 뜻이다.

    그는 현재 농촌에 살지 않는다. 고등학교 졸업 이후 대부분 서울에서 생활했다. 하지만 그의 의식 속에는 고등학교 때까지 형성된 어린 시절의 추억, 즉 농경 사회의 기억이 들어 있다.

    박병률에게 농경 사회의 정서는 단순히 어린 시절의 기억에만 머물러 있지 않다. 삶의 곳곳에 자연스레 스며 있다.

    월든 호숫가의 숲으로 들어가 2년 남짓 혼자 생활한 경험을 『월든Walden』이라는 책으로 펴낸 헨리 데이비드 소로. 그는 문명 속에서의 삶에 싫증을 느껴서 삶의 의미를 묻는 일기를 썼다. 어느 날 일기는 이렇게 시작된다. "혼자 있기 위해서는 지금 상태에서 탈출하는 것이 필수이다. 나는 나 자신을 멀리하고 있다."

하지만 박병률은 소로와 달리 문명을 거부하거나 혼자 있기 위해 탈출하지 않는다. 더더구나 자기 자신을 멀리하지도 않는다. 그는 문명 속에서 가족, 이웃, 친구와 함께하고, 그 안에서 자기 자신을 더 자세히 살핀다.

박제가 된 매미를 손바닥에 올려놓고 물끄러미 바라본다. '세상은 앞으로 너희 것이여.'라고 어미가 여름에 알을 낳고 삶을 마감했다고 치자. 알은 나무껍질에서 가을에 부화하여 애벌레가 된다. 애벌레의 95%가 나무에서 떨어지면서 그중 절반 정도가 새나 개미한테 잡아먹히고 나머지가 땅을 뚫고 들어간다. 땅속에서 애벌레들은 허물을 5번 정도 벗으며 오랜 세월, 두더지 같은 천적을 피해야 한다. '적은 사방에 도사리고 있다.' 얼마나 슬픈 일인가?

하지만 슬픔이 툭툭 불거지는 빈 껍데기 속에서 나는 절망보다 희망을 보았다. 삶의 완성이 어찌나 눈부시게 아름다운지…… 몸뚱이는 가볍고 날개는 수정처럼 맑다. 살아생전 새나 거미 등 먹이 사슬의 유혹을 얼마나 뿌리쳤을까?

생전의 모습 그대로 유지한 채 한 치의 흐트러짐이 없구나!
　-박병률, 「매미를 우러러보며」 부분


　박병률은 매미의 허물을 보고 먹이 사슬에 매인, 어쩔 수 없는 자연의 오묘한 이치를 새삼 깨닫는다. 하지만 그 정도로 그쳤다면 상투적인, 『이솝 우화』 같은 교훈적 이야기로 끝났을 것이다. '절망보다는 희망을 보았다.' 정도로……. 하지만 그는 거기서 더 나아간다. 매미의 빈 껍데기를 삶의 완성으로 보고, 그 완성이 아름답다는 인식에 도달한다. 생전의 모습 그대로 유지한 채 한 치의 흐트러짐도 없는 매미의 허물!
　박병률은 자연의 이치를 거스르지 않는다. 자연이야말로 가장 '자연스러운' 일이라고 본다. 이 점은 소로와 비슷하다.


　어머니가 그랬던 것처럼, 나도 화단에 감자 3개를 묻고 "뿌리만 살면 다 산다."라고 중얼거리며 흙을 다독거렸다. 입동이 지나고 서리가 내리자 줄기는 사라졌지만, 화단에 심은 나무뿌리가 얼지 않도록 낙엽을 긁어모아 수북이 덮어주었다.
　겨울이 가고 새봄이 왔다. 봄이 오자 나는 습관처럼 꽃밭에 물을 주었다. 철쭉, 영산홍, 앵두꽃이 흐드러지게 핀 걸

보며 나도 모르게 소리쳤다.

아니 이럴 수가!

"좋은 나무가 나쁜 열매를 맺을 수 없고 못된 나무가 아름다운 열매를 맺을 수 없다."라는 『성경』에 나오는 구절처럼 작년 가을, 화단에 묻어 둔 감자 하나가 세상 밖으로 새싹을 힘껏 밀어 올렸다. 나머지 2개는 겨울잠에 푹 빠진 모양이다. 새싹은 하루가 다르게 자라서 줄기가 되고 줄기는 척척 번져서 꽃이 피었다. 감자꽃이 질 무렵, 밑이 얼마나 들었을까? 하며 기대를 품고 삽질을 했다. 뿌리에 매달린 감자가 모습을 드러내자 "와, 심 봤다."라고 소리를 지르며 줄기를 잡고 땅 위로 끌어올렸다. 뿌리에 매달린 감자 2개가 달랑달랑 춤을 추는 듯 보였다.

-박병률, 「감자가 눈뜰 때」 부분


"뿌리만 살면 다 산다."라는 인식. 그것이 자연의 법칙이다. 여기에서는 감자가 살아가는 방식이자 삶의 완성이다. 감자는 몸의 상처를 안고도 땅속에 뿌리를 내린 것이다.

박병률은 고등학생 아들을 먼저 떠나보내는 아픔을 겪어야 했다. 하지만 그는 아들과 자신의 삶을 완성하기 위해 글을 쓰며 삶에 뿌리를 내린다. 감자가 몸의 상처를 안고도 땅속에 뿌리를 내리듯이.

　　나는 봄이 되면 오지 않는 전화를 기다린다. 지금은 추억
의 한 페이지로 물들어 버린 "아빠, 과제물 좀 가져다주세
요."라는 아들의 전화 목소리다. 나는 그럴 때마다 허허 웃
으며 과제물을 주섬주섬 챙겼다. 가게 문도 열지 않고 차로
30분 정도 달리면 아들이 다니는 고등학교에 도착한다. 정
문 앞에서 전화를 걸면 아들이 나와서 씽긋 웃으며 과제물
을 받아 갔다. 그런 일이 세 차례나 있었다.
　　-박병률, 「아빠, 과제물 좀 갖다주세요」 부분


늦게 낳아서 더 귀여운 아들이었다. 그런 아들이 죽었다. 어
이없는 일이었다. 당시 아들은 고등학교 1학년이었고, 박병률
은 과제물을 세 번이나 가져다주었다. 그래서 박병률은 졸업할
때까지 여섯 번 더 가져다주게 되는 것 아니냐고 아들에게 너
스레를 떨기도 했다. 아들의 미안함을 덜어 주기 위해서였다.

　　나는 자식들 뒷바라지하기에 바빴는데, 아들이 고등학
교에 들어가고 얼마 안 돼서 아들과 함께 참고서 사러 책방
에 들른 탓인가. 그곳에 가면 아들 또래들이 서점 구석에 쪼

그리고 앉아서 책장을 넘겼다. 그 모습이 눈에 선해서 일요일이면 책방을 찾았다. 서점에 머물면서 소설, 에세이, 시집을 들춰 봤다. 어느 순간 수필가 장영희 선생 에세이, 『살아온 기적 살아갈 기적』 표지의 깨알만 한 글씨가 눈에 띄었다. '나는 그때 마음을 정했다. 나쁜 운명을 깨울까 봐 살금살금 걷는다면 좋은 운명도 깨우지 못할 것 아닌가. 나쁜 운명 모조리, 좋은 운명 모조리 다 깨워 가며 저벅저벅 당당하게, 큰 걸음으로 살 것이다.'

　　-박병률, 「아빠, 과제물 좀 갖다주세요」 부분


　서점에 우연히 들른 것, 거기서 장영희 교수의 책을 읽게 된 것, 모두 운명이라면 운명이리라. 그때부터 박병률은 책을 읽기 시작한다. 박준 시인의 시집을 보고 표지 약력에 있는, 시인이 다닌 학교의 문예창작과에 입학해 늦깎이 대학생이 되기도 한다. 더불어 박병률은 글을 쓰면서 자신의 정체성을 더욱 공고히 해 나간다. 삶을 완성해 나가는 것이리라.

　아들과 함께 참고서나 사러 갔던 서점. 아들이 세상을 떠난 뒤 그 서점에 끌리듯 가게 되고, 몇몇 책을 읽다가 주저앉지 않고 글쓰기를 시작했다.

아들이 내 곁을 떠난 뒤, 세월이 지나면 모든 것을 잊어버릴 줄 알았다. 하지만 행운목 꽃이 피면 고1 아들과 나누던 대화가 떠올랐다. "아빠, 과제물 좀 갖다주세요."라든지, 학교 정문 앞에서 아들이 웃으면서 과제물을 받아 가던 모습이 생생하다. 행운목 꽃은 올해 들어 4번째 피는데 아들의 모습은 한 번도 꿈에 나타나지 않는가!

  -박병률, 「아빠, 과제물 좀 갖다주세요」 부분


아들의 재를 뿌리고 온 날, 행운목 꽃이 피어 집 안을 향기로 채웠다. 그 뒤로 박병률은 행운목 꽃이 필 때마다 아들과의 추억에 휩싸인다. 그 추억의 주인공인 아들이 꿈에라도 한번 나타나면 좋으련만……. 아버지는 아들의 뿌리이다. "뿌리만 살면 다 산다."라는 말은 여기에서도 통한다.

박병률 글쓰기의 바탕은 농경 사회의 정서라고 했다. 뿌리만 살면 다 사는 것이 농경 사회의 정서이다. 그는 화초를 잘 가꾼다. 죽어 가는 화초도 그의 손길이 가면 싱싱하게 살아난다. 이는 그의 마음이 화초에도 가닿아서 그러리라.


다시 말하지만 동네 허물어진 집 앞을 지날 때 내 눈에는 마당에 버려진 화분만 크게 보였고, 고무나무는 하찮게 생각했다. 화분에 금이 갔는지 이리저리 살피다가 '혹시 나무가 살아 있지 않을까?'라는 믿음이 생겼다. 살아 있는 생명을 함부로 대하는 일은 슬픈 일일 텐데, 내가 집으로 고무나무를 들고 온 까닭에, 나무가 움이 트고 잎이 우거지는 것을 보았다. 화분은 한낱 껍데기에 불과했다. 하마터면 추위에 얼어 죽었을 고무나무! 나무에 물을 줄 때 내가 가끔 말을 건다. "잘 커라, 응."

  -박병률, 「허물어지는 것들」 부분


이사하면서 버려진 고무나무 화분. 박병률은 화분이나 쓸까 싶어 집에 들고 왔다. 그런데 뜻밖에도 고무나무를 살렸다. 하마터면 추위에 얼어 죽을 뻔한 고무나무는 움이 트고 잎이 우거졌다. 그는 고무나무에 말을 건넨다. "잘 커라, 응." 마치 옛 농부들이 밭이나 논에 심은 작물을 사람처럼 대하던 모습을 떠올리게 한다.

박병률은 화초뿐만 아니라 인간관계에서도 농경 사회의 정서를 그대로 반영한다.


몸이 성한 사람이 동네를 한바탕 휩쓸고 가고, 할머니는 페트병을 비닐봉지에 담아서 손수레에 주렁주렁 매달고 간다. 나는 그런 할머니를 위해 우리 에어컨을 신형으로 교체하면서 실외기와 20m쯤 되는 동 파이프를 돌돌 말아서 창고에 넣어 두었다. 집 주변에 원룸이 많아서인지 쓸 만한 게 자주 나오는 편이다. 눈에 띄는 대로 책, 신문지, 헌 옷 등을 차곡차곡 모았다.

때때로 방 창문을 열고 골목을 바라보았다. 오랜 기다림 끝에 할머니가 손수레를 끌고 우리 집 앞으로 다가오고 있었다. 마중 나가 그동안 모았던 것을 손수레에 실어 주고 창고 열쇠 하나를 할머니 허리끈에 매 드렸다. 설을 며칠 앞둔 어느 날, 이름 없는 사과 한 상자가 집 앞에 있었다.

-박병률, 「사과 한 상자」 부분


폐지 줍는 할머니를 대하는 박병률의 자세. 그에 사과 한 상자로 보답(?)하는 할머니. 미담 같은 이 글은 저절로 구성되어 있다. 굳이 인위적인 가공을 하거나 허구를 얹을 필요가 없다.

박병률의 수필 가운데에는 이야기 자체가 저절로 구성된 경우가 많다. 어쩌면 농경 사회는 이야기가 살아 있는 사회인지도 모른다. 당숙네 닭서리를 한 이야기도 구성이 저절로 되어 있다. 굳이 앞뒤에 사족처럼 인위적인 이야기를 덧붙일 필요가 없다. 실제로 일어난 일만 적어도 그만이다.

밤중에 당숙 집에서 닭서리를 한 적이 있다. (…) 친구랑 쪼그리고 앉아서 닭 꽁지만 남기고 털을 거의 뽑았다. 닭의 모가지를 비틀고 있던 팔이 아파서 닭을 자갈 위에 잠시 내려놓았다. 다른 친구는 큰 돌을 양쪽에 세워 놓고 솥단지를 걸고 불을 피우느라고 야단법석을 떨 때였다.

그때 닭이 살아났다.

달밤에 닭이 알몸으로 뛰어가는 모습을 보고 슬퍼해야 마땅하지만, 웃음밖에 나오지 않았다. 손에 잡힐 듯 말 듯 닭을 쫓아가다가 하필 당숙과 마주쳤다. 엉겁결에 인사를 하고 불쑥 "당숙네 닭이 도망가유."라고 말했다.

당숙이 나를 뚫어지게 바라보았다. 내가 고개를 숙이고 머리를 긁적거리고 있을 때 닭은 더 멀리 도망을 갔다.

"야, 병률아. 닭이 도망간다. 잡아야지"

당숙이 큰소리를 치며 쫓아가서 닭을 잡았다. 닭을 손에 들고 이리저리 살피고 고개를 갸웃하더니, "우리 닭은 깨벗은 놈이 없는디" 하며 당숙이 닭을 내 손에 쥐여 주었다. 그 후 가던 길을 재촉하셨고, 나는 닭을 품에 안고 당숙이 걸어가는 뒷모습을 바라보았다.

-박병률, 「우리 닭은 깨벗은 놈이 없는디」 부분

지금은 서리를 하면 도둑질이 되지만, 경제적으로 어려웠던 시절에 농촌에서는 흔한 일이었다. 수박 서리, 오이 서리, 참외 서리, 감자 서리, 닭서리 등등. 마을 사람들은 서리를 당하면 대충 어떤 무리가 했는지 다 알았다. 하지만 꼬치꼬치 취조해 범인(?)을 색출하기보다는 알고도 속고, 모르고도 속으며 넘어가 주곤 했다.

당숙네 닭을 훔쳐서 털을 다 뽑았는데 그 닭이 알몸으로 도망갔다. 박병률이 "당숙네 닭이 도망간다."라고 말했지만 출타했다 밤늦게 돌아온 당숙은 "우리 닭은 깨벗은 놈이 없는디." 하며 모른 체해 준다.

농경 사회의 정서는 친구들 사이에서도 작동한다.

그해 겨울, K는 일용직 일을 나간 지 사흘 만에 사다리에서 떨어져 팔이 부러지고 깁스를 풀자마자 눈길에 넘어져서 다리가 부러졌다. 입원하자 친구들끼리 모여서 병문안을 갔다. 병실을 나서면서 어떤 친구가 K의 병원비를 보태 주자고 제안했다. 그랬더니 J가 풍선처럼 볼에다가 바람을 잔뜩 불어넣은 듯 통명스럽게 "회칙에 없는 걸 왜 새로 만들려고 그려. 회칙대로 하자고." 하며 딴죽을 걸었다. 그의 얼굴은 오랜 가뭄 끝에 금방 소낙비라도 퍼부을 것처럼 울그락 불그락했다. 그러자 다른 친구가 "나중에 의논하자."라고 끼어들었다.

　한길에 나서자 칼바람이 몸속을 파고들었다. 가로수는 벌거벗은 채 가지가 좌로 혹은 우로 심하게 흔들린다. '나무뿌리는 중심을 잡으려고 얼마나 발버둥 칠까?'라는 생각에 빠져 있을 때, K와 그동안 나눴던 이런저런 이야기들이 스쳐 지나간다.

　해마다 휴가철에 우리 친구들 여섯 가족이 뭉쳤다. 아이들을 데리고 강에서 물고기를 잡고, 바닷가 근처 소나무밭에 텐트 치고 밤새도록 놀았다. 어느새 아이들은 훌쩍 커서 우리 곁을 떠나고 J는 얼마 전에 명예퇴직했단다. 퇴직금을 상가 분양을 목적으로 투자한답시고 사기꾼한테 걸려서 몽땅 날려 버렸고, 퇴직금을 조금이라도 건지려고 용한 점쟁이를 찾아다닌다는 소문이 자자하다. 그런데 K는 지금 남양주에서 상가 하나를 장만해서 여러 가지 중고 기계를 사다가 손질해서 팔고 있다. 어느 날 그 사무실에 들렀더니, "회비 낼 돈이 없어서 쩔쩔맬 때마다 힘내! 라며. 내가 전화로 안부를 묻는 게 귀찮을 정도였다."라고 너스레를 떨었다.

　-박병률, 「우리 친구 아이가!」 부분

사업하다 망한 친구가 걱정되어 늘 안부를 물었던 박병률. 지금 세상에서는 그런 마음을 내기가 힘들다. 오로지 자기만 중요해 남의 처지는 잘 돌보지 않는다. 점점 사회가 삭막해지고 있다.

글을 쓴다는 것은 자신과 타인을 둘로 나누는 것이 아니라 서로 공감하는 것인지도 모른다. 공감 능력을 배양하는 것이야말로 글을 쓰는 첫 목적이자 마지막 목적이리라. 박병률의 글쓰기 작업의 밑바탕은 바로 공감 능력이다. 하지만 그는 거기에 머물지 않는다.

프랑스의 철학자이자 작가였던 장 폴 사르트르는 숱한 글을 썼지만, 한마디로 그의 철학을 정리한다면 '인간은 스스로 자신을 만들어 내는 존재일 뿐이다.'일 것이다. 박병률도 계속 자신을 만들어 나간다. 소로와 달리 번다한 도회 문명을 피하지 않고, 나아가 자기 자신을 멀리하지도 않고 삶의 완성을 꿈꾼다.

# 만나는 사람마다
# 다 고향

### -조의순 수필집 『마당을 맴돌다』

1

조의순의 글에는 기본적으로 '고향'이 담겨 있다. 그의 고향
은 일반적으로 일컫는 자연, 환경, 친척이 있는 '지연과 혈연의
고향'만을 의미하지 않는다. 그는 단순히 고향의 산천이나 고향
사람만을 그리는 데 그치지 않는다. 조의순은 만나는 모든 사
람에게서 고향의 냄새를 '읽어' 낸다. 이른바 '고향 의식'이다.

정현종 시인은 시 「방문객」에서 "사람이 온다는 건/실은 어
마어마한 일이다"라고 노래했다. 그 까닭은 그의 과거, 현재,
미래를 포함하는 '한 사람의 일생'이 오기 때문이라면서…….
이러한 정현종 시인의 언명은 조의순의 많은 수필에 담겨 있

다. 그가 만나는 모든 사람 역시 '어마어마'하기 때문이다.

그렇다고 해서 조의순에게 혈육의 바탕이 되는 아버지, 어머니, 형제들에 대한 그리움이 없는 것은 아니다. 사람이라면 누구나 그리워할 대상이 그에게도 있다. 먼저 아버지를 그리는 글.

어머니가 돌아가신 후 시골에서 혼자 살고 있는 아버지 걱정에 자식들은 항상 마음이 불편했다. 홀몸 노인에게는 외로움이 가장 힘든 고통이라는 것을 나는 봉사 활동을 통해 알고 있었다. 형제들과 의논 끝에 새어머니를 모시기로 했다. 아버지가 혹시 역정이나 내지 않을까 망설이다가 조심스레 새어머니 문제를 말씀드렸더니 '기다렸다는 듯이' 무척 좋아하셨다. '아니다. 괜찮다.' 하면서 조금은 사양이라도 했으면 좋으련만……. 너무 솔직한 말씀에 우리들은 왈칵 눈물을 쏟았다. 아버지께 순종만 하고 뜻을 받들었던 어머니의 빈자리가 내 마음을 몹시 아프게 했다.

어머니 돌아가신 지 겨우 3개월. 어머니 무덤에 흙도 채 마르지 않았는데 새어머니를 들이게 되다니, 우리 오 남매는 어머니께 죄스러워 눈물로 간절히 기도를 했다. 그러나 어쩌겠는가. 아버지께는 분명 효도인데 어머니 기억들이 그리움으로 남아 마음 한구석이 쓰리고 아팠다.

-조의순, 「구순의 순애보」 부분


조의순은 어머니가 세상을 떠난 후 홀로 남은 아버지를 위해 새어머니를 들이기로 한 자식들의 심정을 진솔하게 그렸다. 아버지께 새어머니를 구해 드리는 것이 '효도'이기는 하나, 돌아가신 지 얼마 안 된 어머니께는 한없이 죄송하다.

더구나 아버지는 자식들이 새어머니 이야기를 꺼냈을 때 역정을 내시기는커녕 '기다렸다는 듯이' 무척 좋아하며 솔직한 마음을 드러내셨다. 그 모습이 되레 서운해서 자식들은 눈물을 쏟았다. 고향 집에서 홀로 사시는 구순 아버지의 외로움과 불편함을 모를 바 아니기에 마음 한구석이 쓰리고 아팠다. 어머니를 생각하면 더욱더!

조의순은 어머니를 '천사'로 기억한다. 그렇기에 어머니를 생각하면 더욱 가슴이 시리다.


어머니는 아버지의 마음을 헤아려 누구든 집에 오신 손님은 정중히 모셨다. 때론 귀찮기도 했으련만 불평 한번 안 하고 웃으면서 늘 대접하는 고운 내 어머니였다. 그러다 보니 우리 집은 낯선 사람들과 이웃들로 항상 북적이면서 웃음소리가 끊이지 않았다. 그런 모습을 보며 우리 딸들은 자랐다.

어머니는 자신의 삶은 없고 오직 남편과 자식들을 위한 삶이 전부였다. 무조건 아버지께 순종하고 뜻을 받드는 현모양처였다. 두 분이 말다툼하는 것을 단 한 번도 본 적이 없다. 어머니는 천을 떠다가 손수 색동옷을 만들어 딸들에게 입혀 주셨다. 동네 아이들은 예쁜 옷을 입은 우리를 무척 부러워했다.

나는 지금도 천사 같은 어머니는 하늘 아래 우리 어머니뿐이라고 생각한다. 아버지 생신날이면 전날부터 무시루떡을 손수 찌고 정성으로 생일상을 차렸던, 딸들에게 늘 본보기가 되셨던 어머니가 많이 그립고 보고 싶다.

-조의순, 「가슴앓이의 흔적」 부분


어머니는 자신의 삶은 없고 오로지 남편과 자식들만을 위했다. 그러기 위해서 어머니는 얼마나 가슴앓이를 많이 했을까?

마음이 비단결인 어머니가 지쳐서 쓰러질 때도 우리 식구들은 그 이유를 알지 못했다. 어머니가 전혀 내색을 하지 않았기 때문이다. 그러다가 그 병이 아버지도 전혀 알지 못했던 '가슴앓이'라는 것을 나이가 들어서야 알았다. 시부모님과 친정이 한마을에 살았기에 할아버지는 어머니께 늘 상처가 되는 말씀을 많이 하셨다. 그러다 보니 어머니는 말도 못 하고 혼자 냉가슴 앓듯 속을 끓여서 병이 생긴 거였다.

-조의순, 「가슴앓이의 흔적」 부분

조의순은 어머니가 가슴앓이 때문에 돌아가셨다고 생각한다. 처음에는 어머니의 병이 무엇 때문인지 알지 못했지만, 어머니 혼자서 속을 많이 끓인 것이 원인이었으리라 여긴다.

어머니는 혼자 가슴앓이를 많이 했지만 음식 솜씨만큼은 일품이었다. 그 솜씨는 딸이 감탄할 정도였다.

엄마는 현대판 '장금이'처럼 어떤 재료든 손만 대면 뚝딱 맛있는 요리를 만들었다. 바느질과 요리를 잘하셨던 외할머니 솜씨를 그대로 물려받은 것이다. 그렇게 매일 대식구의 밥상을 차려 내던 우리 어머니. 짱뚱어를 푹 고아서 살을 발라 내고 거기에 무청 시래기와 들깻가루, 대파 등 천연 재료를 넣어 만든 우리 엄마표 짱뚱어탕은 생각만 해도 군침이 돈다.

가끔 TV에서 빅마마 이혜정 씨 같은 요리 연구가를 보면 눈시울이 뜨거워지기도 한다. 딸들에게 그 좋은 음식 솜씨를 좀 가르쳐 주기라도 했으면 좋았으련만, 남겨진 네 딸들은 아무도 엄마의 솜씨를 따라가지 못한 '돌연변이'들이다.

엄마가 만든 음식을 맛본 사람들은 모두들 감탄을 했다. 같은 재료를 사용했는데도 그 손맛은 누구도 흉내 낼 수 없을 정도로 독특한 맛을 냈기 때문이다. 특히 고들빼기김치 솜씨는 일품이었다. 들에서 야생으로 자라는 고들빼기를 직접 캐 와서 소금물에 담가 며칠 동안 쓴맛을 우려낸 후 멸치젓국을 넣고 쓱쓱 버무렸는데 김치에서 반지르르 윤기가 흘렀다. 어쩌면 우리 고향 순천의 액젓 맛도 한몫했는지 모른다. 순천에서 나는 멸치 액젓은 맛있다고 전국에 소문이 날 정도였으니까.

　-조의순, 「고들빼기김치」 부분


어머니는 현대판 '장금이'였다. 음식과 바느질 솜씨가 좋았던 외할머니의 유전자를 물려받았다고 본다. 하지만 조의순을 비롯한 네 딸은 어머니의 솜씨를 이어받지 못한 '돌연변이'들이라고 너스레를 떤다.

## 2

조의순이 부모님 이상으로 그리워하며 애틋해하는 사람은 손위 동서인 '형님'이다.

형님은 경찰 공무원이었던 시아주버님과 객지에서 다복한 가정을 이루고 살았다. 하지만 시어머니가 운명하시자 그 빈자리를 지키기 위해 남편을 혼자 둔 채 사 남매를 데리고 시댁으로 들어왔다고 했다. 30대 초반의 꽃다운 나이였다. 넉넉지 않은 형편에 홀시아버지와 엄마 잃은 일곱 살짜리 막내 시동생까지 그 대가족을 건사하느라 형님은 얼마나 많은 희생을 했을까?

형님이 가장 힘들었던 것은 홀시아버지를 모시는 일보다 자신의 아들과 어린 시동생을 키우는 과정에서 겪은 마음고생이었다고 했다. 밤만 되면 늘 엄마를 찾으며 눈물을 흘리는 시동생을 자신의 자식들보다 더 지극정성으로 보살폈다는 형님. 무슨 일을 하든 항상 '삼촌 먼저'라며 자식들보다 시동생을 우선시하다 보니 장조카는 질투심으로 내 남편을 많이 미워했단다. 자신보다 두 살이나 어린 애를 꼬박꼬박 삼촌이라 부르게 하고, 또 엄마가 삼촌만 챙기는 것 같으니 어린 마음에 질투가 나고도 남을 일이 아닌가?

초등학교 성적표 받던 날, 장조카의 질투는 극에 달했다. 평소에 온화했던 형님도 참을 수 없이 부아가 치밀어 회초리를 들었단다. 아들의 질투심을 바로잡기 위해 아픈 마음으로 내린 결단이었다.

"니도 열심히 했으면 성적이 좋았을 거 아이가! 누구를 질투하노?"

하면서 종아리를 때렸다고 했다.

"엄마는 내 엄마야? 삼촌 엄마야!"

울면서 밖으로 뛰쳐나가는 아들을 보며 형님은 찢어지게 마음이 아팠다며 사촌 여동생에게 하소연을 했단다. 공부에 관심이 없던 자신과 달리 좋은 성적으로 칭찬을 받는 삼촌과 비교까지 되었으니 그 어린 조카는 또 얼마나 상처를 받았을까?

-조의순, 「내 엄마야? 삼촌 엄마야!」 부분

형제 수가 적은 지금은 삼촌과 조카가 비슷한 나이가 될 가능성이 거의 없다. 하지만 자녀가 많게는 열 명 안팎이었던 1970년대 이전에는 삼촌과 조카가 같은 또래로 함께 자라기도 했다. 심지어 삼촌이 조카보다 어린 경우도 있었다. 조의순의 남편도 조카보다 두 살이나 어렸다. 어린 삼촌의 양육은 주로 맏이 부부가 맡아야 했다. 남편은 여섯 살 때 어머니를 잃어 형수가 엄마 대신이었다. 그러니 조카가 "엄마는 내 엄마야? 삼촌 엄마야!"라고 외칠 만하다.

그 후로 조카는 엄마를 늘 계모 대하듯 눈치를 보며 슬슬 피했고 똑바로 얼굴을 쳐다보지도 않았다고 했다. 아픈 손가락이었던 어린 시동생을 위해서 끓어오르는 화를 억누르며 모정을 숨기고 살았던 그 심정이 오죽했을까?

조카가 나이 들면서 엄마의 마음이 전해졌던지 질투심이 선한 마음으로 바뀌면서 삼촌과 조카 사이가 예전보다 더 돈독해졌다고 했다. 중학교에 다니면서부터는 두 사람이 바늘과 실처럼 늘 붙어 다녀서 친구들 부러움을 샀고, 형님은 늘 기뻐하시며 자랑을 하셨단다.

-조의순, 「내 엄마야? 삼촌 엄마야!」 부분

시샘하는 아들을 대하는 엄마의 마음은 어땠을까? 모정을 숨기고 지내야 했던 시간. 다행히 조카가 나이 들면서 삼촌을 거두었다(?). 그래서 형님은 안도의 한숨을 내쉬며 기뻐했으리라.

　　장조카가 결혼을 할 나이가 되어 혼처가 생겼지만 형님은 그때도 삼촌이 먼저 해야 한다며 급히 우리를 혼인시켰고 조카는 우리보다 한 달 후에 결혼을 했다. 형님은 내 친정엄마와 같은 나이였다. 그러다 보니 이 철없던 동서도 한없이 넓은 사랑으로 품어 주셨다.
　　-조의순, 「내 엄마야? 삼촌 엄마야!」 부분

친정어머니와 나이가 같았던 동서. 수필은 이런저런 이야기를 조곤조곤 풀어 가기에 알맞은 글쓰기 방식이다. 물론 어머니와 손위 동서가 살아가던 시절은 가부장적 사고방식이 지배하던 때라 지금과 단순 비교하면 안 된다. 하지만 그때도 어머니처럼 살기도, 손위 동서처럼 살기도 쉽지 않았다.


**3**


　　조의순이 만나는 사람마다 그에게서 고향을 느낀다고 말할 수 있는 것은 다음과 같은 만남이 자연스럽기 때문이다.

　　며칠 후 외출했다 돌아오다 골목 입구에서 할머니와 또 마주쳤다. 몇 번이나 노인네를 모른 척했던 게 미안해서 할 수 없이 먼저 다가가 웃으면서 인사를 했다. 할머니는 다짜고짜 내 손목을 잡더니 아무 말도 하지 않고 당신 집으로 끌고 갔다. 집 안에 들어선 나는 무척 놀라고 말았다. 먼지 한 톨 없이 정갈한 거실과 백화점 진열대처럼 가지런히 찬장에 들어찬 예쁜 그릇들, 거기에다 가구들까지 반짝반짝 윤이 났다. 나는 놀라움에 눈이 휘둥그레졌다. 수다쟁이 할머니는 동네 참견에 수다는 언제 떨고 또 이렇게 살림까지 잘하시는 걸까? 순간 머릿속이 복잡해졌다.

　　"새댁, 새댁이 이뻐서 부른 게 아니여. 젊은 새댁이 뭣 땜시 남편이 출근만 하면 아침 일찍 나갔다 늦게 들어오는지, 시방 동네 사람들이 새댁보고 춤바람 났다고 야단났당께. 동네 수다쟁이 아줌마들 여럿이 모여서 새댁 입방아를 찧어대는데 옆집 사는 내가 알고도 모른 척만 하면 안 될 것 같아 동네 아줌마들 몰래 새댁을 불렀당께."
　　-조의순, 「뭣 땜시」 부분

할머니는 아침마다 에어로빅을 하기 위해 외출하는 조의순에게 골목의 '여론'을 전해 준다. 단독 주택들이 모여 있는 골목에서만 느낄 수 있는, 그곳 주민들만이 지닌 정서이다. 한 골목에 사는 사람들은 옆집, 뒷집, 앞집 할 것 없이 서로를 '감시'하며 '걱정'하고 '응원'했다. 그렇지만 조의순에게는 뜻밖의 일이었다. 그의 입을 통해 당시 상황을 들어 보자.

'웬 참견? 자기들이나 잘하지!'
나에게 관심 갖는 수다쟁이 여자들을 생각하니 더 화가 치밀었다. 하지만 하도 어이가 없어 한동안 멍하니 서 있다가 그냥 웃기만 했다.

"워매~ 새댁 시방 웃는 것이여? 기가 찬당께."
할머니는 눈을 흘기며 내 아래위를 훑고 있었다. 할머니의 눈빛은 정말 나를 춤바람 난 여자로 단정 짓고 있었다.
'개 눈에는 뭐만 보인다더니…….'
잔뜩 화가 난 나는 큰 소리로 "할머니!" 하고는 내뱉듯 소리를 질렀다.
-조의순, 「뭣 땜시」 부분

사람은 자기 자리에서 보고 싶은 것만 보고, 듣고 싶은 것만 들으며 제 마음대로 판단해 버린다. 골목 사람들도 새댁을 보고 제멋대로 상상해 버렸다. 그래서 조의순은 속으로 '개 눈에는 뭐만 보인다더니……' 하며 화가 치밀었다.

그때만 해도 에어로빅이 처음 나온 시기라 그게 무슨 운동인지 모르는 사람이 많았다. 할머니는 깜짝 놀라시며 당황해했다. 주책스럽게 동네 여자들이 입방아를 찧어 새댁 하나 잡을 뻔했다면서……. 자신도 TV에서 에어로빅 하는 걸 몇 번 봤다며 사과를 했다. 그러고는 오해는 풀고 서로 인사는 하고 지내야 한다며 당신 집에서 반상회를 하자고 했다.

반상회를 하던 날, 할머니는 손수 만든 만두와 다과를 내오셨다. 그 맛이 어찌나 좋던지 요리를 잘했던 친정엄마가 생각났다. 우리는 그동안의 오해를 풀고 서로를 이해하는 시간을 가졌다. 마루에서 할머니가 에어로빅 흉내를 내면서 한바탕 웃음바다가 되었다. 역시 수다쟁이 할머니셨다.

그 후 할머니는 나를 무척이나 예뻐하셨다. 내가 밖에 나갔다 들어올 때면 딸처럼 기다려진다고도 했다. 수다쟁이 할머니의 따뜻한 마음에 나도 마음이 열렸다. 할머니가 요

리는 또 얼마나 잘하던지 수시로 부침개며 잡채 등을 만들
어 주셨다. 수다쟁이라고 피했던 할머니가 친정어머니처럼
느껴져 매일 눈을 뜨면 할머니를 봐야 하루가 마무리되고
행복했다. 나도 어쩔 수 없는 간사한 속물이었다.

   -조의순, 「뒷 땜시」 부분


오해가 풀리자 할머니는 오히려 더 잘해 주었다. 그 후 조의
순은 할머니에게서 친정어머니의 모습을 읽어 낸다. 이것은
할머니 또한 조의순에게 고향 같은 존재였다는 뜻이다.


### 4


조의순이 고향을 느끼는 인물은 다양하다. 상대방에게서 직
접 고향을 느끼기도 하지만, 조의순의 눈에는 '고향 찾기'를 하
는 사람도 들어온다. 가령 이런 할머니.


어느 날 이웃으로 이사 온 할머니가 떡을 돌렸다. 젊은 새
댁들이 많이 사는 동네에 오니 자신이 젊어지는 것 같다면서
자주 우리들을 집으로 불렀다. 환하게 웃으며 우리들을 맞이

해 주던 할머니는 목단꽃 향기가 느껴지는 고운 분이셨다.

할머니는 이 동네가 옛 고향 같다고 했다. 자신에게는 잊지 못할 사연이 있는 곳이라며 당신의 이야기를 풀어놓았다. 고목나무에도 꽃이 피듯 날마다 막내아들을 만날지도 모른다는 기대감으로 산다는 할머니의 긴 이야기에 우리는 숙연해졌다.

-조의순, 「아들이 올까 봐」 부분


할머니의 이야기는 다음과 같다. 남편은 어린 자녀 넷을 두고 먼저 세상을 떠났다. 그때 막내아들은 세 살이었다. 벼랑 끝에 섰는지라 입 하나라도 덜기 위해 막내아들을 부잣집에 업둥이로 보냈다. 다른 자녀들에게는 잠시 친척 집에 보냈으나 형편이 나아지면 데려오겠다고 거짓말했다. 서러움이 밀려오면 이불을 뒤집어쓰고 통곡했다. 하지만 산 입에 거미줄을 칠 수는 없었기에 온갖 일을 하며 돈을 모았다.

아들, 딸 셋은 장성하여 다 자신의 보금자리를 찾았고 20여 년을 풀빵 장사로 돈도 많이 모은 할머니는 장사를 접고 이곳으로 왔다고 했다. 이 동네가 업둥이로 아들을 보낼 때 살던 동네라며. 그때 떠나보낸 세 살짜리 아들이 혹여 이곳을 기억할까 봐 이사를 왔노라고. 한순간도 잊지 못하고 가슴에 묻고 살아온 모진 세월이었다고…….

할머니의 뼈아픈 상처와 슬픔을 견딘 날들이 떠올라 가슴이 먹먹해졌다. 그 이야기를 들은 이웃들도 할머니가 꿈처럼 막내아들과 만날 수 있게 도와달라고 기도를 했다.

-조의순, 「아들이 올까 봐」 부분


업둥이로 보낸 막내아들이 자기가 살던 동네를 혹시나 기억하고 찾아올까 봐 예전에 살던 곳으로 다시 이사 온 할머니. 조의순의 동네는 할머니의 고향이기도 하고, 막내아들의 고향이기도 하다.

조의순과 동향(순천)인 서정춘 시인은 1959년 고향을 떠날 때 아버지가 하신 말씀을 시 「30년 전 -1959년 겨울」에 담아냈다. "가서 배불리 먹고 사는 곳/그곳이 고향"이라고 하신 아버지! 고향은 태어나서 자란 곳만이 아니다. 고향을 떠나 어디에서 살든 굶지 않고 뿌리를 내린 곳이면 고향이다. 뿌리를 내리기 위해서는 누구든 먼저 사람을 만나야 한다. 유행가 가사처럼 "타향도 정이 들면 고향"이 되기 위해서는 먼저 사람을 만나야 한다.

조의순의 수필에는 타향인 서울에서 만난 많은 사람과 핏줄이라 해도 좋을 만한 관계를 맺고 살아온 이야기가 담겨 있다. 실제 가족보다 더 깊은 유대를 나눈 사람들의 모습 속에서 고향 사람 같은 정을 씨줄과 날줄 삼아 베를 짜듯이 한 편 한 편의 수필을 완성했다.


**5**


조의순의 고향 의식은 어린 시절부터 형성된 것으로 보인다. 특히 외할아버지에 대한 기억은 모든 기억의 바탕을 이루는 시원始原이라 할 수 있다.


남동생이 태어난 후 나는 자주 외할아버지 품에 안겨 솜털처럼 부드러운 할아버지 수염을 만지며 잠이 들곤 했다. 외할아버지는 내가 잠이 들 때까지 자장가를 불러 주셨다. 장난꾸러기였던 나는 할아버지가 곤히 주무실 때면 할아버지 수염을 댕기 머리처럼 요리조리 땋기도 하고 묶기도 했다. 나는 외할아버지께 버릇없이 굴었던 철부지 외손녀였다. 외할아버지를 졸졸 따라다니며 업어 달라고 떼를 써서 방 아랫목처럼 따스한 외할아버지 등에서 단잠을 잤던 기억도 생생하다.

-조의순, 「그립다」 부분

조의순이 외할아버지를 그리는 가장 큰 이유는 늘 '내 편'이었기 때문이다. 외할아버지는 남동생이 태어나면서 관심(?) 영역에서 밀려난 외손녀에게 『명심보감』의 한 구절을 일러 주셨다. "내가 귀하다고 남을 천하게 여기지 말고, 내가 크다고 해서 남의 작은 것을 업신여기지 말라." 조의순은 그 말씀을 "자신을 소중하게 생각해라. 너는 보물이다."라는 뜻으로 새겼다.

하지만 조의순은 외할아버지가 돌아가셨을 때 장례식에 가지 못했다. 첫아이 출산을 앞둔 때였기 때문이다.

남산만 한 배를 안고 방바닥에 주저앉아 통곡을 했더니 목이 잠기고 가슴이 답답해져 숨을 쉬기도 힘들었다. 결국 나는 장례식장 가는 걸 포기할 수밖에 없었다. 내가 그렇게 좋아했던 외할아버지를 다시는 뵐 수 없다니…… 상실감으로 온몸이 아프고 치밀어 오르는 슬픔을 주체할 수 없었다. 마지막 배웅을 하지 못한 허전함이 쉽게 지워지지 않았다.

외할아버지가 돌아가신 후부터 수시로 무엇인가에 예리하게 베인 듯한 통증을 겪었다. 외할아버지와 함께 나누었

던 이야기와 따뜻한 외할아버지의 등, 잡았던 손의 온기들
이 불쑥불쑥 그리움으로 되살아나 눈이 퉁퉁 붓도록 울어
옷이 흥건히 젖기도 했다.

  -조의순, 「그립다」 부분


자신을 무척 소중하게 여겨 주셨던 외할아버지를 잃은 상실
감은 큰 고통으로 작용하기도 했다. 그 고통은 그리움에서 비
롯되었고, 그리움은 결국 조의순의 고향 의식이다. 그에게서
떠나지 않는 또 하나의 고향 의식은 이모들과의 인연이다.


  외가는 딸 부잣집이었다. 요즘은 딸이 좋다고 하지만 그
  시절에는 딸이 넷이라고 하면 조금 부끄럽게 여기던 시절이
  었다. 우연히 다른 동네 어른을 만났을 때 사는 곳이 어디냐
  고 물으면 우리 동네 이름과 함께 "딸 부잣집 옆집에요."라
  고 했던 기억이 난다.

  -조의순, 「담장을 넘다」 부분


네 이모 중 둘은 조의순의 언니보다도 나이가 적었다. 그래
서 궁금증을 참지 못한 소녀 조의순은 큰이모에게 묻고 만다.

궁금함을 참지 못한 나는 따지듯 눈을 동그랗게 뜨고 큰
이모에게 물었다. 혹시 외할머니가 우리 엄마 계모냐고. 깜
짝 놀란 이모는 배꼽을 잡고 깔깔거리며 웃었다.

"조카야, 너는 상상력도 좋다. 이모도 생각지 못한 말을
어린 니가 하다니."
하면서 머리를 쓰다듬어 주었다. 그러고는
"깜찍한 조카야, 외할머니께서 아들 낳고 싶어 단산할 때
까지 낳아서 그렇단다."
하며 웃었다.

-조의순, 「담장을 넘다」 부분

외갓집이 한 동네이고 이모들과 자매같이 지냈으니 이런저
런 일들이 많았다. 특히 한 살 차이인 막내 이모하고는 더욱!
둘은 고등학생인 외삼촌에게 수학을 배우고 있었다.

그날도 수학 공부를 하러 온 나에게 이모가 부탁을 했다.
자신이 먼저 담을 넘은 후 밖에서 기다릴 테니 구두를 담 너
머로 던지라는 거였다. 예쁜 원피스를 입어야 하는데 구두
를 신어야 어울린다면서. 그런데 집에서부터 구두를 신고

나가면 요란한 대문 여는 소리 때문에 어른들에게 들켜 혼
이 날까 봐서였다.

　약속 시간이 가까워질수록 무서운 외할머니의 얼굴이 떠
올라 가슴이 쿵쾅거렸다. 그날따라 외갓집 담은 왜 그렇게
높아 보이던지……. 힘차게 밖으로 던진 구두가 높은 담에
걸려 그만 마당으로 떨어져 버렸다. 야밤에 구두 떨어지는
소리는 포탄 소리만큼이나 크게 느껴졌다. 나는 혼비백산
할아버지 방으로 뛰어 들어갔다. 구두를 받지 못한 막내 이
모가 숨을 죽이고 떨고 있을 때, 외할아버지는 "흠흠" 헛기
침을 하시며 웬 구두가 마당에 있냐고 하시며 안으로 들여
놓으셨다.

　-조의순, 「담장을 넘다」 부분


자식을 키우다 보면 '알고도 속고, 모르고도 속는' 일이 더러
있다. 담장을 넘지 못한 구두가 마당에 떨어지고 말았다. 외할
아버지는 다 알고 계시면서도 헛기침만 하시며 마당에 구두가
왜 있는지를 따져 묻지 않으셨다.

　조의순에게는 외할아버지와 이모들 모두 고향이다. 그래서
그 시절의 추억은 미국의 소설가 루이자 메이 올컷의 『작은 아
씨들Little Women』에 나오는 네 딸의 이야기와 겹쳐진다.

목사였던 아버지가 남북 전쟁에 나간 후 엄마와 네 딸들
이 활기차게 살아가는 이야기가 어린 내가 외가에서 지냈던
일상과 겹쳐지며 소설 속으로 더 깊이 빠져들었다. 소설 속
네 자매들과 이모들이 참 많이 닮았다는 생각이 들었다. 우
리 이모들은 『작은 아씨들』에 나오는 첫째 '메그'처럼 따뜻
한 마음을 지녔고, 둘째 '조'처럼 활달하고 개성이 강한 편
이었다. 셋째 '베스'처럼 착해서 친구들에게 맛난 것도 잘
나눠 주었고, 용모는 넷째 '에이미'처럼 귀엽기도 하고 아름
다웠다고…….

   -조의순, 「담장을 넘다」 부분


조의순은 현실에서 직접 만난 사람들뿐만 아니라 책 속에서
만난 인물들에게서도 고향을 느낀다. 『작은 아씨들』의 네 자매
에게 이모들의 모습을 투영시키면서 말이다. 그러고 보니 이모
도 넷이고, 조의순의 자매도 넷이고, 소설 속 자매도 넷이다!

아름다움을 찾는 여정

# 가난하고 외롭고 높고
# 쓸쓸한 시

-서정홍 시집 『못난 꿈이 한데 모여』

**1**

58년 개띠 해
오월 오일에 태어났다, 나는

양력으로는 어린이날
음력으로는 단옷날

마을 어르신들
너는 좋은 날 태어났으니
잘 살 거라고 출세할 거라고 했다

말이 씨가 되어
나는 지금 '출세'하여
잘 살고 있다

이 세상 황금을 다 준다 해도
맞바꿀 수 없는 노동자가 되어
땀 흘리며 살고 있다

갑근세 주민세 한 푼 깎거나
날짜 하루 어긴 일 없고
공짜 술 얻어먹거나
돈 떼어먹은 일 한번 없고

어느 누구한테서도
노동의 대가 훔친 일 없고
바가지 씌워 배부르게 살지 않았으니
나는 지금 '출세'하여 잘 살고 있다
-서정홍, 「58년 개띠」 전문

서정홍의 정체성이 담긴, 유명한 시 「58년 개띠」이다. 시에서 그린 대로 그는 노동자이다. 이 시를 쓸 무렵에는 공장에서 일했지만, 지금은 땅을 일구고 있다.

서정홍은 1958년 개띠 해 5월 5일에 태어났다. 5월 5일은 어린이날이자 단옷날이다. 그런 날에 태어났으니 다들 출세할 것이라고 거들었다. 역설적으로 그는 출세했다고 생각한다. 정직한 노동자로 평생을 살았으니까! 하지만 노동자는 가난하다. 그래서 '노동자의 벗'이라 불리는 칠레의 시인 파블로 네루다도 "내가 보는 가난, 나는 그걸 외면할 수가 없다."라고 말했다.

백석의 시 「흰 바람벽이 있어」에도 이런 구절이 있다. "나는 이 세상에서 가난하고 외롭고 높고 쓸쓸하니 살아가도록 태어났다." 또 "하늘이 이 세상을 내일 적에 그가 가장 귀해하고 사랑하는 것들은 모두/가난하고 외롭고 높고 쓸쓸하니"로 이어진다. 서정홍을 생각하면 이 시가 자연스레 떠오른다.

하여간 「58년 개띠」에는 서정홍의 모든 것이 들어 있다. 그는 평생을 노동자로 살아왔으며, 시뿐만 아니라 동시도 쓰고 있다. 이것이 서정홍의 정체성이다.

그의 운명은 백석의 시 「흰 바람벽이 있어」의 구절처럼 '가난과 외로움과 쓸쓸함'이다. 하지만 이는 감상적인 것만으로 그치지 않는다. 이른바 '농부 시인'으로 알려진 서정홍의 삶은 '높다'!

**2**

서정홍과의 인연은 무엇보다도 같은 1958년생이라는 데서 비롯된다. 1958년은 12간지로 보면 '개'의 해이다. 대한민국에서 그해에 태어났다는 것은 동갑내기 머릿수가 많다는 뜻이다. 이렇게 된 까닭은 6·25 전쟁을 겪은 아버지들이 1953년 휴전 협정 이후 군에서 제대하고 얼마 지나지 않아 혼인해 자식을 낳았기 때문이다. 그 결과 1958년생이 유독 많아졌다.

동갑내기 머릿수가 많다는 것은 생존 경쟁이 그만큼 치열했다는 의미이다. 그래서 우리 또래를 기준으로 각급 학교의 진학 방식이 바뀌었고, 생계를 위해 도시의 철공소 같은 데서 일하는 노동자와 도시의 부유한 가정집에서 일하는 가정부가 많아졌다.

우리 또래는 개발 독재 시대에 사춘기를 보내고 민주화 시대에 청년기를 보냈다. 위아래의 우리 세대가 다 같이 겪은 일이기는 하지만, 우리 또래는 곧잘 '58년 개띠'로 호명된다. 그래서 서로 나고 자란 지역은 달라도 묘한 동질감을 느끼며 살고 있다. 이런 동질감은 '58년 개띠 모임'을 하게도 했다.

몇 해 전에 58년 개띠 문인 모임이 있었다. 처음에는 전국에서 모인 동갑내기들이 반가워 개처럼 날뛰었지만, 금세 '개판'

이 되어 모임이 오래가지 못했다. 이는 그만큼 개성이 강해 하나로 쉽게 묶일 수 없다는 의미이기도 하다. 본디 개들은 군집성이 강하기도 하지만, 저마다 외로움을 즐기는 족속이기도 하다.

그럼에도 서정홍과의 인연은 계속되었다. 나는 사람보다 개가 더 유명한 진도가 고향이다. 58년 개띠가 제대로 들어맞는 사람이다. 하지만 개 가운데서도 '진돗개띠'인 옛 동무 여럿이 고향 진도의 들과 산에서 지내지 못하고, 서정홍의 고향인 마산으로 공장 생활을 하러 갔다. 당시 마산은 생산 및 수출 자유 지역으로 지정되어 공단이 조성되고 공장이 많이 세워졌다. 시골에서 초등학교나 중학교를 졸업한 동무들이 취업하기 위해 마산으로 많이 갔다. 그렇지만 나중에 마산 출신의 서정홍을 만나리라고는 꿈에도 생각하지 못했다.

서정홍과의 두 번째 인연은 시를 쓴다는 점이기도 하지만, 무엇보다도 어린이 문학을 함께한다는 것이다. 그의 출생일이 어린이날이라는 것은 운명적으로(?) 어린이 문학을 할 수밖에 없는 의미이기도 하다. 그래서인지 그는 운명적으로 동시집 『윗몸 일으키기』와 『우리 집 밥상』을 펴내기도 했다. 서정홍 시집 『못난 꿈이 한데 모여』에도 동시 느낌을 주는 시가 여럿 실려 있다.

가뭄이 들어
상추밭에 물을 줍니다

혼자서도 잘 노는
다섯 살 개구쟁이 다울이가
살며시 다가와 묻습니다

- 시인 아저씨, 상추는 물을 주면서
강아지풀은 왜 물을 안 줘요?
상추 옆에 같이 살고 있는데

그 말을 듣고
강아지풀한테
물을 듬뿍 주었습니다
-서정홍, 「상추와 강아지풀」 전문


　강아지풀 입장에서 보면 자기나 상추나 같은 생명체이다. 하지만 어른은 오로지 사람에게 유용한지 아닌지를 기준으로 생명을 구분하고, 상추에만 물을 준다. 그런데 이를 지적하는 이가 있다. 어린이이다. 동심은 이런 것이 아닐까? 생명을 차별하지 않는 것. 나중에 사람 입에 들어가느냐 들어가지 않느냐를 따지지 않는 것. 이런 게 참된 동심일 것이다. 그러고 보면 동심은 시심詩心과도 통한다. 시를 쓰지 않는 어른이라면 자칫 놓칠지도 모른다.

서정홍과 또 엮인 일은 이렇다. 청소년이나 교사를 대상으로 하는 강연에 초청받아 가 보면 서정홍이 먼저 다녀갔거나 뒤에 오기로 한 경우가 많다. 사람들은 서정홍에게서 흙냄새가 나는, 땀 흘리는 농사꾼의 진솔한 이야기를 듣고 싶어 그를 부른다. 내게서는 글 농사 이야기를 듣고 싶어 하고……. 나는 책 읽기에 대한 이야기를 주로 하고 그는 땅 농사 이야기를 주로 한다.

그와 어떤 텔레비전 프로그램에서 엮이기도 했다. 몇 년 전 나를 취재한 방송 관계자들이 합천에 있는 한 농부 시인에게 가야 한다고 서둘렀다. 나중에 알고 보니 그 농부 시인이 바로 서정홍이었다!


3


서정홍의 시는 우선 '착하다'. 『내가 가장 착해질 때』라는 제목의 시집에서도 드러나듯이 그의 시가 착할 수밖에 없는 까닭은 그의 시에 등장하는 인물들의 삶 자체가 착하기 때문이다. 굳이 착한 척하지 않아도 된다. 그냥 사는 모습 그대로만 그려도 착하다. 그의 시 「58년 개띠」에서 그린 대로 땀 흘리며 사는 사람들의 삶은 착할 수밖에 없다. 그런 삶에는 거짓이 끼어들여지가 없다. 그는 그런 삶을 '출세'했다고 여기는 사람이다.

서울에서 도덕 선생 하다
산골에 들어와 농부가 된
인성이 아버지가

멋있는 말을 해서
사람들을 웃겼습니다

– 농촌에 들어와서
가장 쓸모없는 게 도덕이더라고요!
도시에서 입만 살아서 도덕 도덕 떠들었지
삶은 빵점이었다니까요!
-서정홍, 「쓸모 있는 시」 전문

입으로만 착한 것이 아니라, 서정홍은 '멋있는 말'을 하는 사람들을 있는 그대로 그린다. 그러면 말 그대로 착하다.

그는 학교가 착한 사람을 기르지 않고 이상한 재주를 가진 '도깨비'를 기른다며 안타까워한다.

　　이웃 마을에 사는 만수 아재 첫째 아들은 대학 선생이고, 둘째 아들은 중학교 선생이고, 셋째 아들은 가난한 비정규직 노동자다. 첫째와 둘째 아들은 늘 살기 바빠 한 해 두세 번밖에 부모를 찾아오지 못한다. 그러나 셋째 아들은 아무리 살기 바빠도 한 해 열두 번 넘게 부모를 찾아와 농사일을 거든다. 그 소문을 새들이 물고 다니며 동네방네 방방곡곡 다 퍼뜨렸다. 어느새 가난하고 못 배운 자식이 효도한다는 소문까지 쫙 퍼져 나가더니, 등골 빠지게 농사지어 자식 학교 보내고 뒷바라지해 봤자 아무 소용 없다는 소문까지 떠돌았다. 드디어 우리나라 학교는 땀 흘려 일하고 정직하게 살아가는 '사람'을 기르지 못하고, 이상한 재주를 가지고 사람을 호리는 '도깨비'를 기른다는 소문마저 나돌았다. 강물이 거침없이 흘러 천 리에 다다르듯, 소문에 소문이 꼬리를 물고 퍼져 나갔다.

　　-서정홍, 「뜬세상」 전문

착한 사람은 그 밖에도 많다. 요한이, 요한이 할머니, 산내 할아버지, 한센병 환자, 외할머니, 현동 할아버지, 정한이, 구륜이, 아내, 58년 개띠 동무들……. 서정홍 시에 등장하는 인물들은 굳이 어떤 수식이 필요하지 않다. 있는 그대로, 보이는 그대로가 착하기 때문이다.

그렇다고 서정홍이 착한 사람만 보고 있는 것은 아니다. 그의 눈에는 못마땅한 인간과 세상이 같이 보인다. 특히 국민을 억압하는 정치꾼과 악덕 기업가들. 세금 한 푼이라도 아꼈으면 하는 시골 노인들의 말을 빌려 그들을 꾸짖는다.


"우리야 이런 돈 안 나와도 집에 쌀 있겄다 김치 있겄다 아무거나 머그모 되는데……?" "맞다, 맞어. 이 돈 알고 보모 도시 사는 자식새끼들 죽을 둥 살 둥 땀 흘린 기다." "우리 같은 늙은이들이 얼릉 죽어 삐야 젊은것들이 고생을 덜하지."

    -서정홍, 「나랏돈」 부분


노인 회관 운영비와 부식비로 군에서 조금 나온 돈을 두고 나누는 마을 어르신들의 대화이다. 시골 노인들은 조금 나오는 그런 돈도 아까워하며 자식 걱정을 하는데, 정부는 기업에 엄청난 돈을 주기도 하고 성과도 없는 자원 외교니 뭐니 하며 나랏돈을 함부로 쓴다. 착하지 않은 부류의 인간들을 착한 사람과 비교하는 것만으로 무엇이 옳고 그른지를 알게 한다.

그러기에 서정홍은 시 「못난 꿈이 한데 모이면」에서 "너른 들녘에서 허리 숙여 모를 심고/정비 공장에서 고장 난 자동차를 고치고/공사판에서 비지땀 흘리며 집을 짓고/식당 주방에서 사철 내내 맛있는 음식을 만들고"자 하는 농촌 고등학교 학생들을 보고 희망을 품는다. 그런 까닭에 그 또래 아이들이 영문도 모른 채 바닷속에서 죽어 간 일을 속상해하며 눈물을 흘린다.

　　산골 마을 젊은 농부들과 함께
　　틈을 내어 갔습니다
　　일곱 살 정한이도 함께 갔습니다
　　진도 팽목항에

　　- 시인 아저씨, 바다를 보고 왜 울어요?
　　엄마도 울고 이모도 울고 왜 다 울어요?
　　- 정한아, 울긴 누가 울어
　　- 지금도 울고 있잖아요?
　　- 우는 게 아니라니깐

- 지금도 울고 있잖아요?
- 어허, 고 녀석이……

우는 것조차 미안하고 부끄러운
진도 팽목항에서
정한이가 내 손을 잡고 자꾸 묻는다
새까만 눈동자로 날 쳐다보면서

- 지금도 울고 있잖아요?
-서정홍, 「산골 아이 정한이」 전문

정한이가 살아갈 날들에는 부디 울 일이 없었으면 좋겠다. 그런 마음에서 서정홍은 눈물을 흘렸을 것이다. 다만 세월호 참사 희생자만이 그의 가슴을 후벼 판 것은 아닐 것이다.


4


시는 '시시해서 시!'라는 우스갯소리가 있다. 시시하기 때문에 누구나 시를 쓸 수 있다. 하지만 시를 잘 쓰기는 어렵다. 잘 쓴 시란 어떤 것일까? 독자가 알든 모르든 기교만 넘치게 쓴 시일까?

파블로 네루다는 이런 말을 했다.

"리얼리스트가 아닌 시인은 죽은 시인이다. 하지만 리얼리스트에 불과한 시인도 죽은 시인이기는 마찬가지이다. 비합리주의적인 시인은 자신과 자신을 아끼는 사람만 이해할 수 있는 시를 쓰는데, 이는 참으로 한심한 일이다. 그러기에 오로지 합리주의만을 내세우는 시인도 있다. 이런 시인의 시는 바보라도 이해할 수 있는데, 이 또한 한심하기는 마찬가지이다."

잘 쓴 시, 즉 좋은 시는 시인 자신을 치유하고 성찰하게 하며, 독자에게도 위안을 주고 독자의 생각을 바꾸게 하는 힘을 지니고 있다. 이런 면에서 보면 시는 결코 '시시'하지 않다.

서정홍의 시를 읽으면서 시시하지 않은 시의 힘을 느끼게 되는 이유는 그의 시 한 편 한 편에 담긴 진실한 마음 때문일 것이다. 시인은 손과 머리로 시를 쓰는 사람이지만, 온몸으로 시를 사는 사람도 있다. 서정홍이 보기에는 그들이 진짜 시인들이다. 삶이 곧 시가 되는 사람들!

오랜만에 못난 시인들이

세상 고민 다 짊어지고는

거나하게 술을 마시고
밤거리에 나왔습니다

휘황찬란한 불빛들이 도시를 물들이고
그 불빛에 취해 길을 걷다가
슈퍼마켓 옆에 쪼그려 앉아
종이 상자를 접고 있는
꼬부랑 할머니를 보았습니다

못난 시인들이 술을 마시는 동안에도
슈퍼마켓 옆에 쪼그려 앉아
시를 쓰고 있었습니다
꼬부랑 할머니는
-서정홍, 「진짜 시」 전문

　그러면서 서정홍은 시가 자신을 살렸다고 읊었다. 시를 쓰
지 않았다면 공붓벌레, 일벌레, 돈벌레가 되었을지도 모른다
고 자탄한다. 서정홍의 눈에는 그들이 바보, 멍텅구리, 얼간이,
사기꾼이다. 그리하여 마침내 도시 시멘트 속에 갇힌 송장이
되었을지도 모른다고 했다.

만일, 세상에 시가 없었다면

공부만 하는 공붓벌레가 되었을지
일만 하는 일벌레가 되었을지
돈만 생각하는 돈벌레가 되었을지
눈에 보이는 것밖에 모르는 바보가 되었을지
무엇이 소중한지도 모르는 멍텅구리가 되었을지
마음 나눌 벗 하나 없는 외톨이가 되었을지
가난한 농부 귀한 줄 모르는 얼간이가 되었을지
내가 살려고 남을 속이는 사기꾼이 되었을지
그리하여 귀한 밥만 축내는 버러지가 되었을지
도시 시멘트 속에 갇혀 이미 송장이 되었을지

누가, 어떻게 알겠냐고?
-서정홍, 「나를 살린 시」 전문


    서정홍이 추구하는 바는 하루하루 성실하게 농사지으며, 자
신과 타인을 살리는 진실한 시를 쓰는 일이다. 이런 그의 바람
은 시 「하루」에 잘 나타나 있다.

아침에 일어나
바람 들어오는 창문을 열 수 있다면
그것은 가장 큰 기적이다

그 바람을 맞으며
심장 뛰는 소릴 들을 수 있다면

아침에 일어나
다른 사람 얼굴을 볼 수 있다면
그것 또한 가장 큰 기적이다

서로 얼굴 바라보며
환하게 웃을 수 있다면

그리하여
살아 있는 기쁨에
마음 설렐 수 있다면
-서정홍, 「하루」 전문

그렇다. 서정홍이 시를 쓰는 까닭은 "살아 있는 기쁨에/마음설"레고 싶기 때문이다. 그러기 위해 그는 시 「그리하여」에서 "우리, 조금 더/쓸쓸해야 하느니/쓸쓸해야 사람이 그립고/사람이 그리워야/사람을 사랑할 수 있느니"라고 노래했다.

다들 이제는 눈치를 챘을 것이다. 서정홍이 농사를 짓고 시를 쓰는 것은 결국 사람을 사랑하기 위해서이다!

# 일상의 삶 속에 들어 있는
# 글감들

-신화식 수필집 『아직도 느려요』

돌조각을 하는 사람들은 돌을 보면 어디를 어떻게 쪼아 얼마만큼 덜어 내야 할지 다 보인다고 한다. 다시 말해 원석을 보기만 해도 어떤 형태로 조각해야 할지 감을 잡는다는 이야기이다.

글을 쓰는 일도 마찬가지이다. 글을 쓰지 않는 사람에게는 일상에서 겪는 일이 그냥 일어나거나 지나가는 것에 불과하다. 하지만 글을 쓰는 사람에게는 일상의 모든 것이 단순히 지나가는 일이 아니다. 그 속에서 글이 될 만한 것을 잡아낸다. 수필은 특히 더 그렇다. 극단적으로 말하자면, 일상의 모든 것이 글감이 될 수 있다.

신화식의 글쓰기가 그렇다. 그의 시선에 잡힌 것은 모두 글감이 되어야(?) 한다. 일상을 살면서 만난 이웃들이 먼저 눈에 잡혔다.

가을이 깊어 가던 어느 날, 동네에서 부동산 중개를 하는 S 씨가 한 남자를 데리고 왔다. 검은색 뿔테 안경을 썼는데, 그래서인지 나이가 좀 들어 보이는 인상을 가진 사람이었다. 세를 주기 위해 내놓은 방을 보여 주었다. 그는 이 방 저 방을 둘러보더니 선선히 계약을 하겠다고 했다. 전세 보증금을 깎아 달라는 말도 없이 언제쯤 이사를 오겠다는 말에, "비어 있으니까 아무 때나 오세요." 그는 계약금을 가지고 다시 오겠다는 말을 하고 갔다. 며칠 있다가 와서 방 두 개는 좁으니까 다른 세 개짜리 방을 쓰겠다고 해서 원하는 대로 계약을 했다.

　-신화식, 「8년의 뒷모습」 부분

이 대목만 보면 한 남자는 부동산 중개인이 데려온 평범한 세입자이다. 살 집을 찾는 사람, 집주인과 세입자 사이를 중개하는 부동산 중개인, 집 사정을 알려 주는 집주인. 하지만 이야기는 반전된다.

며칠이 지났다. 벨이 울려서 나가 보니 새로 이사 온 A 씨였다. 의아한 표정으로 쳐다보는 내게 "전세 보증금 이천만 원이 더 갔는데요, 확인 좀 해 보세요." "그럴 리가 없는데요, 부동산 중개사가 입회해서 정확하게 처리했는데 무슨 돈을 더 받았다는 거예요?" 이럴 때 머리꼭지가 돈다고 하나? 이백만 원도 아니고, 이천만 원을 더 주었다니…… 얼토당토않은 말에 나도 모르게 속에서 확 치밀어 오르는 분노에 큰 소리가 나왔다. 그는 "다른 데서 착오가 있었나?" 다음 말을 잇지 않고 머쓱한 표정으로 돌아갔다.

　　-신화식, 「8년의 뒷모습」 부분


신화식은 세입자가 처음부터 흑심을 품고 이사 온 것은 아닐까 의심한다. 아니면 자신이 너무 어수룩해 보였나 하면서 온갖 상상을 다 한다. 그러다 결국 사람을 잘못 들였구나 하는 생각까지 하게 된다. 그런 세입자가 이사를 간다. 드디어 앓던 이가 빠진 것 같은 단계에 이른 것이다.

수필을 비롯한 모든 문학에서 가장 중요한 점은 '다 말하지 않는 것'이다. 일일이 다 설명하지 않고 한두 마디로도 앞뒤 상황을 알 수 있게 쓰는 것. 그것이 글쓰기의 기본 요체이다. "집이 꽤나 쓸모가 있어요."라는 말에는 이사 들어올 때부터 '까칠

하고 엉뚱했던' 세입자가 무려 8년을 살고 나가는 속내가 담겨 있다. 신화식은 집에 세 들어 살다 나간 사람만 글쓰기의 소재로 삼지 않는다.

봄꽃들이 만개할 무렵, 할머니는 고향에 며칠 다녀오겠다고 어렵게 말을 꺼냈다. 나는 세끼 식사 준비와 아이 셋 치다꺼리며 집안일을 혼자 해야 하는 일들이 겁이 났다. 며칠이 한 달이 될지, 농사일에 매달려 못 온다는 기별을 할지도 모른다는 불안 때문에 얼른 그러라고 대답할 수가 없었다. 할아버지 칠순이 돌아와서 모처럼 가겠다는 걸 나 편하자고 막을 수 없어서 닷새를 말미 삼아 줬다.

휴가 5일의 약속은 지켜지지 않았다. 그래도 함흥차사는 아니고 보름 만에 나타나서 어찌나 반갑던지…… 친정어머니가 오신 것보다 더 반가웠다. 할머니는 자그마한 보따리 속에서 비닐로 싼 뭉텅이를 하나 꺼냈다. "이거 나물이래요. 우리 시골에서는 봄에 이걸 뜯어다가 찬거리로 많이 먹지요." "나물 이름이 뭔데요?" "개망초잎이래요." 처음 들어보는 풀이름이었다. 저녁에 할머니가 별 양념 없이 간장과 들기름을 넉넉히 넣고 깨소금을 넣어 조물조물 무친 나물이 의외로 맛이 있었다. 많이 삶아 와 냉장고에 넣어 두고 몇 끼를 잘 먹었다.

-신화식, 「개망초꽃」 부분

지금은 '가사 도우미'라고 부르는 '가정부'. 신화식의 집에서 살림을 맡아 주던 가정부 할머니 이야기이다. 그런데 그 할머니와 이별했다. 휴가를 내어 집에 다녀온 가정부 할머니가 가져온 개망초잎. 신화식은 개망초를 보면 그 할머니가 떠오른다.

어느 해 여름휴가를 문경에서 지냈을 때, 월악산 가까운 지방에서 오미자를 생산하는 여우재를 지난 적이 있다. 태백산맥의 줄기를 이은 수려한 산과 울창한 숲, 깊은 골짜기들에 시선을 빼앗긴 채, 아름다운 경관을 즐기면서 "아, 이런 곳에서 사는 사람은 좋겠다!" 남편에게 말했더니 같은 생각을 하고 있었는지, 몇 호 안 되는 마을 앞 정자에서 쉬어 가자고 했다. 큰길에서 마을로 올라가는 길목에 다 쓰러져 가는 집이 있었다. 가까이 가서 보니 아무도 살지 않는 빈집이었다. 그 집 앞 텃밭에는 풀들이 무성했는데 참 야무지게도 튼실했다.

개망초들이 작물처럼 밭을 점령하고 있었다. 뜻하지 않은 곳에서 개망초꽃을 만났다. 더불어 오랫동안 잊고 있었던 할머니 생각이 불현듯 떠올랐다. 다 쓰러져 가는 저 집과 할머니가 살았을 집이 같으리라 생각했다. 중풍을 앓던 남편이 돌아가시고 할머니도 천명을 다하고 이제는 진토가 되셨겠지……. 버려져 있는 집과 텃밭의 망초에서 나는 할머니와의 추억을 건져 올렸다. 노인의 삶이 끈질긴 생명력을 가진 풀처럼 살았을 것 같아 이제야 마음이 짠하다. 개망초꽃이 무리를 지어 순한 바람에 흔들린다.

-신화식, 「개망초꽃」 부분


신화식은 휴가차 간 곳에서 개망초꽃을 보며 그 할머니를 떠올린다. 할머니가 가져왔던 개망초 나물, 순한 바람에 흔들리는 개망초꽃 같았던 할머니.

신화식의 수필은 관념적이거나 남을 가르치려 들지 않는다. 단아하다. 하지만 그 단아함 속에는 매운 눈썰미가 숨겨져 있다. 그 눈썰미로 이야기를 건져 올린다. 이웃이면 이웃, 꽃이면 꽃, 여행이면 여행, 남편이면 남편. 누구든, 무엇이든 그의 눈길을 피하지 못한다.


짜장면이 서민 음식이라면 그 서민이 우리 집에도 한 사람 있다. 2010년에는 크리스마스이브가 금요일이었다. 다음 날은 예수 성탄일이고 그 뒷날은 주일이어서 3일 동안 성당에 가야 했다. 의무 축일이 그렇게 연달아 있는 건 드문 일이다. 우리 부부는 성탄 전야, 성탄 미사에 이틀을 나갔다. 그다음 날 주일 미사에 참석하는 건 당연한 일인데 남편이 성당에 안 가겠다고 고집을 부렸다. 세례 받은 지 일 년이 안 된 터라, 주일에 성체를 모시는 중요함을 모르는 것이 당연했다. 그 초보 신자에게 간곡히 설명을 해도 TV만 보면서 들은 척도 하지 않았다.

피곤하다는 이유로 집에 있겠다는 남편에게 "점심때 탕수육 사 줄게." 했더니, "그럼 짜장면도 먹어야지." 하며 조금 전의 고집은 오간 데 없이 자리에서 벌떡 일어나 재빨리 옷을 입었다. 어린애 같은 그 모습은 짜장면과 사랑에 빠진 그 자체였다. 얼마나 짜장면을 좋아하면 주일 미사 참례를 안 하겠다고 버티던 사람이 금세 마음을 바꾸는지…… 그날 하느님께서는 짜장면과 탕수육을 먹을 생각에, 성당에 따라온 남편을 귀엽게 보셨을 것이다. 모르긴 몰라도 한 시간이 넘는 미사 시간 내내 그는 짜장면 생각에만 몰두해 있었을 게다. 추운 날씨에도 먼저 나와 기다리던 남편과 함께 도보로 이십여 분 거리에 있는 중국 음식점으로 갔다.

　-신화식, 「짜장면 사랑을 누가 말려」 부분

어른, 아이 할 것 없이 누구나 짜장면을 좋아한다. 예전 맞춤법에서는 '자장면'이라고 쓰는 것만 맞다고 했지만, '짜장면'을 '자장면'으로 발음하는 사람은 거의 없었다. '자장면'이라고 하면 왠지 '짜장면' 맛이 안 나고 다른 음식 같다. 그래서 지금은 '짜장면'도 함께 표준어로 인정하고 있다.

짜장면 때문에 성당 가는 길에 따라나선 남편. 하느님도 미사 시간 내내 짜장면 생각을 하고 있었을지 모르는 남편을 귀엽게 보셨을 것이라는 여유. 수필은 이런 여유를 담는다. 하지만 그런 여유가 '사색'이나 '관찰'이라는 외피를 쓰고서 철학적으로 어려워지면 웃음을 잃게 된다. '의미 있는 재미'는 슬며시 나오는 웃음에서 비롯되지, 거창한 계몽이나 똑바른 교훈에서 나오는 것이 아니다. 문학, 특히 수필은 감동을 주기 위해 의미 있는 재미를 담는다.

신화식은 수필에서 이른바 '큰 이야기'를 굳이 다루지 않는다. 어쩌면 단아하다고 할 정도로 '작은 이야기'를 곱게 다룬다. 하지만 그 단아함 속에 의미 있는 재미를 꼭 넣는다.

큰 이야기를 굳이 다루지 않으려는 신화식도 6·25 전쟁은 피하지 못했다. 그의 글 곳곳에는 전쟁의 상흔이 깃들어 있다. 어쩌면 어린 시절 그에게 전쟁은 일상이었는지도 모른다. 어머니의 고향인 충청도로 피난을 가고, 피난지에서는 동생을 잃는 아픔을 겪기도 한다. 아픔은 거기서 끝나지 않고 나중까지 이어진다.

예고되지 않은 이별은 초등학교 5학년 때 두 번째로 찾아왔다. 갓 태어난 남동생이 세상에 나오자마자 햇볕도 한번 쐬지 못하고 저세상으로 갔다. 전쟁이 끝나고 궁핍했던 시절이었으니 우리 집도 예외는 아니었다. 어머니가 꽁보리밥이나마 배불리 잡수셨다면 출산이 쉬웠을까? 어른들한테서 들은 얘기로는 난산이었다고 한다. 깡마른 몸에 배가 불룩해 있던 어머니의 모습이 어린 내 눈에도 안쓰러웠다. 죽은 아기는 보릿고개를 힘겹게 넘던 시절에 잘못 태어난 영혼임에 틀림없다.

영원한 이별은 잊을 만하면 찾아들었다. 고등학교 2학년이었던 남동생이 교통사고를 당해 다시 못 올 곳으로 갔다. 그날 아버지가 늘 타시던 오토바이를 집에 두고 나가신 날, 중간시험을 치르고 일찍 집에 온 동생이 타고 나갔다가 대형 트럭에 부딪혀 병원에서 숨을 거두었다. 나의 결혼식을 20여 일 앞에 두고 일어난 어처구니없는 사고였다. 부모님은 다 키운 자식을 세 번째 가슴에 묻고 무슨 경황으로 큰딸의 결혼식을 강행하셨는지……. 일 년 동안만이라도 부모님

곁에 있다가 집을 떠났어야 했는데, 아버지에게 떠밀리듯 침통한 마음으로 예식을 치렀다. 한없는 슬픔을 겉으로 표현하지 않았던 부모님께 효도를 못 하고 돌아가신 뒤에 후회만 남는다. 어머니도 심근 경색으로 갑자기 돌아가셔서 우리 오 남매는 불효를 한 자식이 되었다. 예기치 못한 죽음이라고 하기엔 궁색한 변명이다.

  -신화식, 「예고 없는 이별」 부분


인생을 살다 보면 피할 수 없는 일이 많다. 전쟁, 죽음, 이별……. 거의 개인의 의지가 작용하지 않는다. 사람들은 그런 일을 겪을 때마다 절대자에게 귀의하고 싶어 한다. 신화식도 마찬가지이다. 어떤 계기로 천주교 신자가 되었든 그는 독실한 신앙인이다.


십자가에 달리신 예수님이 기독교인들에게 고귀한 사랑을 움트게 하는 것처럼, 신비스러운 자연 생태계의 움직임은 부활의 경이로움을 느끼게 한다. 죽은 모습의 나뭇가지에서 연둣빛 잎들을 피워 내는가 하면 어느새 초록빛 무성한 숲을 이룬다. 눈 깜짝할 사이라고 표현하는 게 어울리지 않지만 잠시 생활 속에 몰두해 있을 때 어느새 잎들이 저토록 푸르게 나왔을까? 놀라움을 금치 못한다. 몇 차례 내린 비 뒤에 마술이 펼쳐지는 것 같다.

남녘에선 매화, 산수유꽃 소식이 전해지고 경쟁하듯이 사방에선 꽃들도 피어날 것이다. 개나리가 꽃망울을 터트리면 곧이어 진달래도 합세할 것이다. 목련꽃의 자태는 얼마나 우아한가! 여의도 노들길의 구름 띠를 두른 벚나무들, 하얀 싸리나무꽃, 슬픈 꽃말을 가진 진분홍 며느리밥꽃, 요염한 복사꽃, 배나무꽃들이 눈부시게 피어날 것이다. 숲에서는 어린 새들의 지저귐이 요란스럽고 여러 새들이 활기찬 몸짓으로 공중을 날아다닐 것이다.

-신화식, 「철이 없는 봄비」 부분

신화식은 자연을 통해서도 신앙을 만난다. 그에게는 자연의 신비로움이 경이롭고, 경이로운 것은 모두 신앙과도 같다. 그래서 그는 피고 지는 꽃 하나도 허투루 보지 않는다. 그런 꽃을 보기 위해, 자연을 만나기 위해 그는 늘 여행을 간다. 그에게 꽃을 비롯한 자연을 접하는 일은 신앙생활을 하는 것이나 마찬가지이기에.

신화식에게는 글을 쓰는 행위 자체도 신앙생활의 연장선상에 있다. 그에게는 이야기가 들어 있고 글감을 가지고 있는 것

이라면, 유정물이든 무정물이든 모두 경배의 대상이다. 돌조
각가가 돌 속에서 자신이 형상화할 조각품을 보듯이 신화식은
자신이 만나는 모든 것에서 무엇을 건져 어떻게 형상화하면
글이 되는지 잘 알고 있다.

# 뿌리를 찾고
# 기둥을 세우는 글쓰기

### -류문수 수필집 『내 잔이 넘치옵니다』

　류문수의 글쓰기는 크게 세 가지로 나눌 수 있다. 하나는 고향과 일상, 자신의 신상에 관한 것이다. 또 다른 하나는 평생 봉직한 교직 생활 동안 겪은 일이나 얻은 교훈이며, 나머지 하나는 신앙 이야기이다.

　그에게는 세 가지 모두 중요한 일이지만, 그 가운데서도 특히 천주교 신앙은 그의 모든 것을 있게 하는 뿌리이다. 신앙을 뿌리로 하고 나아가 현실의 다른 일로 기둥을 세우는 것이 그의 삶이었다고 해도 지나친 말이 아니다.

　고향에서의 일상은 성당을 중심으로 이루어졌다. 부모님을 따라 매일같이 아침 기도와 미사 그리고 저녁 기도를 성

당에 가서 바치곤 했다. 교리 문답을 가르쳐 주시던 어머니
의 낭랑한 목소리가 솔바람에 실려 정신을 가다듬게 한다.
교리를 가르쳐 주시는 시간만은 종아리채를 옆에 두고 무서
운 어머니로 돌변하셨다. 나는 이곳에서 하느님의 존재를
어렴풋이나마 마음 깊숙이 받아들이기 시작했다.
        -류문수, 「고향은 어머니」 부분


　　류문수의 신앙의 뿌리가 아주 깊다는 것을 알 수 있는 대목
이다. 그는 천주교 모태 신앙인이다. 그의 신앙은 어머니와 고
향을 따로 떼어서 말할 수 없다. 고향을 떠올리면 자연스레 어
머니와 성당이 떠오른다. 류문수는 '고향은 어머니'라고 말한
다. 어머니는 곧 천주교이다. 그런데 일곱 살 되던 해에 어머
니가 세상을 떠난다.


　　일곱 살 되던 해 2월.
　　겨울 기운이 채 가시기도 전에 어머니의 죽음을 받아들여
야만 했다. 어머니의 사랑과 평화가 산산조각 되어 날아가 버
리는 것조차 알지 못하고 어머니 죽음 앞에 선 벌거숭이, (…)
        -류문수, 「고향은 어머니」 부분

어린 나이에 어머니를 잃는다는 것은 상상 이상의 결핍감을 안긴다. 그도 그랬다.

> 어머니를 여의고 나는 어린이답지 않게 어른스런 점잖은 아이로 살아야만 했다. 어머니의 사랑 결핍증 환자로 시들어 버린 소년기를 주어지는 대로 버텨야만 했다. 어른들 요구에 따라 자기주장을 포기한 눈치 빠른 아이. 어리광 한번 부려 보지 못한 풀 죽은 무기력한 아이로 뒤편에 항상 서 있었다.
> 이 아이를 보고 어른들은 착한 아이, 일찍 철든 아이라고 말했지만, 실제로는 욕구 불만이 가득한, 가식에 익숙한 아이였다.
>
> ─류문수, 「고향은 어머니」 부분

겉으로는 아무 문제가 없어 보이는, 오히려 의젓하기 짝이 없는 '착한' 아이였지만 속으로는 욕구 불만이 가득한 아이였다는 진술. 어찌 그러지 않았겠는가?

친구의 장례 절차를 끝내고 무덤가 언덕배기에서 내려다본 고향 마을은 뿌옇고 희미하게 어른거린다. 친구가 화사하게 웃으며 다가왔다 사라진다. 무디어진 고향 마을에 겹쳐진 얼굴. 끝내 아쉬움을 그리며 사라지는구나!

사라진 친구는 그리움으로 다시 만나리라. 그리고 고향을 속삭이리라.

고향은 잃어버린 것이 아니고 사라지는 것이로다.

-류문수, 「사라져 버린 고향」 부분


고향을 지키며 살던 친구의 죽음을 맞아 '잃고 싶지 않은' 고향에 대한 류문수의 속내를 엿볼 수 있다. 그는 고향이 그냥 '사라졌다고' 느낀다.

그의 고향에 대한 애착은 지금 살고 있는 터전인 '문형산 퉁점골'에 대한 사랑으로 이어진다.


하느님의 사랑과 섭리가 살아 움직이는 아름다운 골짜기.

때 묻지 않은 인정과 풋풋한 싱그러움이 충만한 공간…….

경직된 오랜 공직 생활에 보상이라도 받듯, 만족했다.

내 유년 시절의 아름다운 추억도 이곳에서 만나게 되었다.

고향의 옛 정취가 살아 있는 곳. 산천은 달라도 삶의 모습은 나의 고향 용인 양지 남곡의 교우촌과 너무도 흡사했다.

-류문수, 「교우촌 퉁점골」 부분

퉁점골의 20여 가구 가운데 17가구가 천주교 신자이다. 1950년대까지는 전체가 천주교 마을이었다. 류문수는 퉁점골에서 신앙 선조들의 체취를 느낀다. 그래서 그 마을에서 오순도순 살아가리라 다짐한다.

류문수의 퉁점골 사랑은 「퉁점골 소나무」, 「퉁점골 사계」, 「종착지 퉁점골」 등 많은 글을 낳았다. 그가 퉁점골을 다시 만난 고향으로 느끼고 있음을 보여 주는 글들이다.

류문수는 교직 생활 동안 만난 교사와 학생을 두고두고 기억한다. 그냥 특이한 존재들이라서 기억하는 것이 아니고, 그들의 사고방식과 행동이 기억하지 않을 수 없게 한다.


L 선생이 담임하는 학급 학생들이 제일 무서워하는 벌이 이 세족벌이다. 학생들은 선생님께 모질게 맞을지언정, 세족벌은 결단코 싫다는 것이다. 몹시 두렵게 생각하며 조심한다고 했다. 선생님께 지적당했을 때 대야에 물 떠 오라는 말씀만 없으면 한숨 돌리며 고맙게 생각한다는 것이다.

-류문수, 「세족벌」 부분


L 선생은 거칠기 짝이 없는, 이른바 문제 학생들의 발을 씻겨 줌으로써 아이들의 마음을 열고 훈육하는 독특한 교육관을

실천한 교사였다. 류문수는 L 선생이 예수의 '세족례'에서 '세족벌'을 착상했으리라고 생각한다. 하지만 안다고 해서 실천하기는 쉽지 않다. 그런데도 L 선생은 '세족벌'이 '체벌'보다 훨씬 효과적이라는 것을 일찌감치 알고 실천했다.

지금이야 체벌이 학생들에게 효과가 없고 오히려 교사의 감정이 과하게 실리는 경우가 많아 금지되었지만, 예전에는 학생들을 혼낸다는 것은 곧 체벌한다는 것이었다. 그런 시기에 이미 체벌을 대신할 효과적인 지도 방식을 개발했으니, L 선생 같은 이가 참된 교육자이리라. 학생 가운데서도 깨달음을 주는 이가 있었다.


J 군은 체격이 크고 강건하며 운동 기능도 좋아 교내외 체육 대회에 나가면 언제나 승리를 이끌곤 했다. (⋯) "야, 이 녀석아! 넌 도서실보다도 운동장에서 많이 보내니, 대학 포기했냐?"라고 하면 '씨~익' 웃으면서 "네, 이제 노력하고 있으니 문제없습니다."라고 소리쳐 대답했다. "열심히 하겠습니다."가 아니라 무어라 말하면 말끝마다 "~문제없습니다."라고 대답하는 습관이 있었다. 그래서 J 군에게는 '문제없는 녀석'이란 별명이 붙게 되었다.

-류문수, 「문제없는 녀석」 부분

이런 제자가 운동과 공부를 병행하는 전공을 해서 대학을 졸업한 뒤 주례를 서 달라고 찾아온 이야기를 썼다. 류문수는 "문제없습니다."라는 제자의 말에서 '자신감'과 '자기 적성과 일치된 투지' 등을 보았다.

류문수의 글감은 신앙생활과 교직 생활에만 국한되어 있지 않다. 특히 그는 술을 좋아해서 술과 관련한 이야기도 빼놓을 수 없는 중요한 글감이다. 그는 「술자리, 이승에서 저승으로」에서 "술은 인류와 함께해 왔다. 술의 역사는 어찌 보면 인류의 역사다. 술은 인간의 정서를 지배한다. 그러므로 술은 살아 있다."라고 말한다. 하지만 술의 속성을 지적하는 것도 잊지 않는다.

> 로마 격언에 "첫 잔은 갈증을 면하기 위하여, 둘째 잔은 건강을 위하여, 셋째 잔은 유쾌하기 위하여, 넷째 잔은 발광하기 위하여 마신다."라는 말이 있다. 그 마지막 딱 한 잔이 문제이다. 그 한 잔의 유혹이 쉽지 않다.
> -류문수, 「술자리, 이승에서 저승으로」 부분

류문수는 젊었을 때, 막 군에서 제대한 뒤 사촌 형의 결혼으로 형수가 될 신붓집에 따라가게 되었다. 지금 생각해도 가장 맛있었던 술을 그때 신붓집에서 마셨다. 밤새 그런 술을 마셨으니 취할 수밖에.

　　더 큰 문제는 잠자리에서 일어났다. 자다가 소변이 보고 싶어 일어났다. (…) 일어나려는데 이게 웬일인가. 참으로 큰일이 벌어졌다. 하체가 축축 묵지근하여 정신이 번쩍 들어 살펴보니 깔고 자던 요가 흠뻑 젖어 있었다. (…) 꾀를 내었다. 우물가에 있는 큰 양푼을 집어 들고 방으로 들어왔다. 그리고 젖은 요를 창가로 밀어 놓고 맨바닥에 자는 척하고 누워 있었다.
　　-류문수, 「술이 이불을 먹어 버리고」 부분

입에 착 달라붙는 맛 좋은 술이기에 밤늦도록 마시고 자다가, 처음 간 신붓집에서 이불에 오줌을 쌌다. 난감하기 그지없는 상황이다.

　　이윽고 날이 활짝 밝았다. 걱정스레 누워 있는데 방문 두드리는 소리가 나더니 문이 열렸다. 사촌 형의 처남 될 사람이 편히 주무셨냐고 아침 인사를 건네며 아침 식사가 준비됐으니 일어나시라고 말했다. 나는 이때다 싶어 벌떡 일어나서 "자다가 하도 목이 타서 물을 마시다가 물을 요에다 엎어 버렸으니 어떡하지요?" 하고 큰 양푼을 창가로 밀어 놨다. 처남 될 사람은 주위를 둘러보더니 "괜찮아요, 햇볕에 널면 되지요. 뭔 문젠가요."라고 가볍게 대답했으나, 내 말을 믿어 주었는지 지금도 의심스럽다.

　　-류문수, 「술이 이불을 먹어 버리고」 부분


　　이것이 수필의 묘미이다. 실수한 상황을 세세히 묘사하고, 너스레를 떨며, 알면서도 속고, 지금도 긴가민가하는 모습을 굳이 그린 것. 이는 '고백 문학'으로서의 수필을 잘 보여 준다.

　　류문수의 고백은 '머리털'로 이어진다. "넓은 이마만 아니면 류 선생님은 아직 40대인데……."(류문수, 「넓은 이마의 변」 부분)라는 말을 자주 듣는 것은 이른바 '대머리'여서 이마가 넓은 탓이다. 하지만 그는 자신의 신체 조건을 고백하면서도 해학을 잃지 않는다.

　　본업인 변론 못지않게 문필 활동을 활발히 하는 한승헌 변호사는 자신의 수필이 웃음을 자아내는 까닭은 무엇보다도 자신을 낮추기 때문이라 했다. 자기 비하라고 할 만큼 자신을 낮추어야 '유머'가 되는 경우가 많다고 했다.

　　류문수도 '머리'를 이야기할 때면 한없이 자신을 낮춘다. 하지만 "넓은 이마가 좁은 이마를 제압했구나!" 하며 너스레를 떠는 상황, "대머리가 소머리보다는 좋지 않나?" 하고 정겹게 말하는 여유를 가지게 된 상황 등을 그린 「넓은 이마의 변」은 '고백 문학'으로서의 수필이 얼마나 품위를 잃지 않으면서 웃음을 자아낼 수 있는지를 잘 보여 준다.

류문수는 머리숱이 너무 적은 것을 걱정한 아내의 성화에 못 이겨 하는 수 없이 가발을 쓰게 되었다. 가발을 쓰고 성당에 나가면서 갑자기 청년 머리가 되어 나타난 그를 보고 교우들이 웃어 댈 것을 걱정했다.


내가 죄를 지은 것도 아니고 부끄러워할 게 뭐 있나. 이럴 때는 용기가 아니라 뻔뻔스런 뱃심이 필요했다. 가발을 멋지게 쓰고 주일 미사에 나가 자연스럽게 교우들에게 인사를 했다.

"신부님, 안녕하셨습니까?" 신부님이 깜짝 놀라며

"누구시더라?" 자세히 살피며

"아~ 류 회장님!" 신부님이 박장대소하지 않는가. 주위의 여러 교우들도 박수를 치며 웃어 댔다. 유쾌하게 악수를 나누며 순간 무안했으나 배에 힘을 주고 "어제, 저녁을 잘 먹고 잠을 실컷 잤더니 이렇게 머리가 났습니다."라고 능청을 떨며 얼버무렸다. 만나는 교우들마다 빙글빙글 웃어 댔다.

-류문수, 「누구시더라」 부분

## 그의 능청은 여기에서 끝나지 않는다.

한번은 처삼촌이 돌아가셔서 문상을 갔다. 문상을 마치고 친척들에게 인사를 드렸다. 그중 처당숙에게 인사를 드렸더니 의아스러운 표정으로 아내와 나를 번갈아 보셨다. 그러면서 처에게 너의 새 남편이냐 애인이냐 묻고 이혼은 언제 했으며 재혼은 언제 했냐며 종주먹을 대서 두고두고 웃은 적이 있었다.

-류문수, 「누구시더라」 부분

류문수의 수필은 엄숙한 교육자나 고답적인 종교인의 글에 머물지 않는다. 이는 수필의 본질을 꿰뚫고 있다는 의미이다. 하지만 칠십 평생의 저편을 정리하는, 자신의 정체성을 이루던 것들을 정리하는 자리가 필요하다. 류문수 수필집『내 잔이 넘치옵니다』의 역할은 무엇보다도 그런 것이리라. 벌써 다음 수필집이 기다려진다.

# 삶을 긍정하며
# 현재를 살게 하는 글쓰기

### -백춘기 수필집 『그리움의 거리』

## 1 은밀한 쉼터가 필요한 삶

백춘기는 삶을 긍정하는 자세를 취하며 산다. 그래서인지 그의 글은 대체로 따스하다. 글에는 글을 쓴 사람의 심성이 묻어 있기 때문이다.

백춘기의 삶이 안락하기만 해서 긍정적인 자세가 몸에 밴 것은 아니다. 그도 시대의 어려움을 겪었고, 때로는 뒤끝이 작렬(?)하는 감정을 지닌 사람이다. 하지만 그의 뒤끝은 밉거나 두렵지 않고 슬며시 웃음이 난다.

그곳에 가면 결혼 전 나로 돌아간다. 청순했던 아내 모습

이 거기에 있다. 40여 년 전 그때의 나와 아내를 만날 수 있
는 안식처가 되고 또 편안한 고향이 된다. 기분이 우울할 때
특히 아내와 냉전 중일 때 아내 모르게 혼자서 다녀온다. 괴
롭다고 뭉크의 그림 〈절규〉에 나오는 사내처럼 양손으로 얼
굴을 부여잡고 괴로워하면 뭐 하겠는가. 로댕의 〈생각하는
사람〉처럼 턱을 괴고 궁상맞게 괴로운 모습으로 앉아 있기
도 그렇다. 찰리 채플린이 세상사는 멀리서 보면 희극이고
가까이서 보면 비극이라고 그랬듯이 괴로운 모습을 하고 있
어도 남들 눈에는 웃기는 일이다. 커피숍에 앉아 조용히 눈
을 감고 처음 만났던 그때를 떠올려 본다. 그렇게 꿈속을 그
리다 보면 그동안 아내에게 서운했던 마음도 다 사라지고
다시 재충전의 시간이 된다. 그렇게 시간을 보낸 뒤에 맞은
편에 있는 명동성당의 성모상 앞에 서 있으면 청순하면서도
수줍어하던 그때의 아내 모습이 보인다.

  -백춘기, 「은밀한 쉼터」 부분


그곳은 아내를 처음 만난 곳이고, 결혼식을 올린 명동성당
앞에 있다. 부부 관계가 좋을 때보다 부부 싸움을 해서 마음이
편하지 않을 때 가는 곳이다. 백춘기는 청소년기 때도 자기만
의 '은밀한 쉼터'가 있었다. 그곳은 이불장이거나 뒷동산의 양

지바른 묘지 잔디밭이었다.

그는 상대방과 생각이 달라도 당당하게 말하기보다는 속으로 삭이는 성격이다. 그래서 마음이 풀릴 수 있는 장소가 필요하다고 여긴다. 그곳에 가면 신기하게도 앵돌아졌던 마음이 다시 돌아와 편안해진다.

스스로 소심한 성격이라서 그렇다지만 가부장적인 사람이었다면 스스로를 돌아보기보다는 일단 큰소리를 내서 상대를 제압하고 돌이킬 수 없는 지경을 만들었을 것이다. 하지만 백춘기는 자신을 돌아보고 달랜다. 그래서 그에게는 더욱 은밀한 쉼터가 필요했으리라. 지금은 수필 쓰는 일이 그의 은밀한 쉼터일지도 모른다.

백춘기의 아내는 여행을 좋아한다. 아내는 30대 때 암으로 큰 수술을 받았다. 그때 그는 아내에게 아등바등 살지 말고, 여행을 다니며 스트레스를 푸는 것이 좋겠다고 권했다.

연년생 아이들이 같은 날 시험 보는 날에도 아내는 혼자 여행을 떠났다.

다른 보통 가정에서는 상상하지 못할 일이다. 그날도 내가 아이들 아침을 챙겨 먹이고, 도시락까지 싸서 학교에 데려다주었다. 다행히도 아이들은 학교에 잘 다녀 주었고 졸업하여 좋은 직장 다니는 것이 여간 고맙지 않다. 아내가 여행 계획을 세우면 교통편이라든가, 꼭 가 보아야 할 곳, 맛집 등을 검색하여 자료를 챙겨 준다. 아내가 마음 편하게 다녀올 수 있게 하기 위해서다. 아내는 여행길에서만큼은 무척 용감하다. 여자가 혼자 여행을 떠난다는 것에 주위에서는 참 대단하다고들 한다. 그렇지만 사실 아내를 혼자 여행 가도록 하는 남편이 더 대단하다고 하는 사람도 있다!

-백춘기, 「행복한 위기」 부분


아내 사랑이 지나치다고 생각할 수도 있겠지만, 아내를 사랑하는 것이 어쩌면 자신을 사랑하는 일인지도 모른다. 그래서 백춘기는 더욱 적극적으로 아내의 여행을 챙긴다. 그러면서 "아내를 혼자 여행 가도록 하는 남편이 더 대단하다고 하는 사람도 있다!"라고 쓴다. 자신이 아내보다 한 수 위라는 사실을 내뱉는다.

백춘기의 수필에는 이런 '넉살'이 곳곳에 스며 있다. 아주 자연스럽다. 이런 말을 티 나지 않게 할 수 있는 데서 그의 품격이 드러난다. 그의 아내도 남편 못지않은 품격을 지니고 있기는 마찬가지…….

아내는 지갑에 빳빳한 천 원짜리를 신권으로 만 원 정도 넣고 다닌다.

지하철이나 거리를 다니다가 구걸하는 사람을 보면 기꺼이 한 장씩 꺼내 주기 위해서다. 하루 종일 다녀 봐도 한두 번이 고작이니 기분 좋은 하루를 보낼 수 있다고 한다. 기왕 주는 것, 주는 사람이나 받는 사람도 새 돈으로 주고받으니 기분이 좋을 수밖에 없다. 그것을 보고 다른 사람들도 지갑을 열고 싶은 생각이 들 것이다.

-백춘기, 「파리를 쏴라!」 부분


아내는 동냥하는 사람을 보면 그냥 지나치지 못한다. 하지만 개인이 어찌할 수는 없다. 그렇다면 돈이라도 새 돈으로 주자는 마음에 빳빳한 새 돈을 준비해 다닌다. 주는 사람과 받는 사람 모두 기분이 좋다. 곁에서 보는 다른 사람들도 지갑을 열 것이라는 기대감도 지니고서…….


## 2 지워지지 않는 일들의 기록

수필은 소설보다 작가의 개인적 삶을 곧이곧대로 담는 경우가 많아 기록의 기능을 한다. 기록하는 이유는 머릿속에서 지워지지 않는 일들을 정리하고자 하는 무의식의 발로이기도 하다.

할머니는 담배를 많이 피우셨다. 얼마나 많이 피우셨던지 아랫입술이 까맣게 부르틀 때도 있었다. 삼촌들이 담배를 사다 드리면 모아 두었다가 매주 하숙에서 돌아온 손주의 가방에 살짝 넣어 주시고는 하였다. 고2 때부터 담배를 피운 나는 삼촌들도 못 하던 할머니와 맞담배를 할 수 있었다. "아이고, 내 강아지!" 하시던 할머니는 담배 피우는 손자의 커 가는 모습이 사랑스러웠나 보다! 할머니 가신 지 50년 가까이 되지만 세월의 간격이 오히려 좁혀지고 있다.

-백춘기, 「아이고 할머니!」 부분

백춘기는 할머니의 사랑을 많이 받았지만, 정작 할머니의 이름은 모른다. 제사 지낼 때 지방에 능성 구씨綾城具氏라고 쓰여 있어 그저 구씨 할머니로만 기억한다. 나아가 할머니는 손재주가 좋아 털양말을 짜 주시고 한과도 만들어 주셨다고 기억한다. 무엇보다 할머니는 "아이고, 내 강아지!" 하며 손자에게 사랑을 많이 주셨고, 삼촌들이 사 드린 담배를 모았다가 손자에게 주곤 하셨다. 그런 사랑을 받고 자랐기에 백춘기의 글이 따스하리라.

그는 아버지에 대한 추억도 간직하고 있다. 이 추억은 빙그레 미소를 짓게 한다.


대학을 졸업하고 첫 직장을 가진 건 1976년도 2월이다. 같은 과 친구 한 명과 함께 신이 내린 직장이라는 공사公社에 같이 합격을 하였다. 합격증을 받아 들고 학교 구내 우체국으로 전보를 치러 갔다. 당시에는 시골에 전화도 없었기에 고향의 부모님이 기뻐하실 모습이 떠올라 빨리 알려 드리고 싶은 마음에 제일 먼저 한 일이다.

"어떤 내용으로 보낼까요?" 우체국 직원이 물었다.

"네, '○○공사 수석 합격' 이렇게 해 주세요!" 하고 주위 사람들이 다 들리도록 큰 소리로 말했다.

그리고 다음 학생에게 어떻게 보낼까를 묻자 그 친구도 큰 소리로 말했다.

"저도 ○○공사 수석 합격이라고 해 주세요!"

우체국 직원은 웃으며 "그러세요. 서로 부모님이 계신 곳도 다르니 둘 다 수석 합격이라고 해서 기왕이면 부모님 기분 좋게 해 드리면 좋지요." 그렇게 각자의 부모님께 전보를 보냈다.

우리는 둘 다 수석 합격을 한 것이다.

-백춘기, 「아버지의 마음」 부분

자식이 취직 시험에 합격만 해도 즐거워하실 텐데, 아들은 한술 더 떠서 '수석 합격'했다고 설레발을 친다. 우체국에 같이 간 친구도 똑같은 내용으로 전보를 쳐 달라고 한다. 그래서 수석 합격이 두 명이나 되었지만, 우체국 직원은 빙그레 웃으며 기왕이면 부모님 기분을 좋게 해 드리라고 한다. 각자의 부모님은 계신 곳이 다르니까……

자식의 여유와 우체국 직원의 배려에 웃음을 짓지 않을 독자가 있을까? 선의의 거짓말이 여러 사람을 기쁘게 하는 경우이다. 수필의 미덕은 이런 여유와 낭만, 배려에서 비롯된 해학에 있다.

백춘기가 '아버지의 마음'에 고마워하는 일이 또 있다.

이른바 범생이었던 나는 교사였던 아버지의 권고를 거절하지 못하고 이과로 전과를 하였다. 60년대 중반에는 화학공학과의 인기가 대단하였는데 그 후 기계공학과가 돌풍을 일으킬 때였다. 앞으로는 기계공학을 전공해야 직장도 쉽게 구할 수 있고 밥 먹고 살 수 있다며 부친은 선견지명처럼 미

래를 예측하셨다. 부모의 입장에서는 자식이 좋은 직장 얻
는 것이 가장 중요한 일이다.

-백춘기, 「수학 그분」 부분


백춘기는 학생 때 수학을 잘하지 못했다. 그래서 고등학교
때 문과였는데 아버지의 권유에 따라 이과로 바뀌 대학에 진
학했다. 그러다 보니 수학이 문제였다. 그럼에도 그는 평생 직
장을 다니고 정년퇴직 후에도 일할 수 있었던 것은 아버지의
선견지명 덕분이라 여긴다. 수학 때문에 힘들었지만 아버지의
선견지명에 늘 고마움을 표한다.

인간이 홀로 서기 위해서는 많은 사람의 관심과 애정이 필요
하다. 하지만 모든 사람이 부모 같지는 않다. 더러는 반면교사
역할을 해 주는 이도 있다. 백춘기에게는 고모가 그런 분이다.


(고모 집에서 눈칫밥을 먹으며 학교를 다니다) 3년의 군대 생활
을 마치고 복학하면서 나는 다른 데서 학교를 다녔다. 1974
년 어느 날 고모네 가족은 사촌 누나가 있는 뉴욕으로 이민
을 가게 되어 떠나기 일주일 전 인사를 드리러 갔는데 이미
짐은 다 배편으로 부친 뒤였다. 방에는 살림살이는 없고 전
축만 덩그러니 남아 있었는데 아마 미국까지 가져가기에는

'집도 되고 낡아서 가져가지 않으려나 보다.'라고 생각했다.

"고모! 전축은 안 가져가세요?" 그러자

"얘야, 전축은 네가 제일 좋아했던 것이니 네가 가져가거라!"

그동안 고모가 쌀쌀하고 매정하게 대했던 기억들이 하늘로 훨훨 다 날아가는 순간이었다. 고모의 다정한 목소리에 감격한 순간도 잠시 "만 원만 내고 가져가거라!" 그러는 것이다. 당시에 만 원은 가정 교사로 아르바이트하면서 학업을 계속하던 학생으로서는 무척 큰돈이었다. 늘 찍찍거려 탕탕 두드려야 들리고 어디다 팔기에도 이미 고물이라 생각했던 전축을 이민을 가면서까지 조카한테 중고품 처분하듯이 돈을 주고 가져가라는 것이다. "버리는 것보다는 네가 가져가서 고쳐 써라." 하고 당연히 그럴 줄 알았다. 그 순간 나는 마음 같아서는 "저 저딴 것 필요 없어요!" 하고 자리를 박차고 나와 버리고 싶었다. 그러나 앞으로는 영영 못 보게 될지도 모르는 나이 드신 고모를 떠나보내면서 그렇게까지 하여 마음 상하게 할 필요는 없을 것 같은 마음에 "네, 고맙습니다."라고 하였다. 또 고쳐서 사용하면 그런대로 좋을 것 같다는 생각도 들었기 때문이다.

  -백춘기, 「내가 버린 전축」 부분

백춘기는 아버지가 고혈압으로 갑자기 쓰러지셔서 하숙비를 넉넉하게 보내 줄 형편이 못 되었다. 그래서 부유하게 사는 고모 집에서 대학에 다녀야 했다. 그때 그가 느낀 서러움 가운데 하나는 한겨울에 세수할 때의 일로, 이를 통해 고모의 성격을 알 수 있다.

고모는 친자식인 사촌 동생에게는 날씨가 차니 감기 든다고 부엌이나 실내에서 세수하게 했고, 따뜻한 물까지 가져다주었다. 하지만 백춘기에게는 젊은 놈은 정신이 바짝 들어야 한다며 마당의 수돗가에서 찬물로 세수하도록 했다. 이러한 모든 경험이 그를 더욱 단단하게 만들었겠지만, 그때는 무척 서운했을 것이다. 그런 고모였기에 이민을 가면서도 조카에게 전축을 순순히 줄 리가 없었으리라.

자신의 속내도 거리낌 없이 기록하는 백춘기는 치욕의 역사도 역사라고 생각한다. 이는 그의 긍정적인 삶의 태도가 발현된 것이다.


지난 1992년 중앙청 건물이 완전히 철거되었다. 철거 이유가 총독부 건물이었기 때문에 일제 잔재를 소탕한다는 것이 철거 이유였다. 일본의 침략과 그 역사는 부끄럽고 수치스러운 일이지만 그 역사까지 없애는 것이 올바른 일이었는가 생각해 볼 일이다. (…) 삼전도가 가르쳐 주는 교훈은 분명하다. 치욕과 더불어 치욕의 역사도 소중하게 간직해야 한다는 것이다. 더럽다고 해서 피해 버릴 문제가 아니다. 대만은 51년간 일본의 식민 지배를 받았으나 우리의 중앙청 건물과는 달리 수도 타이베이에 대만 총독부 건물이 건재하고 있다. 반면에 우리는 철거된 중앙청의 첨탑과 일부 부자재만이 현재 천안의 독립기념관 야외에 자리한 '조선 총독부 철거 부재 전시 공원'에 전시되고 있다. 우리나라 근대 서양식 건축물의 대표작이었던 것을 원형대로 이전하지 못한 것은 안타까운 일이다.

-백춘기, 「치욕의 역사도 역사다」 부분


그런 그이기에 집에서 가까운 '남한산성'을 오르내리면서도 그 성이 축조될 때의 이면까지 되새긴다. 물론 그 이면은 까발리기 싫은 사실들이다.


어느 때나 시대를 불문하고 큰일을 맡아 하는 책임자는 각종 이권에 유혹을 받기 마련이다. 정확하게 잘 알지 못하면서 공사 감독의 책임자는 비리에 연루되었을 것이라 의심받기도 한다. 당시 북쪽 성의 축성 책임자는 벽암 각성 대사였는데 팔도에서 모인 스님들을 동원하여 기한 내에 성을 완성하였다. 동남쪽 성의 축성 책임자였던 이회는 맡은 구간의 지세가 험난하여 공사비도 많이 들고 기한을 맞추기가 어려웠다고 한다. 결국 이회는 공사비를 탕진하고 공사에 힘쓰지 않아 기일 내에 공사를 마치지 못했다는 모함을 받아 수어장대 앞에서 처형당했다. 그의 부인은 남편의 성을 쌓는 일을 돕기 위하여 삼남 지방에서 축성 자금을 마련하여 돌아오는 길에 남편의 처형 소식을 듣고 송파나루에서 투신자살하였다. 훗날 무고함이 밝혀지고 그가 맡은 공사가 가장 잘된 것으로 알려지자 사당을 지어 초상을 안치하고 넋을 기린 곳이 수어장대 옆에 있는 '청량당'이다. 인조 2년(1624년) 옛터를 이용하여 2년이라는 짧은 기간에 축성 공사를 완성하였다. 당시 청나라의 침략을 방어하기 위해 서둘러 일정 기간 내에 공사를 마무리해야 하는 명령을 받았을 것이다. 그러나 이회는 험난하고 어려운 구간임에도 튼튼하고도 기능을 소홀히 하지 않고 완벽하게 공사를 완성한 것이다.

　　-백춘기, 「남한산성」 부분


공사 구역의 험난함 때문에 기한을 맞추지 못한 공사 책임자가 모함을 받아 처형된 '부끄러운' 역사적 사실 앞에서 백춘기는 자신을 돌아본다. 젊은 시절 공사 현장에 근무할 때 자신은 어떻게 했는지 되돌아보며 스스로를 위로하기도 한다. 이처럼 글쓰기는 하나의 사실에서 다른 사실을 끌어내는 '마력'이 있다.

　삼십 대 초반에 아파트 건설 공사 현장에 감독관으로 근무할 때다. 자재의 규격이 미달되게 시공된 것을 발견하고 시공 업체에게 공사를 중단 조치시켰는데 끈질기게 눈감아 달라고 여러 가지 형태로 유혹을 하여 왔다. 심지어 상사로부터 적당히 눈감아 주라는 압력까지 받았으나 굽히지 않고 끝내는 규격에 맞는 제품으로 교체하여 공사를 준공시킨 적이 있었다. 그러나 업무에 고지식하다는 평판을 얻게 되고 인사에 정당한 대접을 받지 못하게 된 일이 있었다. 그것은 절대로 용납이 되지 않는 일이다. 불량한 자재를 사용하거나 부실시공을 하게 되면 언젠가는 부실이 나타나고 또 밝혀지고야 말 일이기 때문이다. 성수대교의 붕괴는 그 당시 설계 부족과 부당한 시공 관리 그리고 유지 관리의 미흡 등 총체적인 부실 공사였다. 설계 책임자나 시공 감독관, 유지 관리 책임자가 맡은 바 임무를 충실하게 수행하지 않은 것이다. 그 후 감리 제도 등의 강화로 부실시공 방지에 노력하고 있다. 무엇보다도 많은 사람이 이용하는 다중 시설이나 국가적인 방위 산업의 공사에는 미래를 내다보는 선견지명이 요구된다. 최근 탱크와 비행기 그리고 잠수함 등의 각종 방위 산업 비리를 보면, 그것은 바로 조국 안위의 주춧돌을 빼내는 일과 같아 어마어마한 일이라 생각된다.

-백춘기, 「남한산성」 부분

## 3 현재를 구성하는 것들

백춘기는 70세가 넘었어도 자신의 전문성을 살려 현장에서 일하는 한편, 예술적 감성을 자극하는 것들을 배우고 있다. 음악을 좋아해 성악을 직접 배우기도 하고, 음악회 현장을 자주 찾기도 한다. 손 글씨 쓰는 것도 배우고 있다. 수필을 쓰는 일은 그러한 모든 것 한가운데에 있다. 끊임없이 배우며 한시도 허투루 살지 않는 그의 생활 태도는 삶을 긍정하는 자세에서 나왔으리라.

세종문화회관에서 열린 음악회에 갔을 때다. 외국의 오페라 극장처럼 정장으로 입장해야 하는 것은 아니지만 그래도 음악회에 가는데 점퍼 차림으로 갈 수는 없지 않은가! 넥타이 매고 정장을 차려입고 갔지만 본시 옷을 입어도 태가 나지 않는 몸이라 어색하였다. 나이가 지긋하신 분들은 더욱 멋지게 옷을 차려입었다. 특히 여자들은 음악회가 마치 패션쇼라도 되는 것처럼 온갖 멋이란 멋을 다 부리고 나온 것 같았다. 그중에서도 유난히 멋진 모습의 한 남자가 눈에 들어왔다. 머리가 완전 백발인 남자다. 키도 보통 사람보다 컸다. 청바지를 입고 밝은색 재킷을 걸친 모습인데 특별히 멋을 내려고 노력한 것 같지도 않았다. 그런데도 자신에 찬 모습이 자연스럽고 잘 차려입은 것보다 더 멋지게 보였다.

　-백춘기, 「청바지가 어울리는 남자」 부분


　백춘기는 청바지를 안(못) 입는다. 하지만 노년에도 자신에게 충실하고 당당한 삶을 꾸리는 이는 청바지만 입어도 멋지다는 것을 안다. 그 또한 그런 삶을 바란다. 하지만 현재의 모습을 받아들이는 긍정적인 자세로 더욱 건강한 삶을 누리기도 한다. 자신과 이웃의 삶을 돌아보며, 겉모습이 아닌 내면이 알찬 삶을 치열하게 살고자 다짐하기도 한다. 수필은 자신의 내면에 숨겨진 소리를 듣기에 적합한 글이기도 하다.

다른 사람들의 사진을 찍어 주는 것은 좋아해도 내 얼굴이 찍히는 걸 싫어한다. 나이가 들어가면서 주름이 생기고 피부가 늙어 가는 것은 당연한 일이다. 그런데도 어느 날 갑자기 나이보다 더 늙어 보여 내가 내 얼굴을 보아도 어느 세월에 이렇게 늙었을까 싶어 낯설어 보인다. 세월과 함께 주름살은 점점 더 많아지고 깊어질 것이다. 해서, 나는 비록 내 얼굴에 책임을 지지는 못할망정 적어도 주름진 모습을 받아들이기는 해야겠다고 다짐한다. 그러니 우선 자신의 모습을 받아들여야 한다. 거울을 보면서 나의 주름진 얼굴이 남을 편안하게 할 수도 있다고 생각해 보자. 어쩌면 나의 주름진 얼굴을 받아들이는 것이야말로 내 얼굴에 책임을 지기 위한 첫걸음인지도 모른다. 누구든 연륜과 관록을 하루아침에 속성으로 쌓을 수 없음을 인정한다면 그 부록으로 따라붙는 주름살 역시 좀 너그럽게 봐줘야 하는 것 아닐까? 굳이 세월의 훈장이라고 치켜세울 것까지야 없겠지만 말이다.

　-백춘기, 「훈장 하나」 부분


백춘기는 글을 쓰면서 힘을 뺀 삶이 무엇인지 고민한다. 요즘 유행하는 '갑질'이 아닌 진정한 '갑'의 삶은 힘을 빼고 살아가는 것이다. 육체적인 힘뿐만 아니라 사회적·경제적으로 약한

이들에게 공감하고 다가서는 삶, 그것이 진정으로 힘을 빼는 일인 줄 안다.

어떻게 살아가는 것이 힘을 빼고 사는 것일까?

힘 빼는 일은 내려놓는 것이다.

내 삶의 수준은 이 정도는 되어야 한다고 정해 놓았던 눈 금자를 지워 버리는 일이다. 다른 사람의 삶도 바라보고 고개를 끄덕여 주고 때로 박수도 쳐 주는 일이다. 내 것에만 초점이 놓인 것들을 슬그머니 다른 사람을 위해 배려해 줄 수도 있어야 하는 것이다. 남에게 보여지는 내 것에 초점을 맞추지 말고 다른 이들의 삶도 관심 있게 살피고 함께 살아가는 일에 힘써야 하는 일이 아닐까? 아주 작은 일부터 힘 빼는 훈련을 해야겠다. 그나마 있는 시원찮은 힘을 엉뚱한 데 사용하지 않고 바르게 사용할 수 있도록 눈에도 힘 빼고, 목에도 힘 빼고, 어깨도 힘 빼고 그렇게 살 일이다. 비워야 채울 수 있듯이 힘도 빼야 힘이 생긴다.

-백춘기, 「힘을 빼는 일」 부분

사람인 이상 그도 외로움을 느낀다. 하지만 외로움은 타인과의 소통이나 연대를 통해 해소된다. 나를 귀하게 대하려는 이가 있다는 것을 믿으면 외로움이 덜어진다. 기도하는 것도 어쩌면 외롭기 때문이다. 외로움이 깊어지면 절대자에게라도 의지하고 싶어진다. 또 누군가는 나를 위해 기도해 줄 것이라는 믿음이 자신을 견디게 한다.

사람도 자기 주위에 사람이 없어서 외롭다 느낀다. 살아가면서 경제적인 어려움이나 곤란한 일이 생겼을 때는 더욱 그렇다. 막상 주위를 돌아보아도 도움을 청할 곳 하나 없다. 망망대해에 놓인 외로운 돛단배 같은 상황에 놓인다. 오래전 삼풍백화점이 무너져 매몰된 젊은이가 있었다. 무너져 내린 콘크리트 속에 갇혀 먹고 마실 물도 없는 캄캄한 지하에서 무려 17일인가를 버티고 구조된 일이 생각난다. '나는 살 수 있다, 누군가 나를 위해 기도하고 구조할 것이다.'라는 희망이 있었기에 그 무섭고 긴 시간을 버티어 낼 수 있었을 것이다.

누군가는 나를 바라보는 사람들이 있고 나를 위하여 기도하는 이가 있다.

누구나 외롭다 생각하면 외롭고 행복하다 생각하면 행복할 것이다. 힘들고 외롭다고 느낄 때 주위를 둘러보자. 소중한 것은 주위에 있는 법이다. 내 인생의 목적지가 어딘지 궁금할 때, 삶이 무의미하다고 느껴질 때, 그럴 때일수록 주변의 작은 일에도 관심을 가져 봐야 한다. 내 곁에 있어 줄 사람 아무도 없다는 느낌이 들 때도 들길을 걸으며 가만히 찾아보면 천천만만 변하지 않을 벗들이 얼마나 많은지. 들꽃, 가을빛 하늘, 구름, 코스모스, 다 내 편이다. 이들이 말을 걸어온다. 세상은 나를 위해 존재하며 나를 아끼는 사람이 너무 많다는 걸 알게 된다.

　　외롭지 않은 세상이다.

　　-백춘기, 「외롭지 않다」 부분


요즘 흔히 언급되는 인생 이모작. 백춘기는 인생 이모작인 후반기 인생을 내면과 영혼의 발전에 더 할애한다. 젊을 때는 시간이 없어서, 경제적으로 어려워서 못 하던 것들을 지금은 오히려 할 수 있다. 그런 측면에서 나이 드는 것이 반드시 나쁜 것만은 아니다!


　　나는 혼자서 카페에 앉아 글도 쓰며 커피 마시기를 좋아한다. 영화도 혼자서 느긋하게 보기를 좋아한다. 영화를 어떻게 혼자 보느냐고 하는 사람이 있지만 영화만큼은 느긋하게 혼자서 봐야 묘한 즐거움을 느낄 수 있다. 여유를 가지고 살아도 급변하는 세상이다. 인생을 느긋하게 살아가기 위한 지혜가 필요하다.

서두르지 말라. 그러나 쉬지도 말라. —괴테
    -백춘기, 「느리게 살기」 부분


백춘기는 서두르지 않으면서도 게으름을 피우지 않는다. 여유로운 생활을 할 수 있는 현재의 삶에 감사하며 부단히 자신을 연마한다. 말만 번지르르한 사람보다는 허름하지만 쓰임새가 많은 노년을 꿈꾸며! 그래서 "엔삐라 같은 사람이 진국"이라 여긴다.

    사람도 모든 사물도 마찬가지다.
    겉모양이 비록 '엔삐라'나 장어 꼬리처럼 생긴 외모가 볼품없다고 무시하거나 쉬 볼 일이 아니다. 말만 앞서는 번지르르한 사람보다 허름해 보이지만 시간이 갈수록 그 쓰임새가 많고 오랫동안 풍겨 나오는 품성이 아름다운 엔삐라 같은 사람이 진국인 것이다.
    -백춘기, 「'엔삐라' 같은 사람」 부분

# 아름다움을 찾는
# 글쓰기

-정충영 수필집 『이 외출이 행복하기를』

## 1 호기심의 발동과 글쓰기

경영학자이자 미래학자인 피터 드러커는 96세에 세상을 떴다. 그는 세상을 떠나기 직전까지 뭔가를 읽는 것은 물론 끼적이기까지 했다. 그러자 주변 사람들이 그 연세에도 공부할 것이 남았느냐고 물었다. 이에 드러커는 "인간은 호기심을 잃는 순간 늙습니다."라고 대답했다. 정충영을 보면 자연스레 드러커의 이 말이 떠오른다.

정충영은 시쳇말로 '호기심 천국'이다. 그는 무엇에나 '호기심 가득'이다. 호기심이 한번 일면 어떻게든 알아내야 직성이 풀리는 성격이다. 그래서 그런지 그는 늙지 않는다. 103세 정도까지 살 계획이라고 하니, 고개가 끄덕여진다. 이 말이 농담으로 들리지 않는 것은 열정을 바탕으로 한 그의 호기심 덕분이다.

정충영의 글쓰기는 호기심을 바탕으로 한다. 어쩌면 호기심의 발동(?)이 글쓰기를 부추겼는지도 모른다. 다른 예술 활동이나 취미 활동도 저마다 의미가 있지만, 글쓰기 할 때만큼 호기심을 채워 주지는 않는다. 글쓰기는 호기심 그 자체를 해소하기 위해서도 할 만한 활동이다. 글쓰기는 호기심의 대상이나 현상, 기억을 파고드는 데 안성맞춤이니까.

익히 알다시피 글은 기계적으로 써지지 않는다. 글의 대상은 물론 앞뒤 맥락도 살펴야 한다. 그러한 행위 모두 '따지는' 일이다. 글은 다양한 사안을 따져 가며 한 줄 한 줄 써 나가는 것이기에……

"한국인인가요?"

"나는 스웨덴으로 입양된 한국인입니다. 이분은 나의 양아버지, 독일 태생의 스웨덴인이지요."

분명한 영어로 대답했다.

"내 이름은 스테파니 하이민 바인가르텐, 독일식 이름이지요. 내 얼굴은 한국인이고요. 스웨덴에서 살고 있어요."

이번이 두 번째 한국 방문인데 친부모를 찾을 수 없었단다. 나이가 짐작 안 되는 그녀는 스물한 살이라 했다. 입양되기 전 영아일 때 몇 달간 그녀를 맡아 키운 대리모가 나를 엄마라 부르라 했다며 웃었다. 한국 음식이 맛나다고 말하는 그녀는 명랑하고 똑똑해 보였다. 내 눈을 응시하며 열심히 얘기하는 스테파니를 보며 나는 30년 전 우리 옆집 대문 앞에 버려졌던 아기를 기억해 냈다.

-정충영, 「방황하는 화란인」 부분

외국 여행을 위해 공항에 갔을 때, 정충영의 호기심을 자극하는 사람들이 눈에 띈다. 그냥 지나칠 수가 없다. 그는 말을 걸어 기어코 그들의 정체(?)를 알아낸다. 정충영의 호기심은 여기에서 그치지 않는다. 오래전 아파트에 살 때 이웃 현관문 앞에 버려진 아이에까지 생각이 미친다. 그러면서 '업'과 '입양아' 문제를 다시 생각하게 한다. 글이란 이런 것이다. 호기심에서 출발해 머릿속에 저장된 온갖 정보를 문자로 차근차근 토해 낸다.

정충영의 호기심은 그가 여행하는 이유이기도 하다.

"와! 추억이 되겠다."
평소에 감정 표현을 잘 안 하는 남편의 한마디.

백색에 물들어 가벼워진 기분에서 하는 말이다. 이런 순
간이 좋아서 우리는 여행을 떠나곤 한다.

-정충영, 「설국」 부분

남편의 '이런' 순간은 정충영의 호기심도 이는 순간이다. 일
본의 한 지역을 여행하며 많은 눈을 보고 가와바타 야스나리
의 소설 『설국雪国』을 떠올리는 정충영. 그의 호기심은 찻집을
꾸리는 사람들이 읊조리는 말까지 헤아리게 한다. 『설국』의 첫
문장인 "국경의 긴 터널을 빠져나오자, 설국이었다."를.
　정충영의 호기심은 비틀스의 노래 〈Let It Be〉에서도 선시
禪詩를 읽어 낸다. '있는 그대로 두어라'쯤 되는 말에서 위로를
받는다.

"내가 얼마나 살 수 있습니까?"
"2년이요."
젊은 의사는 냉정하게 단 한마디를 내뱉었다. 내 앞에서
이런 대화를 나눈 남편과 의사가 원망스럽다. 평생의 반려
자가 아침 이슬처럼 사라질 거라고? 무정한 말이다.

-정충영, 「Let It Be」 부분

남편이 중병에 걸렸을 때 젊은 의사는 아무런 감정 없이, 그야말로 사무적으로 툭 한마디를 내뱉는다. 2년밖에 안 남았다는 의사의 말을 들었으니 답답할 수밖에 없다.

하지만 정충영은 그 무렵 전화를 건 친구가 "워어쩔 것이냐아."라고 말하자 다시 힘을 얻는다. 그 친구의 삶도 만만치 않다. 그래서 더 초탈한 듯한 말을 내뱉을 수 있었는지도 모른다.

"워어쩔 것이냐아."
무심코 던진 친구의 한마디가 일으킨 둥근 파문이 멀리 퍼져 나갔다.
쓰라린 가슴앓이가 명의의 처방을 받은 환자처럼 스르르 풀렸다.
'워어쩔 것이냐.' 힘들 때면 떠오르는 이 말은 'Let It Be.'와 같은 말이다.
　-정충영, 「Let It Be」부분


정충영은 안다. 시간이 모든 것을 변하게 한다는 사실을. 그리하여 그는 마침내 이런 경지에 다다른다.

때때로 우리는 청춘의 어느 봄날로, 태풍이 몰아치던 뜨거운 여름날로, 마음의 행로를 따라 여행도 하며 하느님이 주신 아름다운 이 세상을 만끽하려 한다.

　-정충영, 「화해의 계절」 부분


　정충영의 글쓰기는 호기심에서 출발했지만, 그 호기심 때문에 왕성해지고 시야도 훨씬 넓어진다.


## 2 삶을 구성하는 기억들

　인생을 오래 산 사람들은 흔히 "내 인생을 책으로 쓰면 열 권도 넘을 거야!"라는 취지의 말을 한다. 이는 누구나 자기 삶은 특별하고, 남들보다 유난히 고생스러웠다고 여기기 때문이다. 아프리카 속담 중에 "노인이 한 명 죽는 것은 도서관이 하나 사라지는 것과 같다."라는 말이 있다. 사람은 누구나 버릴 것 없는 삶을 꾸린다는 이야기…….

　글을 쓸 때는 자신의 기억을 끄집어내는 경우가 많다. 어쩌면 삶은 기억들로 구성된 것인지도 모른다. 삶에서 중요하거나 비일상적인 것은 머릿속에 오래 간직되고, 하찮거나 일상적인 것은 쉽게 잊힌다. 물론 기억하고 싶은 것만 기억하는 것은 아니다. 더러는 기억하기 싫은 것이 자꾸 떠올라 괴롭기도 하다. 그런 것은 삶에서 어떤 특별한 역할을 했기 때문이다.

정충영이 떨쳐 내지 못하는 기억은 무엇보다도 6·25 전쟁 때 피난 간 일이다.

> 1950년 6월, 우리 가족은 서울을 탈출해 부서진 탱크가 나뒹구는 남도 천 리 길을 걷고 있는 피난민이었다. 밀짚모자를 쓴 여덟 살 소녀인 나는 시체가 떠다니는 한강을 나룻배로 건너고, 머리 위 하늘에선 비행기가 총탄을 퍼붓는 들길을 걸었다. 눈앞에서 폭격으로 불타는 초가집 옆을 지나가다 논바닥에 쓰러진 채 불에 탄 시체를 목격하기도 했다. 아슬아슬한 한 달간의 행군 끝에 우리는 신안군의 작은 섬인 '증도' 할아버지 집에 안착했다.
>
> -정충영, 「지상에서 영원으로」부분

정충영은 어린 나이에 전쟁의 참혹한 장면을 목격하고, 남도 바다의 한 섬에 있는 할아버지 댁으로 피난 간다. 이 기억은 평생 떠나지 않는다. 어떤 상황에서도 불쑥불쑥 튀어나온다. 그는 피난길에서 겪은 일 때문에 일찌감치 '인명은 재천'이라는 것을 알아 버렸다.

사람 목숨의 길고 짧음은 하늘에 달려 있다는 '인명재천人命在天'. 그에게 '인명재천'은 단순히 숙명적인 말이 아니고, 긍정적인 달관의 자리에 가닿게 하는 말이다. 그래서 남편이 2년밖에 못 산다는 선고를 받았을 때도 흔들리지 않을 수 있었다. 그의 이런 태도 덕분에 남편은 건강을 회복해 등산, 여행, 서예 등을 할 수 있게 되었다.

사람의 목숨이 너무 쉽게 꺾이는 전쟁터는 나라 안에만 있지 않았다. 정충영은 젊은 시절 월남(베트남) 기자단의 일원으로 전쟁터인 현지를 둘러볼 기회가 있었다. 전쟁의 잘잘못을 따지는 것도 의미 있는 일이지만, 그는 무엇보다 그곳에서 주월 한국군 사령관이었던 채명신 장군을 만난 것을 인상적으로 기억했다.

채명신 장군은 사망 후 현충원의 장군 묘역이 아닌 사병 묘역에 묻힌다. 부하들의 죽음을 애통해하던 그이기에 죽어서도 부하들과 같이하고자 하는 뜻이었으리라. 채명신 장군에게 받은 편지도 소중하지만, 정충영이 더욱 소중하게 여기는 것은 그가 죽어 사병들 곁으로 간 일이다. 그래서 정충영은 그 일을 「지상에서 영원으로」라는 글로 풀어냈다. 이러한 기억들이 정충영의 삶을 구성하고 있다.

정충영의 삶을 구성하는 것들 가운데에는 여학교 때의 기억도 있다. 그는 그 시절을 '환상의 계절'로 기억한다. 영화배우 엘리자베스 테일러가 세상을 뜨자 정충영은 기억 하나를 끄집 어낸다.

"이거 우리 언니야, 예쁘지?" 작은 증명사진을 친구들에 게 보여 주며 앙큼하게 그들의 표정을 살폈다.

"어마, 그러니." 사진을 훑어본 한 친구가 놀란 듯이 대꾸 하며 "너를 닮았다."라고 덧붙였다. 사진이 아주 작고 무채 색이어서 분간이 잘 안 된 게 분명했다. 친구의 착각에 내 마음은 한없이 부풀었다. 한동안 그 사진을 지니고 다녔다.

절대적인 미녀 스타라는 엘리자베스 테일러가 이승을 하직했다. 그와 함께 한 세기가 끝나나 보다.

밤하늘에 긴 섬광을 그으며 별똥별이 떨어졌다. 멀고 먼 어두운 하늘, 어디에서 빛나던 별이었을까? 의식하지도 못 했던 그녀의 존재가 아릿한 아픔으로 스쳐 갔다. 황량한 벌 판을 바람을 가르며 걷던 소녀에게도 밤하늘의 별은 아낌없 이 반짝여 주었다.

-정충영, 「환상의 계절」 부분

정충영은 피난 간 할아버지 댁에서 초등학교를 마친 뒤 목포에서 언니와 함께 자취하며 중·고등학교를 다녔다. 당시 그는 엘리자베스 테일러의 머리 스타일과 자신의 머리 스타일에서 공통점을 발견하고는 친구들 앞에서 천연덕스럽게 너스레를 떤다. 엘리자베스 테일러의 사진을 보여 주면서 "이거 우리 언니야."라고 하자, 한 친구가 감쪽같이 속아 넘어가며 "너를 닮았다."라고 맞장구까지 쳐 준다. 정충영은 이 사건을 아주 유쾌한 기억으로 떠올린다.

하지만 학창 시절의 기억이 다 '유쾌'한 것만은 아니다. 정충영은 대학 입시를 앞둔 고등학교 3학년 봄에 폐결핵 진단을 받는다. 그러자 학교를 그만두고 시골집으로 귀향한다.


앞마당은 늘 소란스러웠다. 닭들은 온 마당을 휘젓고 다니며 꼬꼬댁거리고 외양간에선 송아지가 음매에 어미 소를 부르는데 돼지우리에선 돼지들이 꿀꿀대며 늘 밥을 탐했다. 누런 똥개 워리가 꼬리를 흔들며 오가는 사람들을 반기던 앞뜰엔 이 모든 것들의 통제자인 할아버지가 길고 흰 수염을 쓰다듬으며 버티고 있었다. 농가의 일상이 분주하게 펼쳐지는 그 삶의 현장을 나는 이방인처럼 낯설게 바라보았다.

길을 찾아서, 내가 떠나온 도시의 어느 길목에서 잃어버린 길을 찾아서 방황하던 나는 책 속에서, 그 유현한 뒤뜰에서 방향키를 찾아내며 암울한 사춘기를 견뎌 냈다.

　-정충영, 「뒤뜰」 부분


정충영에게 '뒤뜰'은 현실의 공간이지만 마음속에서는 가상의 공간이다. 그는 자신의 뒤뜰을 잘 챙겨 사춘기를 무사히(?) 건넌다.


## 3 모든 것은 아름다움을 품고 있다


정충영의 집 거실에는 서예를 하는 그의 남편이 쓴 '萬象含佳氣(만상함가기)'라는 글이 액자에 담겨 걸려 있다고 한다. '세상 모든 것에는 저마다 아름다움이 깃들어 있다.' 정도로 풀이할 수 있는 글이다.

그래서인지 정충영은 배우, 가수, 디자이너는 물론 여행지에서 만난 사람들, 풍광들, 옛 친구들 할 것 없이 세상 모든 것에서 아름다움을 찾아내려 한다. 그는 겉으로 드러난 아름다움만이 아니라 속에 있어 겉으로 쉬이 드러나지 않는 아름다움을 추구한다. 이는 곧 공감하는 자세이다. 공감 능력이 없으면 남의 아픔이나 불행을 보고도 아무런 감정을 느끼지 않는다. 세상이 살 만한 이유는 공감 능력을 지닌 사람이 많기 때문이리라.

글쓰기는 공감 능력에서부터 출발한다. 공감 능력이 있어야 호기심이 일고, 자세히 들여다보게 된다. 공감 능력은 자신에 대한 것부터 시작해 점차 타인에게로 확장된다. 자기 자신을 사랑하지 못하는 사람은 남도 사랑하지 못한다는 말을 흔히 한다. 맞는 말이다. 자기 자신에게조차 공감하지 못하면서 남에게 어떻게 공감하겠는가? 물론 자기 자신에만 빠져 있는 사람도 많다. 자신을 너무 사랑해서일까? 아니다. 그것은 이기주의의 극치이다. 자신만이 옳다고 생각하고, 자신만이 아름답다고 생각하는 것은 독선이다. 남의 처지를 자기 일처럼 느끼는 것이 진정한 공감 능력이리라.

문학의 여러 갈래 가운데 수필은 특히 더 공감 능력이 필요하다. 그래서 피천득 선생은 「수필」에서 "수필은 청춘의 글은 아니요, 서른여섯 살 중년 고개를 넘어선 사람의 글"이라 했다. 이 말은 그 나이쯤 되어야 비로소 인생을 알 만하게 되어 자신의 삶은 물론 타인의 삶도 들여다보게 된다는 뜻 아닐까? 그런데 이 말을 아주 단순하게 생각해 그간 수필을 현실 생활에서 멀어진 늙은이(?)들이 고답적으로 쓴 글로 잘못 이해하는 사람이 많았다.

정충영의 대부분 수필은 자신의 체험에서 출발한다. 하지만 자신이 겪은 것에만 머물렀다면 일반적인 생활 글에서 벗어나지 못했을 것이다. 생활 글도 소중하지만, 이는 아직 수필이 되지 않은 글이다. 생활 글은 문학으로서의 여러 요소를 덜 갖춘 글이다. 나는 수필은 문학이 지녀야 하는 여러 요소를 갖춘 글이라고 생각한다. 다시 말하자면 생활 글은 있는 사실, 일어난 사실만 적어서 '기록'의 단계를 못 벗어난 글이다. 문학이 되려면 생활 글에 상상력을 덧붙여야 한다.

수필이 뉴스 기사와 다른 점은 일어난 일만 육하원칙에 따라 적은 것이 아니라, 개연성 있게 가공해 읽는 맛을 품고 있다는 것이다. 여기에서 가공은 상상력을 바탕으로 이루어진다. 상상력은 모든 문학의 바탕이다. 수필은 그간 글쓴이의 '직접 체험'만 다루는 글이라 굳이 상상력을 발휘할 필요가 없다는 것이 정설(?)처럼 굳어 있었는데, 사실은 수필도 상상력이 필요하다.

호기심에서 출발한 정충영의 수필은 관찰과 사색의 단계에 이르면 상상력을 최대한 발휘한다. 그 단계를 지나면 마침내 성찰에 이른다. 그 성찰의 중요한 씨앗은 정충영이 가지고 있는 공감 능력이다.

# 박물지적 호기심이 가득한
# 글쓰기

-이신애 수필집 『흙반지』

**1**

　이신애의 글은 대체로 현미경적 관찰을 바탕으로 한다. 이는 그가 즐겨 그리는 호랑이 그림에서 연유하는지도 모른다. 그의 호랑이 그림에는 털 오라기가 하나하나 자세히 그려져 있다. 그래서 호랑이가 곁에 있는 듯한 착각을 하게 한다. 그의 이런 그리기 버릇이 글을 쓰는 데에도 영향을 미쳤을 것이다. 예를 들어 이런 묘사는 마치 그림을 보듯 세밀해 독자의 눈앞에 정경이 그려진다.

　　조그만 계집애는 삐걱거리는 계단을 내려와 일 층의 작고

긴 마루를 지나 구석에 있는 캄캄한 변소에 가고 있었다. 맨발로 촛불 하나 들고 추위에 떨면서 지나가는 차의 불빛이 벽에 그로테스크한 그림자를 만들 때마다 야차를 본 것처럼 두려워했다. 아버지는 '스레빠(슬리퍼)'를 끌고 다니는 소리를 아주 싫어하셔서 낮에도 어두운 좁고 긴 마루를 맨발로 찰딱거리며 다니곤 했는데 일 층 복도는 언제나 서늘하며 눅눅하기까지 했다. 시골에서 이사와 번잡한 한길에 위치한 이 집에 살게 된 후로 저녁마다 "명륜동 ○○번지……" 하면서 집 주소를 외워야 했다. 일 층에 아무도 살지 않아서 괴괴하기는 했지만 낮에 은행나무가 아름다운 학교 근처로 놀러 나가면 진한 남색 상의를 입은 청년들을 많이 볼 수 있었다. 그들은 구정물과 쓰레기가 넘쳐흐르는 시멘트 다리를 '미라보 다리'라고 불렀다. 낭만이라고는 메기 콧구멍만큼도 없던 시절이라 동네 사람들이 거리낌 없이 요강이나 개숫물을 그곳에 버려서 회색의 물이끼가 기다란 헝겊처럼 늘어져 있는 곳인데 말이다.

   -이신애, 「학림 다방」 부분


사람들은 그림을 감상할 때 화폭에 나타나지 않은, 화가가 그려 놓지 않았더라도 그림 뒤에 있을 것 같은 모습을 그려 본다. 그런데 글은 그림보다 보이지 않는 것을 표현하는 데 더 유리하다. 글쓴이의 느낌이나 생각을 묘사로 드러낼 수 있기 때문이다.

한국 전쟁 이후 고향을 떠나 서울에서 객지 생활을 하면서 서너 번 이사를 다녔는데 그동안 살던 집들은 개발 계획에 밀려 빌딩이나 길이 되어 버려 주민 등록상의 집 주소가 된 지 오래였던 것이다. 그렇게 이사를 다니며 할머니와 아버지가 돌아가셨고 서울은 그 당시의 흔적을 찾아보기 어려울 정도로 변해 버렸다. 그래도 단박에 옛집을 알아본 것은 이제는 돌아가신 할머니, 아버지와 함께 살았던 유일한 집이었기 때문이었을까? 다방이라는 간판이 붙어 있어도 내가 살던 집이었다는 따스한 느낌은 변함이 없었다. 처음에는 돌아가신 할머니의 신발을 보는 것처럼 아리하게 가슴속에 눈과 비가 섞여 내렸는데 이런 형태로라도 건재하는 것이 이제는 고맙게 느껴진다. 이 층 유리문에 얼굴을 대고 다방 안을 살펴보다 계단을 내려가니 바람이 여전했다. 이런 날은 양달 벽에 붙어 서서 햇볕을 쬐어야 한다.

  -이신애, 「학림 다방」 부분

이신애는 이사를 다니고, 조부모가 돌아가시고, 어린 시절에 살던 집이 지금은 다방으로 변한 저간의 사정을 토로한다. 그러면서도 "내가 살던 집이었다는 따스한 느낌은 변함이 없었다."라고 쓴다. 이런 점은 그림보다 글이 더 친절(?)하다고 할 수 있다.


## 2


독자는 글쓴이가 풀어놓은 기억을 따라가며 자연스레 정보를 습득한다. 마르셀 프루스트가 마들렌 과자와 홍차 한 잔을 통해 잃어버린 줄 알았던 어린 시절의 기억을 떠올려 일곱 권에 이르는 대하소설 『잃어버린 시간을 찾아서À la recherche du temps perdu』를 집필했듯이 이신애의 글에서도 어떤 기억이 이야기를 불러내는 경우가 많다.

감기에 걸려 누워 있는데 어렸을 적이 생각났다. 열에 들뜬 이마는 물을 부으면 금방이라도 '치익' 소리를 내며 김이 올라올 것 같고 눈은 팝콘처럼 터질 것 같다. 기침은 몸속에 든 창자를 다 끄집어내려는 듯 뱃가죽을 끌어당기다 못

해 침을 튀기며 나온다. 낮에는 그래도 견딜 만한데 밤이 되
면 더 아프다. 등 뒤의 방바닥이 옛날 골방에 떨어질 때처럼
흔들리는 것 같다. 그때는 벌떡 일어나기라도 했지만 지금
은 언제나 부스스 일어나다 눕는다. 몸이 생각을 따라가지
못해 분리된 것처럼 느끼는 일이 점점 잦아지고 있다. 이런
일이 반복되면 생각과 마음은 빛의 속도보다 빨리 달음박질
해서 앞질러 가 있는데 사람들이 내 몸을 땅속에 묻거나 화
장해 버리는 게 아닐까? 그럴 때는 사람이 잘 드나들지 않는
곳에 몸을 놔두어야 할 것 같다.

  -이신애, 「벽 뒤의 방」 부분


  감기에 걸려 누워 있을 때 불현듯 떠오른 어린 시절 풍경을
끄집어내는 것이 마치 판타지 공간으로 이끄는 것 같다. 그러
기에 감기에 걸리면 사람이 잘 드나들지 않는 곳에 몸을 놓아
두어야 할 것 같다고까지 여긴다.


  비 오는 날에는 과수원의 낮도 잔다. 흙먼지까지 비에 젖
어 쉬는데 유독 아이들만 깨어 있다. 애꿎은 거미를 잡아 꽁
무니에서 실을 뽑아 뭉치다 숨바꼭질을 시작했다. 윗방에
걸려 있는 옷들 사이에 잘 숨었는데 갑자기 등 뒤의 벽이 '스

익’ 뒤로 물러났다. 나는 엉덩방아를 찧으며 나동그라졌다. 엄마를 부르려다가 밖이 훤하게 보여 그만두었다. 그곳은 한 번도 들어가 보지 못한 곳이었다. 다행히 옷이 틈새에 끼어 있어 밖으로 나올 수 있었지만 벽이 움직일 때는 집이 무너지는 줄 알았다. 바닥에는 장판 대신 마루가 깔려 있고 창문이 없어 컴컴했다. 손잡이도 없는 문이 벽과 같은 종이로 발라져 있는 데다 그 위에 항상 옷이 걸려 있어 몰랐을 뿐이었다.

    -이신애, 「벽 뒤의 방」 부분


비 오는 날의 과수원 풍경, 심심해진 아이들의 숨바꼭질, 윗방에 걸려 있는 옷들 사이에 숨어 있던 방의 발견! 마치 판타지 공간을 발견한 듯하다. 기억은 그 골방과 관련한 여러 추억을 소환한다.

이신애는 "과거란 추억이 기억 속에 남아 있는 것이다."라고 말한다.


    과거란 추억이 기억 속에 남아 있는 것이다. 눈에서 멀어지면 마음에서도 멀어지기 마련이고 결국에는 잊혀진다. "머리숱이 많아서 어릴 적에 이 때문에 고생 좀……." 하는 질문은 짧았지만 그 말은 나를 까마득히 먼 옛날로 오랫동안 데려갔다. 이제껏 그런 것을 물어본 사람이 없었기 때문이다.

　엄마는 방바닥에 신문지를 깔고 나를 앉혔다. 그리고 참빗으로 머리를 훑어 내렸다. 신문지에 꺼먼 머릿니가 툭툭 떨어졌다. 그야말로 '이 잡듯이' 빗질을 해서 머리 밑에 생채기가 생길 정도였다. 딱지가 앉으면 거기에 다른 곳보다 이가 더 많았다. 그보다 귀찮은 일은 머리카락에 슬어 놓은 채 송화씨보다 더 작은 통통한 서캐를 일일이 뜯어내야 하는 일이었다. 단단하게 머리칼에 붙어 있어서 아무리 잡아도 머리카락에 허옇게 남아 있기 일쑤였다.

　-이신애, 「이? 아, 이!」 부분


머리숱이 많아서 받은 질문이 어린 시절 머리에 많던 '이'를 떠올리게 한다. 이신애는 이 때문에 고생했지만, 이제는 덤덤하게 이렇게 말한다.


　이가 없어도 머리는 가려우니 그때가 그립기도 하다. 그러나 추억이란 돌아갈 수 없어서 아름다운 것이다.

　-이신애, 「이? 아, 이!」 부분

이신애의 말마따나 "추억이란 돌아갈 수 없어서 아름다운 것"인지도 모른다. 그는 그 '아름다운 것'을 즐겨 다룬다.


**3**


이신애의 글에서 아름다운 것이라 할 수 있는 추억과 함께 눈여겨보아야 할 것은 박물지적인 호기심의 표출이다.

이신애의 수필에는 다양한 정보가 가득하다. 꽃이든 여행지든 그의 눈길이 닿으면 현미경으로 들여다보듯 세밀하게 관찰된다. 그 과정에서 관련 정보를 최대한 동원한다. 자칫하면 정보의 나열이 되기 쉽다. 하지만 이신애는 단순한 정보의 나열이 되지 않게 기억을 소환해 곁들여 내놓는다.

　어머니가 수도에서 손을 씻고 대야의 물을 마당에 뿌린 후 금반지를 잃어버렸다고 두리번거리며 찾고 계셨다. 여름이라 바짝 말랐던 마당에는 방금 뿌린 물 자국이 선명한데 금반지는 어디에 떨어졌는지 보이지 않았다. 결국, 모두가 나서서 찾기 시작했는데 정작 어머니는 여유가 있어 보였다. 금은 흙에서 온 것이라 땅에 떨어지면 제자리로 돌아

간 것이라 숨어 버려 찾기가 어렵고 임자 눈에만 보일 것이
라고 말했다. 흙 속에서 반지를 찾아낸 나를 보고 어머니는
"그렇게 찾아도 없었는데 어떻게 찾았니?" 하고 물어보셨
다. "엄마가 금은 흙 속에 숨는다고 해서 흙반지를 찾았어
요."라고 했더니 "넌, 눈이 참 밝다."라고 말씀하셨다.

-이신애, 「흙반지」 부분

반지에 대한 기억의 소환이다. 어머니와 반지에 대한 기억이
반지 자체에 대한 정보로 이어진다. 서양에서 왜 반지를 끼기
시작했는지부터 결혼반지의 유래까지 반지의 '모든 것'을 알려
준다. 그런 다음 옛날 우리나라 반지의 의미까지 천착한다.

　우리나라 옛날 반지는 다산을 기원하는 박쥐, 고결한 삶
을 위한 난초, 부귀 장수를 원하는 목단을 아로새겨 염원과
희망의 매개체로 썼다. 박쥐의 복蝠 자가 복福과 발음이 같아
사람들은 오래 살고 길하기를 바라 반지뿐만 아니라 장롱,
노리개 등에도 기원처럼 그려 넣었다. 삼국 시대 왕릉에서
금은 반지가 출토되는 것으로 보아 오래전부터 사용했음을
알 수 있으며 신라 시대에는 대유행했다. 겨울에는 따뜻한
느낌의 금을 주로 썼고 은과 옥은 투명한 광택으로 인해 여

름에, 그 외에 호박, 구리 등도 쓰였으며 조선 시대에는 반지
에 문양을 새겨 신분을 가름했기에 양반들은 금과 은을 선
호했다.

　-이신애, 「흙반지」 부분


**이신애의 글 중에서도 특히 '꽃'에 관한 지식은 압권이다.**


　상사화와 꽃무릇은 꽃과 잎이 만나지 못한다는 점은 같지
만 엄연히 다른 꽃이다. 모두 수선화과에 속하고 독이 있으
며 상사화는 이른 봄에 잎이 겹쳐서 올라온 후 완전히 시들
어서 땅 위에 아무것도 없을 때 젓가락같이 줄기가 삐죽 올
라와 꽃이 피지만, 꽃무릇은 잎이 겨울에도 파랗게 월동을
하고 이듬해 늦여름에 꽃 피는 것이 다르다. 그러나 사람들
은 보통 잎과 꽃이 만나지 못하는 종류를 통틀어 상사화라
고 한다. 선연한 붉은색에 넋을 잃은 나는 겨우 입을 열어,
"이게…… 엄마가 말한 무릇이구나!"라고 궁색하게 중얼
거렸다.

　-이신애, 「꽃무릇 누비기」 부분


상사화와 꽃무릇을 구별할 수 있는 사람은 많지 않을 것이

다. 이신애가 이처럼 꽃에 관한 세세한 지식을 챙겨 글을 쓸 수 있는 요인은 어쩌면 그가 화가인 것과 관련이 깊을 것이다. 그는 그림을 그리기 위해 어떤 대상도 허투루 대하지 않는다. 일단 사진을 찍어 관찰하고 분석한다.

그림을 그리다 보면 때로 쨍한 햇살 아래 잘 찍은 꽃 사진이 필요하기도 하고 작품 사진을 찍어서 보내야 할 때도 있다. 그럴 때 여름에는 오전 9시 즈음, 가을에는 오후 4시쯤에 주로 사진을 찍는다. 그 시간에는 태양 빛이 강하지 않아 피사체가 부드럽게 나오기 때문이다. 높은 구름이 낀 날은 한낮도 괜찮은데 그림 속의 흰색이 멍해 보인다는 단점이 있다. 저녁 무렵 양재천에 벚꽃을 찍으러 갔더니 둔덕에 토끼풀, 황새냉이, 소루쟁이, 꽃다지가 피어 있었다. 둑길의 개나리와 벚꽃이 벌과 나비 대신 사람을 불렀는지 구경꾼이 어깨가 닿을 정도로 많았다.

  -이신애, 「개와 늑대의 시간에」 부분

이신애는 아무 때나 사진을 찍는 것이 아니고, 피사체의 특징이 가장 잘 드러나는 시간을 맞춰 사진을 찍고 연구한다. 그 과정에서 알게 된 지식이 글에 자연스레 표출되는 듯싶다.

이신애의 박물지적 호기심은 꽃에 그치지 않고 여행기에서도 드러난다. 그는 여행하는 지역의 지리적 환경은 물론 역사·정치·예술·사회적 의미를 깊이 연구해 새긴 뒤 현장에 간다. 그래서 그의 여행기는 매우 '인문적'이다.

덥고 먼지 날리는 카이로 공항에 내렸다. 인류 문명의 발상지 이집트 고대 박물관에서 본 것은 죽음이었다. 환생을 간절히 바란 투탕카멘 왕의 유물이 모두 거기에 있었으나 그는 없었다. 사막에 나서니 모래바람이 분다. 히브리어로 광야는 '미드바르'이고 동사는 '드바르'로 순종한다는 뜻이 있다. 『성경』 또한 '드바르'라서 인간이 자연에 맞서지 않듯이 『성경』대로 살라는 것 같기도 하다. 모래가 삼켜 버린 것은 현실이고 사람을 태운 버스는 모래바람을 뚫고 탈출한다.

-이신애, 「모자이크 만들기」 부분

이신애는 틈만 나면 여기저기 떠돈다. 하지만 그냥 아무 생각 없이 구경하는 것이 아니라 철저히 학구적 태도를 견지하며 질문을 준비한다. 늘 의문을 품으며 호기심을 발휘하는 태도가 그의 글을 더욱 '인문학적'이게 한다.

독일 서남부에 왜 이렇게 성이 많은 것일까? 왕보다 영주가 막강했던 탓이 아닐까? 디즈니랜드의 신데렐라 성도 백조의 성으로 알려진 노이슈반슈타인을 본뜬 것이다. 그 성을 지은 바이에른의 왕인 루트비히 2세는 어릴 적 리하르트 바그너와 친구였는데 그의 오페라〈로엔그린〉,〈니벨룽의 반지〉를 좋아했다. 벽화나 태피스트리는 모두 그 내용을 담고 있었다. 성을 짓는 데 국고를 쏟아부어 정신병자 판정을 받기까지 했다. 그는 겨우 2주 정도 이 성에 살다 완성을 보지 못하고 죽었다. 19세기 중반부터 후반까지 10세기 로마네스크 양식으로 지어졌는데 다른 성에 비해 천장이 낮지만 아기자기하고 아름다웠다. 비가 계속 내려 내부만 보고 급한 경사 길을 터덜거리며 내려가자니 궁에서 쫓겨나는 무수리같이 처량했다.

　-이신애, 「태양은 누구에게나」 부분

## 4

모든 글이 다 그렇지만 수필은 특히 글쓴이의 삶의 지혜가 가장 잘 반영되는 장르이다. 이신애의 수필에서도 삶의 지혜를 얻을 수 있는 대목이 많다.

　　허리에 밸러스트를 주렁주렁 달고 구명조끼를 입은 이율배반적인 꼴이었는데 바람을 타고 하늘로 날아오른다는 것만으로 꾹 참았다. 마침내 하늘에 올라가서 아래를 내려다보니 파도가 하얗게 부서지는 것이 보였다. 보트 앞이 번쩍 들려 있는 것으로 보아 바람이 강한 것을 알 수 있었다. 저 보트가 뒤집어지면 나는 어떻게 되는 것일까? 이 파라슈트와 밸러스트를 풀 시간이나 있을까?

　　무사히 내려와서 아무 말도 하지 않았다. 바람을 타고 난다는 그 짜릿한 느낌 때문에 날고 또 날지만 죽을 수도 있었다. 익숙하지 않더라도 얼레를 들고 있는 편이 내게 맞는 것이다. 삼촌이 왜 들판에서 남의 연을 줍지 못하게 했는지 알 것도 같았다. 두 손 안에 손때 묻은 여전히 익숙하지 않은 얼레의 무게를 느껴 본다. 어차피 연습이 없는 게 인생이다. 연이 아름답게 떠 있을 때는 얼레의 무게도 느껴지지 않는다. 그러나 무리하게 채기만 하고 놔주지 못해 연이 나가면 얼레가 무슨 소용이랴! 연날리기의 즐거움과 아름다움은 연과 얼레가 다 있을 때에만 가능한 것이다.

　　-이신애, 「연날리기의 미학」 부분

이신애는 부부 관계를 연과 얼레에 빗댄다. 실제로 연처럼 하늘을 날아 보기도 한다. 그때 그는 알아차린다. 자신은 얼레를 들고 있는 편이 맞는 것 같다고⋯⋯. 또 연날리기의 즐거움은 연과 얼레가 다 있을 때만 가능한 것이라고⋯⋯.

그는 뜻하지 않게 남의 첫사랑 일에 끌려 들어가기도 한다. 첫사랑 당사자들의 마지막 만남은 장례식장에서이다.

　　"살면서 첫사랑이 보고 싶다고 느끼신 적이 있나요? 저희
　어머님이 이 병원에 입원해 계십니다. 그런데⋯⋯. 삼십여
　년 전의 애인을 만나고 싶다고 하십니다. 이럴 수가 있습니
　까? 있을 수 없는 일입니다. 병만 아니시면⋯⋯."
　　청년은 한숨을 내쉬었다.
　　-이신애, 「두견새 우는 사연」 부분

병원에서 만난 한 청년이 뜬금없이 묻는다. 암 말기인 어머니의 소원을 들어주고 싶지만 난처하다. 이신애도 그 순간 난처하기는 마찬가지이다.

얼마 뒤 이신애는 친구의 아버지를 조문하러 그 병원에 갔다. 그곳에서 아재뻘 되는 분을 만났다. 그분의 부탁으로 낯모르는 망자의 분향소에 가서 부부인 것처럼 조문까지 해야 했

다. 그런데 청년 어머니의 첫사랑 상대가 아재뻘 되는 분이었
다! 남의 일로만 여겼던 것이 남의 일만이 아닌 장면. 삶의 다
양한 모습이 그려져 있다. 이것이 수필의 묘미이다.


**5**


여러 장르의 예술가 가운데 특히 화가들이 글을 즐겨 썼다.
대표적으로 근원 김용준이 있다. 그는 1948년『근원수필』이라
는 수필집도 냈다. 수십 년이 흘렀지만, 그의 수필은 지금 읽어
도 그다지 낡은 티가 나지 않는다. 그의 문장은 예스럽고 향토
색이 짙지만, 당대의 지적 분위기가 잘 나타나 있다. 당시의 현
대성을 놓치지 않으면서 전통적인 것에 대한 통찰도 담고 있
기 때문이다. 그의 해박한 문사철文史哲 지식과 교양을 가장 잘
담을 수 있는 그릇은 수필이었던 듯하다.

이신애의 수필을 보면서 김용준의 수필이 떠오른 경우가 많
다. 김용준은 동양화가이고 이신애는 서양화가이지만, 두 화
가의 시선은 근본적으로 같다. 이들은 어떤 사물이나 현상을
건성으로 보지 않고 자세히 들여다본다는 것이 무엇보다도 닮
았다.

『근원수필』에서 「매화」, 「게」, 「구와꽃」, 「두꺼비 연적을 산 이야기」, 「머리」, 「8년 된 조끼」, 「안경」, 「동해로 가던 날」, 「노시산방기」, 「골동설」 등이 눈에 띈다. 분위기와 세세한 묘사 등이 이신애의 글과 비견할 만하다. 이신애의 글에 자주 나오는 인문학적 지식은 김용준의 문사철에 비견할 만하고!

이신애의 수필은 전체가 부분을 합한 것보다 크다. 한 편 한 편 따로 읽을 때보다 전체를 아울러 한꺼번에 읽을 때 일맥상통하는 것이 더 잘 잡히기 때문이다. 나무가 모여 숲을 이루는 글쓰기라고나 할까.

# 일가-家를
# 이룬다는 것

-강수화 소설 『멘도타 城으로 가는 길』

## 1

『멘도타 城(성)으로 가는 길』은 사실을 바탕으로 한 자전 수필 같으면서도 오롯이 수필은 아니다. 그렇다면 소설일까? 물론 일반적인 소설도 아니다. 그렇다면 실화 소설? 자전 소설? 그런 말을 붙일 수도 있겠지만 딱히 마땅해 보이지는 않는다. 그렇다면 회고록이나 자서전일까? 그렇게 단정할 수도 없다. 이번에는 수필의 가공과 소설의 허구가 발목을 잡는다.

『멘도타 城으로 가는 길』은 대부분 사실을 바탕으로 했지만, 문학이 되게끔 가공과 허구도 적잖이 끼어들어 있다. 어린아이에서 청소년, 그리고 어른으로 자라면서 겪는 여러 일이 성장 소설처럼 펼쳐지지만, 그렇다고 단순히 성장 소설로 치부할 수만도 없다.

청소년을 독자로 상정한 성장 소설은 어른이 되기 직전까지의 이야기가 펼쳐진다. 이런 성장 소설은 청소년 시절에 지독하게 겪을 수밖에 없는 일들과 신체적 성장 등을 주로 다룬다. 반면 일반적인 성장 소설은 어른 독자를 상정하고, 주로 영혼의 성장을 다룬다. 직접 경험하지 않은 일이라도 이야기를 통해 공감하거나 불편해하면서 영혼이 한두 뼘 자란다. 이런 차원에서 보면 소설은 모두 성장 소설인지도 모른다. 소설을 읽고 나면 누구나 영혼의 키가 조금은 자라니까…….

수필 같으면서도 수필이 아니고, 자서전 같으면서도 자서전이 아니고, 소설 같으면서도 소설이 아닌 『멘도타 城으로 가는 길』.

조선 시대의 문인 윤선도는 고향인 해남에 은거할 때 '물水, 돌石, 소나무松, 달月, 대나무竹'를 다섯 벗으로 상정해 「오우가五友歌」를 노래했다. 그는 대나무를 "나무도 아닌 것이 풀도 아닌 것"이라고 하면서 곧음과 비어 있음, 푸름을 예찬했다.

『멘도타 城으로 가는 길』도 그렇다. 수필도 아니고 소설도 아니지만, 감동을 주고 재미도 있다. 첫째로는 구술자인 김용의 삶이 감동적이어서 그럴 것이고, 둘째로는 글쓴이인 강수화의 글솜씨가 재미를 곁들여서 그럴 터.

그러고 보니 윤선도가 말년에 보길도에 조성한 정원이 초등학교 시절 김용의 청소 구역이었다.

아버지가 공부하란 말씀을 자주 하셨어도 나는 공부해야겠다는 생각을 하지 않았다. 아니 못했다. 어떻게 해야 공부를 잘하는지조차 몰랐던 것이다. 일하기 싫은 핑계로 아버지 앞에 책을 펴 놓고 있었지만 여전히 노는 일에만 머리를 굴렸다. 내일은 누구네 집 딸기 서리, 모레는 낚시, 글피는 학교 뒷산 바위에 자기 이름 새기기······ 매일매일 놀거리는 쌔고도 넘쳤다. 늦게 온다고 꾸중하시는 부모님께 거짓말로 둘러대는 가짓수도 늘어만 갔다. 대청소, 교장실 청소, 세연정(고산 윤선도 유적지) 쓰레기 줍기, 나무 심기 등, 때마다 상황마다 둘러대느라 바빴다.

-강수화, 『멘도타 城으로 가는 길』 부분

뭍사람들은 보길도로 여행을 가면 윤선도의 유적지인 세연정을 둘러본다. 여행객은 그저 아름다운 풍경을 보고 감탄하겠지만, 그 풍경을 만든 조선 시대의 섬 주민들은 물론, 풍경을 유지하기 위해 청소 등을 해야 하는 1970년대 대한민국 학생들 처지에서 보면 지겨운 '노동'이었을 것이다. 하지만 김용은 그 노동조차도 노는 일로 치부했다. '진짜 일'에 비하면 청소 정도는 노동이 아니었다. 그래서 집에서 진짜 일이나 공부를 하기 싫을 때마다 둘러댈 좋은 핑곗거리였다.

김용이 태어나 자란 곳은 보길도이다. 바다는 보길도의 모든 삶을 좌지우지한다. 바다에서 먹을 것도 구하지만, 바다를 통해 미래의 먼 곳을 상상하기도 한다.

나는 1962년 전남 완도군 보길면 월송리에서 태어났다. 위로 누나 한 명을 둔 3남 4녀 중 장남이다. 내게 남아 있는 '최초의 기억'은 바다 위에서 부모님과 함께 배를 타고 있는 그림이다. 유년 시절 대부분의 기억들이 바다가 차지한다. 바다에서 해가 뜨고 해가 지고, 밥이 나오고 옷이 나오고 둥지를 유지할 수 있는 돈이 나왔으니, 바다는 나의 모든 것이었다 해도 과언이 아니다. 내가 지금까지 이룬 것이 성공이라면 그 밑바탕에 바다가 있었음을 부인할 수 없다. 끝없는 수평선을 바라보며 꿈과 상상의 나래를 펼쳤고 그러한 바탕에 힘입어 오늘을 일구어 왔다. 바다가 주는 시련에 고통과 좌절을 경험했고 그 속을 헤엄쳐 나오는 법도 배웠다. 바다를 통해 기쁨과 노여움, 슬픔과 즐거움을 알게 되었으며 그

속에서 무르익고 영글어 갔다.

-강수화, 『멘도타 城으로 가는 길』 부분


바다는 가족의 일터이고 바다에서 '돈'도 건지지만, 소년에게는 벗어나고픈 현장이다. 그래서 김발이나 미역 작업을 할 때 도와주러 오는 화물선도 얄밉기만 하다. 그 화물선은 항상 이미자 노래만 싣고 다녔다. 그러니 "열심히 일하는 개미 앞에 기타 들고 나타난 베짱이처럼" 느껴지는 것은 당연지사.


　겨울 같은 추위가 느껴졌다. 우리 배로 짐을 옮겨 실은 채 화물선이 나타나기만을 기다리고 있었다. 얼마를 기다렸을까……. 구성진 가락을 흘리며 저쪽에서 화물선이 오고 있었다. 열심히 일하는 개미 앞에 기타 들고 나타난 베짱이처럼 얄밉기 짝이 없었다. 화물선은 늘 이미자 노래를 싣고 다녔다. 김발이나 미역 작업을 할 때 근처로 지나가는 화물선도 마찬가지다. 나라에 대통령이 한 사람이듯, 노래하는 가수도 한 사람인 줄 알았다. 학교에서 배우는 동요 말고 내가 아는 음악이라곤 그 가수의 노래뿐이었다. 나는 곧잘 노래를 따라 불렀다.
　선장과 아버지는 비를 맞으며 큰 배와 작은 배를 연결했다. 시커먼 연기를 내뿜으며 화물선이 출발하기 시작했다.
이미자의 〈황포돛대〉가 흘러나왔다.

  -강수화, 『멘도타 城으로 가는 길』부분


## 2

  중학교를 졸업한 김용은 애증이 교차하는 고향 보길도를 떠
나 부산에서 고등학교에 다닌다. '조국 근대화의 기수'라는 그
럴싸한 말에 싸여 기계공고생이 된 것이다. 그는 처음에는 학
교생활에 상당히 실망하지만, 차츰 적응해 나간다.

  당시 김용을 버티게 한 것은 훗날 그의 아내가 되는 진주여
고생 강해숙과의 펜팔(편지 교환)이다. 하지만 편지를 주고받
는 일도 수월하지 않다. 그는 강해숙의 태도 하나하나에 절망
과 희망을 느끼면서 학교생활을 견뎌 나간다.

  어쩌면 이때의 관계가 평생토록 두 사람을 붙들어 매는 끈
이 되었을지도 모른다. 두 사람의 관계는 지지고 볶으면서도
평생을 함께하는 원동력이 되고, 끝내는 운명이 되고 만다. 의
식하든 의식을 안 하든 두 사람의 내면 깊숙한 곳에는 이때의
기억이 바닥에 깔려 있으면서 온갖 어려움을 이겨 나가게 하

는 밑돌이 되고 있는지도 모른다.

    섬에서만 살다가 부산으로 고등학교에 갔을 때 엄청난 문
화적 충격을 받았다. 마치 『걸리버 여행기』의 주인공이 된
것 같았다. 고등학교 졸업 후 면 서기라도 되었으면 하던 내
가 공부를 잘하게 되자 아버지는 큰 기대를 걸었고, KAIST
합격 후 아버지는 내가 마치 대통령이라도 된 듯 어깨에 힘
을 주고 다니셨다. 카이스트 졸업 후 경제적 배경이 든든한
가문의 여성과 결혼하기를 원하셨지만 나는, 살아온 환경이
너무 다른 사람들과 부모님, 특히 불같은 성격의 아버지와
의 충돌을 예상했었다. 아무 어려움 없이 살아온 여성이 조
선 시대 고옥에 갇힌 우리 부모님을 무시하기라도 하면 그
벽에 내가 갇힐 것 같다는 두려움을 떨칠 수 없었기 때문이
다. 인간관계라는 것이 마냥 좋을 수만은 없는 법, 시부모와
의 갈등이 생기기라도 하면 친정의 든든한 배경이 더 큰 갈
등으로 작용할 것이란 생각을 지울 수 없었다. 고생을 많이
하고 살아온 해숙은 그 갈등을 잘 극복하고 참아 내리라 생
각했다.

    결혼 이후, 해숙이 부모나 내 형제에게 조금의 험담이라
도 할라치면 나는 원천 봉쇄했다. 결혼의 가장 핵심 공약이

241

었던 만큼 입도 뻥긋 못 하게 막아 버렸던 것이다.

   -강수화,『멘도타 城으로 가는 길』부분


  두루 알다시피 결혼은 당사자 두 사람만의 일이 아니다. 남편과 아내는 문화적 배경이 다른 두 집안에서 각각 성장했지만, 부모들은 자기 자식만을 최고로 생각한다. 부모의 그런 의식이 자식의 결혼 생활을 어렵게 한다.

  김용과 강해숙의 결혼 생활도 늘 아슬아슬하다. 남편의 실직에 따른 경제적 어려움이 여러 문제를 야기하기도 했지만, 아들에 대한 아버지의 보상 심리 또한 무시 못 한다. 가부장적인 사고방식이 몸에 밸 대로 배서 아들에 대한 집착이 남다른 아버지. 아들은 그런 아버지를 이해한다. 그래서 결혼할 무렵 그런 점을 이해해 줄 강해숙을 거리낌 없이 맞아들인다. 강해숙도 웬만한 것은 다 이해하고 넘어간다. 그런데도 두 사람 사이에는 갈등이 생기고, 아버지와의 사이에도 말로 다 표현할 수 없는 장벽이 세워지기도 한다.

  아들에게 아버지는 이해의 대상이지만, 어머니는 이해의 대상을 넘어 늘 애틋하다. 그런데 그 애틋함이 아들을 '짐승'으로 만든 적도 있다. 환갑의 나이에 세상을 떠난 어머니. 어린 시절 아버지한테 혼날 때마다 방패막이가 되어 주던 어머니. 그런 어머니이기에 부부가 어머니 문제로 다투면 남편은 제정신을 잃고 만다.

부부는 어머니 사십구재를 지내고 서울로 돌아오는 고속도로에서 다툰다. 남편은 고속도로 휴게소에서 아내가 화장실에 간 사이에 차를 출발시킨다. 이성적으로는 도저히 이해되지 않는 일을 저지른 것이다.

음력 11월 중순, 추위는 연일 기록을 경신하고 있었다. 낮의 기온이 영하 7~8℃였다. 밤 기온은 더 낮아 영하 10℃보다 더 내려갔을 것이다. 그녀를 내버려두고 서울에 도착한 뒤, 차 안에 있던 짐들을 내리는 순간 그 자리에 주저앉을 뻔했다. 해숙의 짐들이 고스란히 차 안에 있는 게 아닌가! 핸드백은 물론 그 속에 지갑, 핸드폰…… 잠자던 아들에게 덮어 준 코트도 널브러진 채 뒷좌석을 차지하고 있었다. 돈 한 푼 없이, 무슨 옷을 입었는지…… 머리가 하얘지고 말았다.

그녀를 두고 떠나 버린 신탄진 휴게소로 전화를 걸었다.
─ 어제저녁 일행 한 명이 차에 타지 않은 줄도 모르고 그냥 왔거든요. 혹시 행적을 좀 알 수 있을까 해서요…….
─ 삼십 대 후반 내지 사십 대 초반쯤 됐십니꺼?

- 네에, 그렇습니다.

- 한밤중 근무한 담당자는 자러 갔고요, 제가 대충 얘기
들었는데예, 야아…… 우째 그런 실수를 합니꺼? 마 죽다 살
았다 카던데요…….

- 누가요?

- 우리 직원하고 둘이 넓은 주차장을 다 찾아 헤맸다 카
던데, 이 엄동설한에 반팔 차림을 해갖고…… 정신이 쪼매
이상한 거 같다고……. 맞는기요?

- 아아? 예에, 네에…….

- 관계가 우째 됩니꺼?

- 아는 사람입니다.

- 정신이 쪼매 이상하지예?

- 예.

나는 해숙을 정신병자로 둔갑시켰다.

-강수화, 『멘도타 城으로 가는 길』 부분


고속도로 휴게소에 아내를 팽개쳐 버리고 왔지만, 정신을
차리고 보니 단순한 부부 싸움이라고 할 수도 없다. 그래서 하
는 수 없이 아내를 정신 이상자로 만들 수밖에…….

**3**

김용은 아침에 아들을 학교에 보낸 뒤 회사에 가지 않고 이불을 뒤집어쓴 채 잠을 잔다. 그때 꿈을 꾸게 된다.

염소 말뚝을 옮기러 가고 있었다.

– 용아! 어이, 아야, 용아어이! 얼른 일루 와 봐야!

동네 뒷산 바로 아래 밭에서 일하고 있는 어머니였다. 염소에게 가다 말고 엄마에게로 달려갔다.

– 이거, 싸게 싸게 집에 갖다 놓고 오니라.

– 이게 뭐다요?

– 잉, 호미질하는데 그게 쑥 딸려 나왔어야. 남들 볼까 무서운께 얼른 몸속에 숨기고 안방 장롱 속에 넣어 뿐지고, 아무도 못 보게 옷으로 꼭꼭 덮어라이.

어머니는 하얀색 화선지 같은 종이에 돌돌 말린 어른 팔뚝 크기의 무엇을 내 팔에 툭 안겨 주었다. 그것은 생각보다 무거웠다. 조심스레 흙을 털고 화선지를 펼쳐 보았다.

– 오오매! 이거 황금 불상 아니다요?

– 워따매! 누가 본당께, 어여 집으로 가져가야!

쿵쾅대는 가슴을 안고 한달음에 집으로 왔다. 장롱 깊숙한 곳에 넣어 두고 옷으로 꽁꽁 덮는데 옷이 모두 해숙이 것이 아닌가. 배경은 시골인데 장롱은 서울 우리 것이었다.

-강수화, 『멘도타 城으로 가는 길』 부분

첫 만남부터 결혼에 이르기까지 주변에서 쉽게 볼 수 없는, 드라마보다 더 드라마 같은 곡선을 아슬아슬하게 그리며 결혼 생활을 유지한 두 사람. 과연 끝까지 부부의 연을 유지할 수 있을까 하는 의구심이 들 만도 했다. 특히 신탄진 휴게소에서 남편이 아내를 버리고 간 사건은 그러한 의구심에 답을 안겨 준 것처럼 '아, 이렇게 헤어지겠구나.' 하는 마음이 들게 했다.

하지만 운명은 두 사람을 떼어 놓지 못했다. 아내는 임신했고, 남편이 꾼 꿈은 태몽이었던 것이다. 두 사람은 천생연분이 틀림없었다.

꿈은 앞뒤가 맞지 않는 경우가 많다. 어머니, 황금 불상, 아내가 겹쳐지는 꿈. 어머니 때문에 아내와 갈등을 빚었지만, 어머니는 오히려 황금 불상을 건네주며 장롱 깊숙이 넣어 두라고 한다. 그런데 황금 불상을 집으로 가져와 장롱에 넣으려고 하니, 장롱 안의 옷은 모두 아내의 것이다. 이 꿈은 많은 것을 일러 준다. 어머니 때문에 아내와 다퉜지만, 어머니는 아들의 사업이 잘되리라는 것을 황금 불상을 통해 알려 준다. 장롱 안의 옷이 모두 아내의 것이라는 점도 많은 것을 생각하게 해 준다.

어머니와 아내 강해숙. 김용에게는 두 사람 모두 소중하다. 멘도타 성을 튼실하게 쌓는 한편, 아내는 둘째를 가졌다. 어머니는 꿈을 통해 그것을 일러 주셨는지도 모른다.

해숙이 미국으로 온 것은 내가 오고 난 뒤 3개월 만이었다. 그녀는 쇠약해질 대로 쇠약해진 몸에 배만 볼록하게 나와 있었다. 여전히 입덧을 한다며 음식을 잘 먹지 못했다. 과일을 먹고 싶어 했지만 형편이 여의치 않아 사과 주스만 사다 주었다. 사과 주스는 물처럼 흔하고 저렴했던 까닭이다.

어느 날 그녀는 한국산 단감이 먹고 싶다고 했다. 뭐가 먹고 싶다고 하다가도 경제를 생각해선지 이내 잠잠해지며 사과 주스만 벌컥벌컥 들이키곤 했는데, 단감 타령은 오래갔다. 그것 하나만 먹으면 속이 개운해질 것 같다고 노래를 불렀다.

서울과 대전 간 거리에 한국산 식료품 가게가 있다는 것을 알고 있었다. 전화로 단감이 있는지 물었더니 주말에 오면 있을 거라고 했다.

단감은 너무 비쌌다. 한 박스도 아닌, 단 한 개 2.99$였다. 나는 몇 번이나 감을 손에 들었다 놓았다 하며 그녀를 쳐다보았다.

– 이거 꼭 먹어야겠어?

그녀의 눈빛은 간절하다 못해 애절했다.

– …….

– 이 불 구십구 달러야, 이 불 구십구…….

염불처럼 '이 불 구십구.'를 외며 마트를 몇 바퀴 돌다 결국 사지 않고 나왔다.

임신한 아내에게 아무것도 해 주지 못했다는 자책감은 두고두고 나를 괴롭혀 왔다. 백 리를 달려가 그녀가 원하는 것을 사 주지 못하고 돌아온 시점을 계기로, 나의 경제 의식은 단감을 기준치로 설정되었다.

– 2.99$, 단감을 살 가치보다 높은가?

-강수화,『멘도타 城으로 가는 길』부분


임신한 아내를 두고 미국으로 유학을 먼저 떠난 남편. 석 달 후, 아내도 미국 땅을 밟는다. 아내는 입덧 때문에 음식을 잘 먹지 못한다. 아내는 단감을 먹고 싶어 하지만, 남편은 주머니 사정 때문에 단감을 사 주지 못한다. 그때부터 단감 가격 2.99

달러가 남편의 경제 의식 기준치가 된다. 단감 가격보다 높은
가 낮은가를 따져 가치를 재는 버릇이 생긴 것이다.

　남편은 박사 학위를 받은 후, 아내에게도 공부할 기회가 있
어야 한다고 생각한다. 그래서 아내에게 공부해 보라고 제안
한다.


　　– 당신, 공부해 보지 않을래?

　　고등학교 졸업 후 대학 진학을 하지 못한 것에 대한 회한
과 미련을 가슴에 품고 있다는 것을 알고 있었다.

　　– 진짜? 고등학교 졸업장만으로, 여기서 할 수 있는 공부
가 있을까?

　　그녀는 흥분된 표정을 감추지 않은 채 들뜬 목소리로 말
했다.

　　– 한번 찾아보자.

　　-강수화,『멘도타 城으로 가는 길』부분


　하지만 아내는 어떤 공부를 해야 할지 쉽게 결정하지 못한
다. 남편은 뷰티 칼리지Beauty College에 갈 수 있다고 하지만, 아
내는 남편이 공부하는 동안 생계로 미용 기술을 써먹은 것이
지 취향은 아니라고 이야기한다. 하지만 결국 아내는 뷰티 칼

리지에 들어가 공부한다.


**4**


마흔다섯 살, 타의에 의해 회사를 떠나게 된 김용. 입사할 때부터 평생 그곳에 있겠다는 생각은 안 했지만, 막상 떠밀려 나오니 갈 곳이 없다. 그래서 그는 예전에 와 봤던 미사리 강변으로 출근(?)한다.


공원에 사람이 갑자기 많아졌다. 무슨 행사라도 있는지 확성기 소리, 어린아이들 함성, 스피커에서 흘러나오는 음악 소리 등으로 삽시간에 공원이 분주해졌다. 인라인스케이트를 탄 어린아이들이 떼 지어 나를 스쳐 갔다. 그들의 뒷모습을 물끄러미 보노라니 두 아들 생각이 났다. 열세 살과 세 살, 아직 초등학교, 유치원도 졸업하지 못했다.

분분히 날리는 하얀 꽃잎이 강한 절망의 색깔로 나를 에워쌌다.

– 김용! 너 나이 마흔다섯, 이제 뭐 해 먹고 살래?

-강수화,『멘도타 城으로 가는 길』부분

김용은 예전에는 대학교수 자리에 뜻을 두고 여러 차례 지원하기도 했다. 하지만 실상을 알고 보니 대학에 그다지 가고 싶지 않았다. 현실적으로 대학교수이면 접근할 수 있는 정보가 많아 매력이 없는 것은 아니었지만.

– 에에, 으흠, 음, 으흠…… 혹시, 저희 학교에 뜻이 없으신 건 아니신지?

긴 침묵을 깬 이는 역시 학과장이었다.

– …….

– 그럼 이만 여기서…… 저희완 인연이 아닌 걸로…….

그들은 서로 눈길을 주고받으며 가려는 채비를 하는 것 같았다.

– 예에, 물론 뜻이 없습니다. 당연히 없고 말고요. 이 대학이 이렇게 교수 장사해서 이만큼 커진 건가요? 저는 돈도 없거니와 설사 돈이 있다고 해도 이런 썩어 빠진 대학에는 갈 생각이 손톱만큼도 없습니다. 제가 돈을 내고 교수가 되었다 칩시다. 떳떳지 못한 인간으로 학생들에게 무엇을 가르칠 수 있겠습니까?

긴 침묵을 깨고 입을 열었다. 학과장과 행정 실장, 두 사람의 눈이 동시에 휘둥그레지며 표정이 일그러지는 걸, 나는 두 눈을 부릅뜬 채 쏘아보고 있었다.

　- 아, 네에, 그렇군요…… 저희완 인연이 아닌 걸로…….

　그들은 다시 눈짓을 주고받고는 자리에서 일어서려는 채비를 했다.

　-강수화, 『멘도타 城으로 가는 길』 부분


　김용은 대학교수 자리도 여의치 않고, 대기업 연구원 자리도 여의치 않았다. 그렇다고 아내가 바라는 전문직 공무원이 되는 일도 내키지 않았다. 물론 다시 직장을 구하려면 못 구할 것도 없었지만, 다 내키지 않았다.


　어젯밤 내가 며칠 전까지 근무했던 회사 전무가 전화를 걸어 왔었다. 여러 사람으로부터 전화가 걸려 왔지만 굳이 그 전화만 받은 이유는 평소 내가 좋아하던 상사였기 때문이다.

　- 김 부장, 이게 웬일이야? 어제 회사가 발칵 뒤집어졌어. 누가 김 부장을 내보냈냐고. 모두 자기는 아니라고 꽁무니를 빼더니만. 연구실이 그 지경으로 돌아가는 동안 임원들은 뭘 했는지, 나도 그 책임에서 자유로울 수 없기는 마찬가지네……. 회장님껜 아직 보고도 안 됐더라고. 기다려 봐

요. 내가 다시 부를 테니……. 이 패거리들 가만두면 안 돼. 내가 회장님 만나 다 불라고 그래.

– 흐흐흐, 전무님, 괜한 풍파 일으키지 마십시오. 전무님에게도 불똥 튈 수 있습니다. 능력이 안 되니 밀려났겠죠. 다시 들어가고 싶지 않습니다.

– ……그래, 하기사 나 같아도 만 정 떨어져 두 번 다시 여기 오고 싶지 않겠어. 이놈의 회사 나도 환멸 느낄 때가 한두 번이 아니지만 목구멍이 포도청이라…… 자네는 뭘 해도 성공할 거야. 내가 장담해! 내가 지금까지 살면서 경험한 유일한 천재거든.

전무는 회사에서 가끔 나를 만날 때마다 오른손으로 엄지척을 해 보이며 나를 치켜세웠던, 나의 능력을 익히 알아주던 사람이었다. 경쟁사 연구실에 갈 수 있도록 다리를 놔 줄까 물었지만 내 마음은 이미 정리된 상태였다.

– 이제 다시는 남 밑에 들어가지 말자! 다시 취직한들 얼마나 일할 수 있을라고. 내가 주인이 아닌 이상 있고 싶다고 머무를 수 있는 곳이 아니다. 주인이 나가라고 하면 언제든 보따리 싸서 나와야 하는……. 인간 수명이 점점 길어지고 있다. 이 추세를 감안하면 아마 칠팔십, 구십까지 일을 해야

할지 모른다. 이 위기가 절호의 기회일지도…….

-강수화, 『멘도타 城으로 가는 길』부분


김용은 그동안 공부하고 연구한 것들을 구체화하면, 남의 눈치를 보지 않고 자신의 능력껏 살 수 있으리라는 자신감이 생긴다. 그래서 노트북을 열어 자료와 논문을 살펴본다.


노트북을 열었다. 어제 잠자리에 누워 오늘 할 일을 대충 머릿속에 그려 두었었다. 지금까지 써 온 논문들을 훑어보고 그중 사업 쪽으로 승산이 있을 만한 것을 찾아볼 생각이었다.

논문들은 대부분 의공학 쪽이었다. 획기적인 의료 기기 등을 개발할 내용은 없는지 영어로 된 문장 하나하나를 꼼꼼히 읽어 나갔다.

노트북에서 살길을 찾느라 뒷좌석 의자에 미동도 않고 앉아 있었다. 마우스 까딱거리는 소리와 중간중간 메모하는 손놀림이 내 동작의 전부였다. 박사 논문과 SCI, 그 외, 학술지에 실린 논문, 카이스트 석사 논문까지 다 훑었다.

-강수화, 『멘도타 城으로 가는 길』부분

마침내 사업이 구체화되기 시작한다. 김용은 기술 개발을 위해 그동안 연구한 내용을 바탕으로 실험을 거듭하면서 성취감도 맛보지만, 뜻하지 않은 실패도 계속된다. 기술 개발과 경영은 또 다른 문제였지만, 그는 고지식할 정도로 원칙과 정도대로만 한다. 음식물 쓰레기 처리기 개발을 시작으로 활성탄에 이르기까지 한눈팔지 않고 연구해서 그 방면에 일가를 이룬다. 그렇게 해서 마침내 '멘도타'라는 성城이 탄생한다. '멘도타'는 원칙과 정도를 의미하는 또 다른 말이다.

남편 김용이 구술한 것을 잘 짜고 엮어 맥락이 닿는 이야기로 다듬은 강수화 작가도 일가를 이룬 것은 마찬가지!


화창한 봄날, 둘째가 중간고사를 끝내고 집으로 왔다. 새 차를 산 뒤 처음 가족이 다 모인 자리였다. 차 시승식도 할 겸 미사리로 갔다.

– 우와! 나는, 차는 모두 트럭 같은 줄 알았어. 탔는데 전혀 탄 것 같지 않고, 가는지 안 가는지, 주변 풍경을 보지 않으면 모르겠어.

– 그렇지? 나도 똑같은 느낌이야!

스물일곱 살인 첫째와 열일곱 살인 둘째가 차 뒷좌석에 앉아 온갖 것을 만지며 신기해한다. 2019년 현재, 형제끼리 나누는 대화가 조선 시대 사람이 타임머신을 타고 대한민국으로 건너와 나누는 이야기 같다.

- 우리 가족이 다 함께 자가용 타고 야외로 나가는 거, 나 태어나고 처음인 것 같아!

- 누가 너더러 늦게 태어나래? 호호호호.

- 키키키킥…….

- 헤헤헤헤. 근데 미사리가 어디야?

- 기억 안 나?

- 응. 전혀.

- 너랑 같이 갔는데…… 하기사 네가 세 살 땐가 네 살 땐가 그랬으니…… 기억이 안 나기도 하겠다.

　-강수화, 『멘도타 城으로 가는 길』 부분


미사리 가는 길, 김용은 두 아들의 대화를 들으면서 한 발 한 발 걸어온 지난날의 삶이 얹히는 것을 느낀다. 가족이 함께 나들이하는 이런 날이 오다니.

유학 시절, 힘들 때마다 들었던 노래는 이야기의 시작에서 가족 나들이를 가는 마지막까지 이어진다. 강수화는 이 노래 속에 모든 것이 담겨 있다고 여겼기에 이렇게 배치했으리라.

김용이 미사리에서 홀로 고뇌하고 사업 구상을 하며 일어섰다면, 이제는 일가가 같이 시작점에 섰다는 의미이기도 하다. 어찌 보면 김용 가족의 진정한 도전은 지금부터인지도 모른다. 새로운 일가를 이루기 위한!

# 환자의 눈을 들여다보듯
# 세상을 들여다보는 눈

-한영자 수필집 『꽃이 피는 소리』

**1**

한영자는 좁은 진료실에서 날마다 환자들의 눈을 들여다보며 평생을 보냈다. 그는 안과 의사이기에 남의 눈을 들여다보는 일이 아주 자연스럽다. 남의 눈을 들여다본다는 것은 기실은 자신의 모습을 보는 것이기도 하다. 이른바 눈부처.

'눈부처'란 서로 눈을 마주할 때 상대방의 눈동자에 비친 자신의 형상을 이르는 말이다. 한영자는 환자의 눈을 들여다볼 때마다 환자의 눈동자에서 자신의 모습도 함께 보았다. 그의 글감은 진료실에 드나드는 많은 환자를 관찰하고, 그들과 나눈 이야기에서 자연스럽게 발생했다. 환자의 이야기로 시작하지만 결국은 자신의 속내를 글에 담는다. 환자의 눈동자 속에 자신의 형상이 들어 있으니!

　　나는 이따금 눈병 환자를 치료한다기보다 말이 아픈 사람을 치료한다는 착각에 빠질 때가 있다. 진찰받으러 온 사람에게 말을 하면서 당황할 때가 생기기 때문이다.

　　"눈이 어때서 오셨어요?"

　　"그게 아니라, 눈이 가려워서 왔어요."

　　'그게 아니라'라면 나는 무어라고 물어야 할까? 한두 사람에게서 이런 말이 나오는 것은 아니다. 어디가 틀린 물음인지 생각을 해 보며 묘안이라도 배우려고 다시 묻는다.

　　"그게 아니라면 무어라고 물어야 하나요?"

　　반문에 놀란 표정만 짓고 말이 없다. 별 의미 없는 부정이 아닌가 생각되어 그대로 묻고 있다. 물음의 답변에도 사연이 많다. 많은 환자가 눈이 아파서 왔다고 대답을 한다. 이 말은 잘못되었다고 할 수 없으나, 눈만 진찰하는 안과 의사가 눈치 없기로 눈이 아파서 온 것을 모르고 묻는 것은 아니다.

　　눈이 따끔거리는지, 시큼시큼한지, 눈이 빠지게 아픈지, 눈물이 나는지, 눈곱이 끼는지, 충혈이 있는지, 가려운지, 부

없는지 등 형용사와 동사의 어휘가 풍부하건만 눈이 아파서 왔다고 짧게 답변한다. 정답을 유도하기 위해 위의 여러 가지 증상을 배합하여 묻는다.

말로 아픔을 적절히 그려 주면 병을 찾아가는 진로를 속히 가늠할 수 있어 병의 진단은 신속 정확해지고 그 환자의 병을 짧은 순간이나마 공감까지 할 수 있다.

"눈이 이상해서 왔으니 보아 주세요."

"눈이 이래서 왔어요."

"눈을 보면 알 것인데 왜 귀찮게 물어요?"

말하지 않아도 어디 병이 있나 한번 찾아보라는 식의 태도 등은 오진의 확률을 높인다. 눈의 증상을 물을 때 결막염이나 난시가 있나 검사하러 왔다는, 진단명과 증상의 뜻을 착각하는 수도 흔하게 만난다. 환자 기록부에는 환자의 증상을 쓰는 난이 의무 사항으로 있다.

-한영자, 「말이 아픈 사람들」 부분


환자들은 눈이 아파 병원에 왔지만, 정작 어디가 어떻게 아픈지 설명하지 않는다. 의사가 알아서 해 주기를 바라는 것이다. 어떤 환자는 눈을 보면 다 알 텐데 귀찮게 뭘 묻느냐는 태도를 보이기도 한다. 많은 환자의 그런 태도를 보면서 한영자는 깨닫는다. 이들은 말이 아프구나!

　말은 곧 그 말을 뱉는 사람의 속내이다. 그러기에 환자가 하는 말에서 그의 마음 상태를 읽어 낼 줄 아는 의사는 눈병뿐만 아니라 마음의 병까지 들여다본다. 환자의 눈은 안팎을 다 볼 수 있는 창이다. 환자의 마음 상태와 의사 자신의 성찰 상태를 함께 들여다볼 수 있는!

　한영자는 환자 진료가 없는 틈에는 책상에 앉아 글을 쓴다. 오래된 습관이다. 하지만 글이 물 흐르듯 시원스레 써지지 않아 늘 답답하다. 그럴 때면 그는 다른 작가들처럼 자리에서 일어났다 앉았다 하며 안달복달한다.


　　환자를 보고 다시 책상 앞에 앉아 흩어진 감정을 걸러내고 아무도 없는 곳에서 쓰기 시작, 쓴 것을 다시 읽어 보며 고친다. 글을 쓸 때 계속 열 줄이고 한 장이고 시원하게 물 흐르듯 써 내리지 못해 답답하다. 몇 번씩 일어났다 앉았다 하는 순간마다 바뀌는 정서의 표정이 글 속에서 얼마나 어지러울까?

　　-한영자, 「글은 내게 애물이다」 부분


한영자는 글에 모든 것을 수렴시킬 줄 안다. 많은 사람이 직접 겪은 일조차 글로 적어 내지 못하는데, 그는 진료실에서 벌어지는 직접 체험뿐만 아니라 간접 체험한 일까지도 글에 담는다. 하지만 글을 쓰는 시간과 사색하는 것은 일상의 일을 밀리게 한다. 그래서 그는 "한 시간 사색하면 한 시간 이상의 일상이 나를 기다리고 있다."라며 안타까워한다.

　　나 혼자만의 시간에 오래 빠져 있다 보면 일상의 일이 너무 밀려 있다. 한 시간 사색하면 한 시간 이상의 일상이 나를 기다리고 있다. 작은 소산을 위해 나를 집중시키는 훈련도 약하다. 반사적으로 일하고 생각할 틈 없이 일이 일을 시키고, 일이 끝나야 하루가 끝난다. 머리로 사는 시간보다 손으로 사는 시간이 많다.
　　-한영자, 「글은 내게 애물이다」 부분

　한영자는 '머리로 사는 시간'과 '손으로 사는 시간' 사이에서 줄타기하듯이 산다. 그렇다고 당장 글을 쓸 시간이 없다고 해서 그의 삶이 글에서 멀어지는 것은 아니다. 한영자는 환자가 아픔에서 벗어날 때 기쁨을 느낀다. 그의 현실적인 삶은 그런 기쁨이 차곡차곡 쌓여서 이루어진다. 기쁨은 결국 글로 형상화되고!

**2**

한영자는 진료실에서 만난 환자들 가운데 인상 깊은 이들은 글로 갈무리해 둔다. 환자들의 반응과 태도 속에서 삶의 진수를 엿볼 수 있기 때문이다.

입원실 한 자리를 외롭게 지키며 아픈 눈과 싸웠던 그는 하기 힘든 말을 꺼냈다.

"내 눈을 뽑아 주세요."

그 무던하던 환자의 입에서 눈을 뽑아 달라는 말이 나왔다. 여태껏 환자의 아픔을 함께 나누며 치료하다가 눈을 들어내는 일은 누구도 원하는 수술이 아니다. 시력은 이미 잃었고 눈은 아프기만 하다. 과장님의 집도로 한 눈을 들어낸 다음 날 회진 시간에 고인 피가 말라붙은 안대를 떼었다. 안구가 없어 움푹 꺼진 저 눈에 다시 아픔은 오지 않는다.

그 뒤 마지막 한 눈마저 내게 안구 적출 일정이 잡혔을 때 어디로 멀리 피하고 싶었다. 이 수술은 내가 하고 싶지 않았다. 가슴이 메어 온다. 수년간 눈을 살리려고 애쓴 온갖 인내와 노력이 안구 적출로 막을 내린다. 이십여 년간 주린 줄 모

르고 보아 오던 빛, 이제 빛의 갈증을 아픈 가슴으로 담담하
게 풀어 가야 한다.

-한영자, 「내 눈을 뽑아 주세요」 부분


오죽하면 눈을 뽑아 달라고 하겠는가. 하지만 안구 적출을
하면 시력을 잃게 된다. 안과 의사는 마지막 방법인 안구 적출
에 이르지 않도록 온갖 노력을 다한다. 하지만 여러 치료도 소
용없이 결국 안구 적출을 해야 하는 상황이 되면 의사도 우울
하다.

한영자는 의안을 끼는 엄마를 보고 아들이 놀라며 "눈을 어
떻게 뺐다 꼈다 할 수 있어?"라고 말한 사연도 들려준다. 수술
을 앞둔 아이들은 겁에 질려 미리 울음을 터뜨린다. 성인들도
두려움을 느끼기는 마찬가지이다.


겁이 많은 환자에게 수술 과정을 꼼꼼하게 설명해 주면
과잉 질문을 거쳐, 스스로 공포 분위기에 말려든다. 자신이
파 놓은 웅덩이에 빠져 다음에 수술하겠다고 금세 마음을
바꾼다. 오히려 모르는 채 수술을 빨리 끝내는 편이 낫다.

어린아이들을 수술할 때도 마찬가지다. 수술대에 눕혀 빨
리 수술을 마치고 안대를 한 후 부모 품에 안겨 주는 것이 깔

끔하다. 장난감으로 달래도 한번 울기 시작하면 더 크게 울기 마련이다.

-한영자, 「눈이 그려진 하얀 안대」 부분

어느 날, 한 여대생이 눈이 부어서 병원을 찾는다. 그는 한영자에게 꼭 수술해야 하느냐고 묻는다. 검사 결과 윗눈꺼풀 속이 곪아 고름이 차 있었다. 완전히 낫기 위해서는 고름을 긁어내야 했지만, 여대생은 아플까 봐 걱정한다. 한영자는 그와 이런저런 이야기를 나누며 눈꺼풀을 마취하고 고름을 제거한 후 안대를 씌워 준다.

다음 날 치료받기 위해 수술받은 환자가 내원했다. 활짝 웃는 얼굴로 들어왔다. 순간 나도 따라 웃음이 나왔다. 수술한 눈을 가린 하얀 안대가 작은 캔버스가 되었다.

그림이 그려진 캔버스가 미술관 벽이 아닌 얼굴에 전시되었다. 반대편 눈과 닮은 눈이 크게 그려져 있었다. 두 눈이 초롱초롱했다. 눈이 그려진 안대, 미술 대학 근처에 안과 병원이 있기 때문일까?

-한영자, 「눈이 그려진 하얀 안대」 부분

한영자는 안대에서도 예술적 아름다움을 발견한다. 그래서 그는 "오늘은 환자들에게 눈 그림 한 폭을 선물로 보여 주고 싶다."라고 너스레를 떤다. 또한 그는 눈동자가 바깥쪽으로 돌아간 외사시에 희뿌연 눈망울을 하고 있어 얼굴 반을 가린 '선이'라는 아이에게 자신감을 심어 주고 싶어 한다. 이를 위해 모딜리아니가 그린 눈과 관련된 초상화 이야기를 들려주고자 한다.

선이야, 혹시 모딜리아니라는 화가를 아니? 우리 병원에 이 화가의 그림이 벽에 걸려 있는데 네가 보았는지 모르겠다. 갸름한 얼굴에 회색 아몬드 모양의 멍한 눈을 그린 화가. 처음 보면 놀라게 되지. 눈동자는 왜 그리지 않았을까? 눈 표면 전체로 볼 수 있을까? 긴 목을 옆으로 기울이고 물에 쓸려 나간 듯 깎인 가냘픈 어깨선의 여인을 보면 우수가 감돌고 있어. 회색 눈은 볼 것을 방황하며 빛을 그리워하는 듯해. 이 화가는 특이하게 '당신의 영혼을 온전히 이해했을 때 당신의 눈동자를 그리겠다.'라고 말했지.

영혼을 이해하기는 어려운 모양이야. 같은 해에 그린 그의 부인 잔느 에뷔테른느의 초상화에서도 눈동자를 다 그린 것은 아니었으니까.

'여기 나의 비밀, 매우 간단한 비밀이 있어.

오직 마음으로만 올바르게 볼 수 있어.

내가 보고 있는 이 모습은 껍데기에 지나지 않아. 가장 소
중한 것은 눈에 보이지 않는 법이니까.'


잠이 든 '어린 왕자'를 안고 그 모습을 바라보며 하는 말
이다.

오늘도 회색 눈을 유심히 바라본다.

-한영자, 「회색 눈」 부분



3


한영자의 예술적 감성은 '공포스러운' 진료실 분위기를 '부드
럽고 편안한' 분위기로 바꾼다. 그의 예술적 감성은 진료실 밖
으로까지 이어진다. 그는 틈만 나면 미술관을 찾고 음악 감상
을 즐긴다.


피천득 선생님의 『인연』 수필집을 다시 읽으면서 보스턴
박물관에 관한 글에 새삼 시선이 머물렀다. 수필 「호이트 컬

렉션」과「잠」속에 보스턴 박물관의 소장품에 관한 글이 있는 것을 까맣게 잊은 채, 작년 가을에 보스턴 박물관을 관람했기 때문이다.

수필 속에 소개된 그림을 박물관 화집에서 다시 찾아보며 보스턴 박물관을 또 방문하고 싶었다. 노란 가을 색이 물든 가로수 길을 따라갔다. 현대식 빌딩보다 빛바랜 붉은 벽돌 빌딩들이 보스턴 거리를 장식하고 있었다. 처음 찾아가는 그곳에서 서양화를 맘껏 보고 싶었다. 어떤 그림들이 나를 기다리고 있을까?

이 박물관에 한국관이 있으리라곤 추호도 짐작하지 못했다. 외국에 전시된 우리나라의 국보는 더 자랑스럽게 보였다. 국보 옆에 영어로 중국 문화의 영향을 받았다는 해설이 쓰인 것을 읽는 순간, 알면서도 민감해졌다.

박물관 전시실의 한국관, 중국관, 일본관 등을 관람하고 며칠 더 서양화 전시관만을 여유 있게 보았다. 보스턴에 이주한 영국 청교도들은 초기의 고난을 무릅쓰고 미국에서 이룬 문화의 의미를 박물관 전시품에서도 대변하고 있었다. 다른 곳에서 보기 어려운 미국 초창기에 활동한 화가의 작품을 비롯하여 미국의 여러 화가 작품을 풍족히 소개하여 감회가 깊었다.

박물관에 동행하지는 못했으나 선생님과 추억에 잠긴 그림에 관해 떠올려 보고 싶었다. 오늘 점심이 가능하신지 전화를 드렸다. 수필집『인연』과 박물관 화집, 박물관 주변에서 찍은 사진을 챙겨 들고 살고 계시는 반포아파트로 향했다.

-한영자,「장미의 숲에서」부분


한영자는 피천득 선생의 수필집을 읽으면서도 그림과 박물관을 떠올린다. 마침내는 피천득 선생과 따스한 대화를 나눈다. 이렇듯 한영자에게는 미술과 음악을 통한 자기 성찰, 여행을 통한 자기 세계의 확장 등이 모두 글쓰기의 밑바탕을 이룬다.

그의 상상력은 좁은 진료실 안에만 머물지 않는다. 그래서 그의 진짜 본업은 글 쓰는 작가라고 해도 무방하다.


우리는 현충원을 걸으면서 자연 앞에 마음을 온통 펴 보였다. 연둣빛 어린잎을 바라보며 내 마음이 깨끗해졌고, 햇빛을 받아 내쉬는 나무들의 맑은 공기를 내가 되받아 마시며 숨도 정결해졌다. 정오의 햇빛은 더욱 짙은 그림자를 만들며 따라오고 있었다.

조금 전에 있던 진료실 공간을 떠나 이곳에 와 있는 것이 낯설다. 작은 산이지만 심산유곡에 들어온 듯 흐뭇한 마음으로 산의 친구가 되고 있었다. 나는 이 산에서 무엇으로 나를 짙게 칠해 볼까?

"저기, 그늘에 넓은 바위가 있네요. 거기서 내가 갖고 온 김밥을 먹어요."

그녀의 음성에 낮잠을 깬 듯 시계를 보았다. 늦지 않게 진료실로 돌아가야 한다.

-한영자, 「정결한 여신」 부분


환자로 찾아온 이가 진료실에 흐르는 음악의 곡명을 일러 준 것을 계기로, 점심시간마다 병원 근처에 있는 현충원을 함께 산책하게 된다. 예술을 좋아하는 이는 누구든 그의 벗이 된다. 예술가인 환자는 한영자의 눈에 다 '포착'된다. 유영국 화가도 그런 경우이다.


환자들이 옹기종기 모여 앉아 있는 오전 시간이었다. 흰 머리의 유영국 환자께서 사모님과 함께 안과에 오셨다. 우연한 일이다. 진료실 벽에는 유영국 화백의 그림이 담긴 현대 갤러리에서 만든 달력이 걸려 있었다. 이름이 똑같다. 조용하고 인자한 인상에 육감으로 내가 아는 유영국 화백일 것 같았다. 한 번도 뵌 일이 없고 사진으로 익힌 적도 없었다.

"유영국 화백님이세요?"

거리낌 없이 여쭈었다. 키가 후리후리한 화백은 아무 말씀도 없었다.

"동명이인 아닐까요?"

옆에 계시던 자그마하신 사모님께서 은근히 거부 반응을 보였다.

"눈이 어때서 오셨나요?"

"가까운 거리 보는 안경을 맞추려고요."

내 육감도 만만치 않다. 돋보기안경 맞추는 근거리 시력표 대신 내 방으로 들어가 책상 위에 놓여 있는 어느 화가의 그림 전시 팸플릿을 들고나왔다. 검안용 안경테를 얼굴에 착용케 한 후 팸플릿의 그림을 열어 손에 쥐여 드리고 원하는 초점 거리에 놓아 보라고 했다. 순간 팸플릿을 닫고 표지를 확인한다. 어느 화가의 그림인지 궁금한 모양이다. 화가가 아닌 평범한 환자가 취할 행동은 아니다.

(…)

돋보기안경을 쓰고 테스트를 마친 후 진료 의자에 앉았다. 다시 한번 근거리 초점을 점검하고 처방을 적어 드렸다. 이 안경을 쓰고 어떤 그림을 잉태하실까?

"화백님 그림 참 멋져요."

"제가 화가 유영국이올시다."

-한영자, 「동명이인 아닐까요?」 부분


한영자는 진료실에서 화가뿐만 아니라 글 작가들도 만난다. 신지식, 정두리, 전숙희 같은 분들인데, 그분들 모두 한영자의 눈에 띄어 피해 가지 못한다. 그는 책 읽기와 그림 감상, 음악 듣기를 좋아하기에 누구든 만날 준비가 되어 있다. 이미 그런 분들을 파악하고 있는 터라 그의 환자가 된다는 것은 낯선 만남이 아니다.

그는 진료실에서 환자만 만난 것이 아니다. 어느 날, 진료가 거의 끝나 갈 무렵 화장실에 갔다가 강도를 만난다. 강도는 화장실에 숨어 있었고, 그는 봉변을 당한다. 한영자는 그때의 광경과 심정을 긴박하게 그렸다.


꽤나 오랜 시간이 흐른 것 같았다. 무슨 생각을 하는지 대꾸나 했으면 좋겠다. 무거운 침묵에 질식할 것 같았다. 상대방을 압도하는 침묵을 쓸 줄 아는 젊은 사람이다. 얼마나 더 달래야 하는지 인내로 버텨 보는 수밖에 없었다. 내 등 뒤에 있어 얼굴 표정을 볼 수 없는 그의 작전은 전혀 예측할 수 없었다.

내가 잡고 있던 그의 오른팔이 갑자기 위로 올라갔다. 그의 손에 펴 있는 날카로운 칼이 보였다. 여기서 죽는다는 절망감이 몰려왔다. 화장실 바닥에 품위 없이 누운 변사체로 신고되어 신문과 TV의 뉴스 기삿거리가 되는 일이 나의 최후일까?

동시에 내 일생의 장면이 파노라마처럼 지나갔다.

-한영자, 「나갔어요?」 부분


나는 수필을 서정 수필, 서경 수필, 서사 수필로 구분한다. 한영자의 「나갔어요?」는 서사 수필에 속한다고 할 수 있다.

서정 수필과 서경 수필은 글쓴이가 대상에 대해 느끼는 심정을 일방적으로 풀어 나간 글이라고 할 수 있는데, 전통적인 수필 대부분이 이에 속한다. 반면 서사 수필은 사건이 이야기를 끌고 가며, 상대역이 등장해 대화를 통해 이야기가 전개된다. 수필에서도 대화를 잘 활용하면 효과가 배가 된다. 물론 대화만으로는 수필이나 소설이 되지 않는다. 대화만으로 이루어진 희곡이 왜 있는지를 떠올려 보면 금세 의문이 풀릴 것이다. 물론 희곡에서도 소설의 묘사나 수필의 서술에 해당하는 지문이 있다.

**4**


한영자는 진료실에서의 인연뿐만 아니라 자연 속에서 저마다의 방식대로 살아가는 나무와 꽃과의 인연도 소중히 생각한다. 달리 말하면 생명이 있는 모든 것을 좋아한다는 이야기이다. 생명을 다루는 의업에 종사하기에 더욱 그런지도 모른다. 예술에도 생명을 부여하며 숨을 쉬게 하는 그는 자연 속의 생명이 다시 깨어나는 봄을 특히 좋아한다.


겨우내 침울한 빛깔의 창밖이 환해지면서 봄이 오고 있다. 하얀 봄 햇살이 방 안 깊숙이 들어와 넘실댄다. 매일 어두워야 집에 돌아오는 난 휴일이면 실내에 찾아오는 햇살의 방문이 신비롭다. 흰빛 레이스 커튼 올 사이로 무수히 햇살이 걸러지고 있다. 햇살이 만드는 물체의 형상은 전등 빛에서 보던 모습과 달리 순간마다 다른 얼굴을 한다.

햇살은 비밀을 갖고 있다. 햇살과 친밀해지고 싶다. 햇살 결핍이다. 햇살의 체온이 편안하다. 봄의 햇살에 풀잎 빛깔이 윤기 나게 번진다.

  -한영자, 「봄날」 부분

한영자는 "봄에는 너와 나의 말을 하자."라고 제안한다. 그는 말한다는 것이 살아 있다는 증표라 여긴다. 어쩌면 묵은 갈대가 죽지 않고 새로 나는 연두색 갈대에 따스한 말을 건네는지도 모른다. 그래서 그는 봄의 풀밭을 여러 세대가 어울려 사는 공간으로 느낀다.

봄이 나를 보고 있을까? 한강을 끼고 걷기 시작하니 길가 풀밭에는 연둣빛 잎을 헤치고 작은 보랏빛 들꽃들이 상긋하게 웃고 있었다. 일찍 피는 봄 풀꽃은 꽃송이들이 작다. 걸음을 멈추고 허리를 구부려 가까이 들여다보았다.

겨울의 누런 풀밭엔 시선을 주지 않았었다. 눈길을 주위로 돌리기보다 내 안으로 향해 사색하며 걷게 했다. 들꽃들은 한동안 잊혔다.

봄의 들꽃들이 눈을 번쩍 뜨게 했다. 자꾸 눈을 맞추고 싶어 힐끔힐끔 곁눈질하며 걸었다. 눈길이 갈 때마다 들꽃들은 작은 숨소리를 낸다. 지금 들꽃을 마주 보며 숨을 함께 쉬는 이 순간이 뿌듯하다. 살아 있는 모습이 사랑스럽다. 봄에는 너와 나의 말을 하자. 우리는 살아 있다고…….

강둑 위로는 지난해 파랗게 살던 갈대들이 누런 몸으로 꼿꼿이 서 있다. 묵은 갈대가 새로 자라는 연두색 아기 갈대를 감싸 주고 있다. 봄의 풀밭에는 여러 세대가 모여 산다.

누런 갈대들이 묵은 이삭을 달고 두런거리며 강 너머를 바라보고 있다. 강가의 들풀들은 자신의 모습을 초록으로 빛내며 봄을 살고 있다.

(…)

문득 프랑스의 신인상주의 화가 조르주 피에르 쇠라의 〈그랑드 자트 섬의 일요일 오후〉 그림이 떠올랐다. 백삼십여 년이 지난 그림이다. 강가에 나온 사람들이 하루를 휴식하기 위해서일까? 간편한 옷차림이 아닌 양산과 지팡이를 갖추고 모자를 쓴 남녀가 단정한 정장 차림새들이다.

우산이 흔하지 않은 때가 있었다. 1851년 영국에서 열린 만국 박람회에 속이 빈 강철 튜브로 만든 우산이 출품되면서 널리 퍼지게 되었다고 한다. 당시 유행한 우산이나 양산은 자랑하고 싶은 장신구가 되었다. 지팡이는 신사의 필수 장식품이었다. 그림 속의 관중은 흰 배가 떠다니는 강 풍경을 보기 위해 야외 미술관에 입장한 관람객(?) 같다. 정장으로 예의를 갖추고 신이 그린 아름다운 자연을 감상하고 있다. 눈앞에 묵묵히 서 있는 그림 속 사람들은 봄 인사를 무어라 했을까?

웬만큼 걷고 다리 힘을 아껴 집을 향해 뒤돌아섰다. 걷다 보니 건너편 한갓진 길에 트럼펫 연주가 두 명이 음을 조율하고 있었다. 지금껏 아름다운 풍경을 보았는데 귀까지 열어 준다. 주홍빛 노을이 하늘을 가득히 물들이고 그 빛이 강물에 결 따라 번지고 있다. 주홍빛 강물 저 멀리까지 〈어메이징 그레이스〉의 아련한 트럼펫 음률이 퍼지는 상상을 했다.

봄이 준 주홍빛 소리다.

-한영자, 「봄의 소리」 부분


사람들은 봄을 살고 있는 여러 생명체의 모습을 보기 위해 집을 나서 자연으로 들어간다. 한영자는 자신을 포함해 그런 사람들이 마치 미술관에 입장한 관람객 같다고 느낀다. 신이 그려 준 자연을 감상하는 인간이라니! 자연스레 프랑스의 신인상주의 화가 조르주 피에르 쇠라의 〈그랑드 자트 섬의 일요일 오후〉 그림이 떠오른다. 이어 주홍빛 노을이 하늘을 온통 물들이더니, 그 빛이 강물에 결 따라 번진다. 그 순간 주홍빛 강물 저 멀리까지 〈어메이징 그레이스〉의 아련한 트럼펫 음률이 퍼지는 상상을 한다. 그에게 인간과 자연, 그림과 음악은 분리된 것이 아니라 다 하나이다.

**5**

　꽃이 지고 떨어진 난초의 꽃대를 자르려면 아픔이 온다. 화려한 꽃을 애써 피우고 가는 난초 꽃잎의 뒷모습에 묻어 있는 몸살기가 측은해 보인다. 올겨울은 날씨 인심이 좋아선지 기검사계, 관음소심에서 입춘이 오기도 전에 뾰족한 새싹이 솟고 있다. 요즘 같은 겨울엔 두 주에 한 번씩 물시중을 하며 뜸하게 난과 대면해도 되련만 나는 괜스레 난을 자주 방문한다. 남몰래 살짝 꽃대가 나오고 새싹이 솟는 푸른 몸짓이 예쁘다. 고요한 약동이 경이롭다. 난들의 소리 없는 푸른 말씨는 고귀해서 나도 그 격을 닮고 싶다. 난들의 푸른 자태는 정갈스럽다. 베토벤의 〈봄 소나타〉를 난초에 들려주며 봄 아지랑이 가물대는 선율 속으로 같이 묻혀 본다. 잎사귀에 맺힌 이슬 속에 햇살이 들어와 영롱하게 빛난다.

　바라만 보아도 편해지는 녹색 위로가 있어 난과 더불어 내가 살고 있나 보다.

　－한영자, 「난초 앞에서」 부분


한영자는 꽃이 져 떨어진 난초의 꽃대를 자르면서도 아픔을 느낀다. 날카로운 수술용 칼로 환자의 환부를 과감히 도려내는 수술도 마다하지 않는 그가 꽃이 진 난초의 꽃대를 정리하면서 머뭇거린다. 화려한 꽃을 애써 피우고 가는 난초의 뒷모습이 애처롭기 때문이다. 그는 난초 꽃잎의 뒷모습에 몸살기가 묻어 있는 것을 느낀다.

한영자는 이러한 감수성을 지니고 있기에 환자의 몸에서도 자연을 느낄 수밖에 없으리라. 그는 난들의 소리 없는 푸른 말씨가 고귀해서 그 격을 닮고 싶어 한다. 난들의 푸른 자태를 정갈스럽게 느끼기에 베토벤의 〈봄 소나타〉를 난초에 들려준다.

난초에까지 다정함과 따스함을 안겨 줄 줄 아는 한영자. 진료실 밖에서 시각 장애인을 대하는 태도도 다르지 않다.

압구정 지하철역의 계단을 내려가 승강장으로 들어섰다.

"여기가 구파발 가는 쪽인가요?"

"맞아요."

소리 나는 쪽을 바라보았다. 근처에 있는 아가씨가 대답을 했다. 눈을 꼭 감은 아주머니가 흰 지팡이를 짚고 서 있었다. 난 병원에서 진료일을 마치고 집으로 가는 길이었다. 무엇에 홀린 듯 그녀의 뒤를 따라갔다.

(…)

지하철 출입구 앞에 일직선으로 설치된 점형 점자 블록을 따라 그녀는 흰 지팡이를 두드리며 거침없이 걸어가고 있었다. 지하철을 타기 위해 점형 점자 블록 위에 서 있는 사람들과 부딪치기도 했다. 앞을 보는 사람들이 흰 지팡이 짚고 가는 사람을 배려하지 못했다. 휴대폰에 몰입해, 못 보는 이가 갑자기 옆에 나타나면 신속하게 대응하지 못했다. 흰 지팡이가 자신의 신체를 접촉하면 그때 놀라서 비켜 주었다. 주위 집중을 위해 아름다운 음향이 내장된 신형 흰 지팡이를 제조하면 어떨까 생각해 보았다. 그러나 이어폰이 청각을 덮고 있으니 얼마나 효력이 있을지 모르겠다. 앞이 안 보이는 사람은 자신이 타인에게 어떤 실례를 했는지 구체적으로 모르는 채 "미안합니다." 말을 남기고 지나갔다. 흰 지팡이 하나로 보행 방향의 장애물 파악이 얼마나 부족한 것인지 보고 있었다. 복잡한 곳에서 보행 속도의 조절은 더욱 어렵다. 때로는 무례하다고 난처한 일도 당할 것 같았다. 안 보이는 걸 어떻게 해? 배려가 없으면 힘들다. 옆에 가까이 따라가면서 마치 어린아이를 물가에 내놓은 것처럼 마음이 불안했다.

그녀의 보행 요령에 착오가 생길 것 같아 지나친 간섭은 자제했다. 그러나 무의식중에 급하게 "사람 있어요." 하고 안내를 하고 있었다.

-한영자, 「동행」 부분


    한영자는 안과 의사이기에 시각 장애인이 유달리 눈에 잘 띄었을 수도 있다. 하지만 안과 의사가 아니라 해도 그의 성품상 눈이 불편해 지하철을 타기 어려워하는 사람을 보았다면 가만히 있지 못했으리라. 그에게는 남의 고통과 아픔을 함께 느끼는 공감이 너무나 자연스럽다. 어떤 분야에서든 공감 능력이 뛰어난 사람들은 겸손하다. 절대로 자신의 처지가 우월하다고 여기지 않는다. 독자는 한영자의 글을 통해 의업과 글쓰기에 그의 내면이 잘 스며 있다는 것을 알 수 있으리라.

    문학의 여러 갈래 중 수필이 가장 개인적인 장르라는 말은 맞다. 더불어 작가의 내면이 가장 잘 드러나는 장르라는 말도 맞다. 수필가의 정체성을 지닌 안과 의사 한영자의 수필을 읽으면 누구든 그 사실을 확인할 수 있을 것이다.

나는 언제나 열아홉 살!

나는
언제나

## 열아홉 살!

우리 가요에는 열아홉 순정이니 어쩌니 하며 열아홉 살을 찬양(?)하는 노래가 많다. 하지만 실제로 열아홉 살짜리를 두고 제대로 어른 대접을 하지는 않는다. 아직 스무 살이 되지 않은 (스무 살이 되어도 그다지 달라지지 않지만……) 열아홉 살짜리들은 오나가나 어린이나 청소년 취급을 '당한다'.

나는 누군가 나이를 물으면 열아홉 살이라고 대답한다. 환갑, 진갑 다 지난 사람이 열아홉 살? 절반은 맞고 절반은 틀리다. 맞는 이유는 열아홉 살이라는 나이가 열세 살에서 열여덟 살로 일컬어지는, 흔히 1318이라 하는 청소년 시기와 가장 가까워서이다. 이제 막 청소년 티를 벗은 어른. 아니, 아직 청소년 티가 나는 어른. 그것이 열아홉 살이다. 열아홉 살은 열여덟 살

다음에 오니까…….

청소년 문학을 하는 어른은 육체적으로는 청소년이 아니지만, 정신적으로는 청소년과 가장 가까운 나이대에 머물러 있어야 한다고 생각한다. 그래서 나는 열아홉 살이 좋다! 늘 위태롭지만 세상의 모든 어른이 거친 나이, 열아홉!

난 그런 거 몰라요 아무것도 몰라요
괜히 겁이 나네요 그런 말 하지 말아요
난 정말 몰라요 들어 보긴 했어요
가슴이 떨려 오네요 그런 말 하지 말아요
난 지금 어려요 열아홉 살인걸요
화장도 할 줄 몰라요 사랑이란 처음이어요
웬일인지 몰라요 가까이 오지 말아요
떨어져 얘기해요 얼굴이 뜨거워져요

난 지금 어려요 열아홉 살인 걸요
화장도 할 줄 몰라요 사랑이란 처음이어요
엄마가 화낼 거예요 하지만 듣고 싶네요
사랑이란 그 말이 싫지만은 않네요
-〈나는 열아홉 살이에요〉, 이장희 작사·작곡, 윤시내 노래

위 노랫말과 같이 청소년은 그런 존재이다. 사랑이니 뭐니 하는 그런 것을 모르고, 그런 말만 들어도 겁이 나거나 얼굴이 뜨거워지고, 들어 보긴 했지만 가슴이 떨리고, 무엇보다도 아직 어리기 때문에 그런 것을 했다가는 엄마가 화낼 거라 생각하지만, 사랑이라는 말이 싫지는 않단다! 아, 그런데 그들은 열아홉 살이다. 이 노래에는 청소년 문학의 모든 것이 들어 있다.

물론 이 노래를 작사한 사람은 청소년 문학 따위는 조금도 의식하지 않았을 것이다. 최인호의 소설 『별들의 고향』을 원작으로 해서 1974년에 개봉한 동명의 영화 주제곡이었다. 이 노래 역시 다른 가요와 비슷하게 사랑 타령을 했을 뿐 청소년 문학을 조금도 염두에 두지 않았다.

하지만 좋은 문학 작품은 시대와 상황, 그리고 사람에 따라 다양하게 해석될 수 있다. 이 노래도 마찬가지이다. 신문 연재 소설을 바탕으로 한 상업 영화의 주제곡이지만, 청소년 문학을 하는 작가 자리에서 보면 청소년 문학을 할 때 의식하는 많은 것이 노래 안에 들어 있다. 이제 와서 새삼 옛 가요가 다른 느낌이 드는 이유는 무엇일까? 그것은 예전에는 몰랐지만 청소년이 처한 모습이 잘 그려져 있기 때문이다.

조선 시대의 판소리계 소설 『춘향전』에서 춘향과 몽룡은 열아홉 살보다 어린 열여섯 살에 이미 어른처럼 놀았다. 하지만 지금은 열여섯 살에 그렇게 놀면 안 된다. 세상이 앞으로 나아간 것 같지만, 어쩌면 조선 시대보다 뒤로 물러났는지도 모른다. 지금 고등학생 나이는 어른도 아니고 어린아이도 아니다. 그저 청소년일 뿐이다. 하지만 청소년이라고 어른의 삶에서 자유로울까? 또 어린아이 티를 완전히 벗어났을까?

노래에서는 사랑을 이야기했지만, 사랑 아닌 다른 것을 두고 볼 때도 청소년은 어른들의 삶에서 얼마나 자유로울까? 사랑이라는 말을 들어 보기는 했지만, 정작 사랑했다가는 엄마가 화낼지도 모른다고 생각하는 그들. 그때나 지금이나 청소년은 어른이 아니다. 그렇다면 어린아이일까?

글머리에서 언급했듯이 우리 가요에는 열아홉 살을 찬양(?)한 노래가 많다. 엘레지의 여왕으로 불리는, 가히 국민 가수라 할 만한 이미자의 데뷔곡인 〈열아홉 순정〉을 보자.

보기만 하여도 울렁
생각만 하여도 울렁
수줍은 열아홉 살 움트는
첫사랑을 몰라 주세요

세상의 그 누구도 다 모르게

내 가슴속에만 숨어 있는
음~ 내 가슴에 음~ 숨어 있는
장미꽃보다 더 붉은
열아홉 순정이에요

바람이 스쳐도 울렁
버들이 피어도 울렁
수줍은 열아홉 살 움트는
첫사랑을 몰라 주세요

그대의 속삭임을 내 가슴에
가만히 남몰래 담아 보는
음~ 내 가슴에 음~ 담아 보는
진줏빛보다 더 고운
열아홉 순정이에요
-〈열아홉 순정〉, 반야월 작사, 나화랑 작곡, 이미자 노래

〈열아홉 순정〉은 1959년에 발표되었다. 그때나 지금이나 열아홉은 '풋풋한' 나이이다. 좋아하는 사람을 보기만 해도 울렁거리고 생각만 해도 울렁거린다. 가슴속에 숨어 있는 순정은

장미꽃보다 더 붉다. 그런 가슴에 '그대'의 속삭임을 가만히 남몰래 담아 본다. 하여튼 그렇게 할 수 있는 나이 열아홉 살. 그래서 나는 늘 열아홉 살이라 우긴다.

열아홉 살은 열여덟 살의 다음이다. 청소년 문학의 독자는 열세 살에서 열여덟 살을 상정한다. 따라서 청소년 소설을 쓰는 나는 막 청소년을 지난 열아홉 살! 열아홉 살은 1318의 청소년만큼, 예나 지금이나 풋풋하다.

내 이름은 소녀 꿈도 많고
내 이름은 소녀 말도 많지요
거울 앞에 앉아서 물어보면은
어제보다 요만큼 예뻐졌다고
내 이름은 소녀 꽃송이같이
곱게 피면은 엄마 되겠지

내 이름은 소녀 꿈도 많고
내 이름은 소녀 샘도 많지요
거리거리 쌍쌍이 걸어가면은
내 그림자 깨워서 짝을 지우고
내 이름은 소녀 꽃송이같이

곱게 피면은 따라오겠지
-〈내 이름은 소녀〉, 하중희 작사, 김인배 작곡, 조애희 노래


성인 여성들은 자신이 가장 좋았던 때를 '소녀 시절'이라고 생각하는 경우가 많다. 소녀를 소년으로 바꾸면 성인 남성들 이야기가 된다. 그렇다면 굳이 남녀를 따질 필요가 없다. 그 시기를 살아가는 청소년들의 마음은 남녀불문하고 위 노랫말에 다 들어 있다.

시대가 아무리 바뀌어도 청소년을 억압하는 일은 없어야 한다. 억압은 무엇보다도 자유로운 사고를 불가능하게 한다. 명령하는 자와 명령을 따르는 자만 존재한다. 나아가 개인의 상상력뿐만 아니라 사회 전체적으로도 숨이 막혀 개인은 물론 사회도 죽게 한다.

젊은이의 특권은 기성세대에 쉽게 편입되지 않는 것이다. 물론 기성세대를 그대로 따라 하는 것이 더 편한 소녀, 소년도 있으리라. 그런 이들은 어찌 보면 스스로 살아가는 것이 아니라 사육되는 것이다. 기성세대의 입맛에 맞는 음식만 먹고, 눈높이에 맞는 재주를 보여 줌으로써 어른들을 안심시키는 것이리라. 그런 소녀, 소년일수록 사육장을 벗어나면 더 걷잡을 수 없는 혼란에 빠지게 된다. 자연스러움과 자신의 본성에 대한 항

체가 전혀 형성되어 있지 않기 때문이다.

청소년 시절을 제대로 살아간다는 것은 무엇보다도 스스로에게 맞는 면역 체계를 갖추는 일이다. 그렇다면 스스로를 건강하게 해 주는 면역이란 무엇일까? 현실을 애써 외면한 채 꿈만 꾸며 잠꼬대 같은 소리만 하는 것일까? 그렇지 않다. 꿈을 깨고 나와 현실을 정면으로 보듬어 안고서 기성세대의 사고와 사회의 분위기에 균열을 내는 것이다.

처음에는 기성세대로 이루어진 사회가 그 균열을 못 견뎌 할 것이다. 하지만 그 틈은 점점 커져 나중에는 대세가 될 것이다. 1318 청춘들은 대세가 된 그 틈을 지키고 받치며 버텨 나아갈 세대이다. 하지만 그들 역시 나중에는 기성세대가 되고 만다. "나 클 땐 말이야……." 이런 말을 하지 않으려면 올챙이 시절을 잊지 않는 개구리가 되어야 한다.

그런데 '소녀'라는 말은 있지만 '청소녀'라는 말은 없다. 이는 '청소년'이라는 말 속에 이미 남성과 여성 청춘이 다 들어 있어서이다. '年(년)' 자는 '생애 중 어떤 연령의 기간'을 나타낼 뿐, 남성을 대표하는 말이 아니다. 따라서 유년幼年은 있어도 유녀는 없고, 청소년青少年은 있어도 청소녀는 없으며, 청년青年은 있어도 청녀는 없으며, 중년中年은 있어도 중녀는 없으며, 장년壯年은 있어도 장녀는 없으며, 노년老年은 있어도 노녀는 없다.

'소년'을 '소녀'의 상대어로 곧잘 사용하지만, '소년'이라는 말
에는 이미 '소녀'의 의미가 포함되어 있다. 일반적으로 '소년'이
라는 말 가운데 한자 '年' 자를 '남성'의 의미를 지닌 것으로 보는
성싶다. 하지만 옛 한자 자전은 물론 현대 중국어 사전에도 '年'
자에 남성이라는 뜻은 올라가 있지 않다. '年' 자는 한 해, 두 해
할 때 쓰거나, 나이를 셀 때 쓰는 한자라고 대표적인 뜻을 올려
놓았다. 더 상세한 사전에서는 '생애 중 어떤 연령의 기간'을 의
미한다고 설명해 놓았을 뿐이다.

# 아동·청소년 문학의

## 쓸모

　오랜만에 '북 콘서트'를 했다. 연초에 잡혔던 강연, 강의, 북 콘서트 등이 코로나19 탓에 모두 연기되거나 취소되었는데, 봄이 지나도 코로나19가 아주 가라앉지는 않았다. 이에 북 콘서트 주최 측에서는 방역을 철저히 하고, 마스크를 쓰고 야외에서 띄엄띄엄 앉아서라도 일정을 소화하자고 해서 나도 마스크를 쓴 채 마이크를 잡았다.

　특별한 경험이었다. 북 콘서트 장소는 산 중턱에 자리한 향교였다. 해가 진 저녁이라 햇볕이 따갑지는 않았지만, 산속에서 하는 행사라 특별한 관객이 있었다. 바로 개구리였다. 개구리는 내가 말하는 동안에는 조용히 있다가 말이 끝나기가 무섭게 요란스레 울어 댔다. 내 말에 개구리도 공감해서 소리 지르는 것이라고 하자, 관객 모두 유쾌하게 웃었다.

주제 강연이 끝나고 질의응답 시간이 되었다. 한 관객이 다음과 같이 질문한 것이 지금까지 기억에 남는다.

"선생님 작품 가운데 고등학생의 동성애를 다룬 것이 있던데, 동성애를 어떻게 생각하시는지요?"

나는 평소 생각한 대로 대답했다.

"모든 사랑의 감정은 다 똑같다고 생각합니다. 남자와 여자의 사랑만이 아니라 남자와 남자, 여자와 여자의 사랑도 특별한 것이 아니라 사랑의 감정은 이성애와 마찬가지입니다."

덧붙여 차별에 대해 이야기했다. 소수라는 이유로 차별해서는 안 된다는 것을. 그러면서 문학 평론가 김현이 문학의 효용에 대해 한 말을 들려주었다. 김현은 일찌감치 이런 말을 했다.

"문학은 써먹을 데가 없어 무용하기 때문에 유용하다. 모든 유용한 것은 그 유용성 때문에 인간을 억압하지만, 문학은 무용하므로 인간을 억압하지 않는다. 그 대신 억압에 대해 생각하게 만든다."

맞는 말씀이다. 비록 억압 기제에 소극적이라는 비판을 받기는 하지만, 억압에 대해 생각만 하게 해 줘도 그것이 어딘가!

돈이나 권력 등 유용하다는 것은 그 유용성으로 인간을 주눅들게 하고 억누른다. 하지만 문학은 무용하기 때문에 인간을 주눅 들게 하지도, 억누르지도 않는다.

억압받는 쪽은 대개 약자이기 마련이다. 이성애자보다 소수자인 동성애자, 정규직보다 훨씬 열악한 대접을 받는 비정규직이나 아르바이트생, 어른들의 서슬에 늘 눈치를 보고 어른들의 감정에 휘둘리는 어린이와 청소년. 아, 또 있다. 인간의 노리개 역할을 하고, 인간에게 잡아먹히기도 하는 동물들. 나아가 인간이 마음대로 짓밟고 파헤치며 개발과 정복을 내세워 마구 도륙 내는 강과 산, 들!

문학을 한다는 것은 억압받는 약자들 편에서 그들의 내면과 외면을 그려 내는 일이다. 그렇다고 해서 큰돈을 벌거나 권력을 휘두를 수 있는 것은 아니다. 하지만 강자보다 약자의 목소리를 들려줌으로써 세상의 하찮은 존재들을 하찮게 여기지 않도록 하는 힘을 지닌 것이 문학 하는 행위이다. 그렇다면 문학이야말로 쓸모가 많은, 진정으로 유용한 도구이다.

이러한 까닭에 문학인들은 공감 능력의 폭이 일반인들보다 조금은 더 넓다. 죽지도 않은 강을 살린다며 4대 강의 자연스러운 물길을 막아 강을 진짜로 죽이고 주변 생태계를 교란시키던 이명박 정부에 글로 저항하고 현장을 지키던 문학인들. 4·16 세월호 참사를 동화, 소설, 시로 담아낼 뿐만 아니라 유가족과 슬픔을 나누기도 하고, 팽목항을 수시로 오가며 진실을 밝히기 위해 애쓴 작가들.

또한 작가들은 잠수함의 토끼처럼 사회의 산소 부족을 먼저 느끼거나, 탄광의 카나리아처럼 유독 가스를 먼저 맡는 역할을 했다. 희망 버스, 밀양 송전탑, 일본군 성 노예, 강정마을, 쌍용차, 삼성 재벌의 횡포에 맞선 강남역 집회……. 얼른 생각나는 것만 꼽아도 열 손가락이 부족할 정도이다.

약자에 대한 작가들의 공감 능력은 인간을 넘어 지구의 온갖 유정들과 무정들에까지 뻗어 나갔다. 2020년에 타계한 문학 평론가 김종철 선생이 그런 분이다. 그는 문학 평론으로 글쓰기를 시작했지만, 〈녹색평론〉이라는 잡지까지 내면서 생태 철학자 내지는 생태 사상가로 글쓰기의 폭을 넓혔다. 지구에는 인간만 사는 것이 아니다. 인간이 절대적 강자가 아니다. 그의 글을 읽다 보면 늘 자각하게 된다.

물론 작가만이 약자에 대한 공감 능력을 지닌 것은 아니다. 화가나 가수 등 다른 장르의 예술가들도 지니고 있다. 단지 내가 글을 쓰는 사람이기에 글을 더욱 강조할 뿐…….

아동·청소년 문학을 하는 이들은 특히 어린이와 청소년의 삶에 공감하며 그들의 편에 서서 세상을 바라보는 '어른'이다. 어린이와 청소년은 어른보다 약자이다. 어른들은 그들을 독립된 인격체로 잘 대하지 않는다. 그들이 무언가를 묻기라도 하면

"크면 다 알아."라고 묵살해 버리고, 그들이 학교 공부가 아닌 것에 조금이라도 관심을 보이면 "지금은 공부할 때야. 그런 것은 나중에 하면 돼."라고 퉁명스럽게 핀잔을 줘 버린다. 어린이와 청소년은 어른에 비해 육체적·정신적으로 약자이기에 더 대거리하지 못하고 입만 삐쭉거리다 만다.

청소년 소설을 주로 쓰는 나는 늘 "청소년은 청소년이다."라고 동일률 법칙으로 말한다. 그렇다. 청소년은 청소년일 뿐이다. 덜 자란 어른도, 조금 더 자란 어린이도 아니다. 하지만 어른들은 상황에 따라 청소년을 대한다. "다 큰 녀석이 애처럼 굴면 안 돼."는 청소년을 어른으로 취급하는 말이고, "네가 뭘 안다고 어른들 일에 끼어드니?"는 청소년의 의견조차 어른 기준으로 묵살하는 말이다. 어린아이의 의견도 어른이라는 이유만으로 무조건 억눌러서는 안 된다.

하여튼 아동·청소년 문학은 어른보다 약자인 어린이와 청소년을 다룬다. 따라서 아동·청소년 문학은 어린이와 청소년을 억압하는 것에 대해서 생각하게 해 준다. 그들을 억누르는 학교, 가정, 사회의 현실 모두…….

국어
교과서와

문학 교육

　흔히 '교과서 같은 사람'이라 하면 모범적인 사람을 의미한다. 한편으로는 앞뒤가 꽉 막혀 융통성이 없는 사람을 뜻하기도 한다. 달리 말하자면 교과서는 좋은 것을 이르는 말이기도 하고 답답한 것을 이르는 말이기도 하다.

　그렇다면 학교에서 사용하는 교과서는 좋은 책일까? 아니면 좋지 않은 책일까? 여기에서 말하는 교과서는 중·고등학교 국어 교과서와 고등학교 문학 교과서이다.

　단정적으로 말하자면, 교과서는 그리 좋은 책이 아니다. 나는 기회가 있을 때마다 "나쁜 책은 없다."라고 주장한다. 그런데 교과서가 그리 좋은 책이 아니라고 말했다. 물론 나쁜 책은 없다는 기준에서 보면 교과서가 나쁜 책은 아니다. 하지만 교과서가 썩 좋은 책은 아니라는 것. 이렇게 말하면 많은 사람이 고개를 갸우뚱할 것이다. "교과서가 왜 좋은 책이 아니지? 교과서만큼 바른 책이 어디 있다고?" 하면서 말이다.

내가 교과서가 그리 좋은 책이 아니라고 말하는 이유는 무엇보다도 교과서의 단원 본문 아래에 붙은 발문이나 내용 확인에 따른 활동에서 정답이 여러 개 나오면 안 되기 때문이다. 교과서의 발문이나 활동은 오로지 하나의 정답만 요구한다. 그런데 짧지 않은 삶을 산 사람의 경험에 비추어 볼 때 인생은 좋은 질문을 하는 것이지 하나의 정답을 찾는 것이 아니다. 하지만 교과서는 하나의 정답만 나오게 질문을 만들어야 한다.

어떤 질문의 정답이 1번일 때 정답을 고르는 데 이골이 난 대다수 아이는 당연한 듯 1번을 선택한다. 하지만 생각이 다른 어떤 아이가 2번을 선택했다고 하자. 교사는 이른바 정답이 아닌 2번을 선택한 아이에게 왜 그랬는지 물어야 한다. 그리고 그렇게 생각하는 이유를 들어 줘야 한다. 미리 결론을 내서 제시하거나 교사의 생각을 강요해서도 안 된다. 그러면서 자연스레 토론을 유도해야 한다.

하지만 현실적인 교실에서는 그러고 있을 수가 없다! 우선 진도를 나가야 한다. 한 단원에만 머물면서 이 아이 저 아이의 의견을 들어 가며 토론하고 있을 시간이 없다. 그래서 모든 아이가 주입식으로 올바르다고 여기는 정답을 '그냥' 받아들이고 외우게 한다.

공부를 잘한다는 것은 무엇일까? 우리 현실에서 공부를 잘한다는 것은 정답을 빨리 '찍는' 능력을 의미한다. 어떤 문제든 질문 지문을 끝까지 읽지 않아도 빠르게 답을 고르는 요령을 익힌 사람이, 극단적으로 말하자면 공부를 잘하는 학생이다.

하지만 삶은 하나의 정답을 찾는 과정이 아니다. 삶은 끊임없이 질문하는 것이다. 좋은 질문 속에는 이미 답도 같이 있다. 질문을 잘하는 사람은 어쩌면 답도 이미 알고 있다는 이야기이다. 하지만 우리 학교 교육은 질문을 잘하는 사람을 길러 내지 않는다. 오히려 정해진 시간 안에 답을 빠르게 고르는(찍는) 훈련을 시킨다.

많은 사람이 초등학교 6년, 중학교 3년, 고등학교 3년, 대학교 4년을 합해 무려 16년이나 학교 울타리 안에 있었지만, 그동안 질문을 잘하는 것보다는 답을 잘 고르는 훈련만 했기 때문에 사회가 답답하다.

획일적으로 하나의 정답만 요구하며 질문이 없는 사람을 양산하는 학교는 능동적인 인간을 기르는 곳이 아니라 수동적인 인간을 양성하는 곳이다. 그래서 우리 사회는 교육을 길게 받았음에도 창의적인 사람이 많이 나올 수 없다는 생각이 든다.

아이들뿐만 아니라 교사들도 학생 때 질문을 많이 해 보지 않았기 때문에 교사 직무 연수 과정에서 문학 교육 수업을 받은 뒤 "선생님들, 질문하십시오." 하면 모두 눈을 내리깔아 버린다. 혹시라도 강사와 눈이 마주쳐 질문을 '강요'당할까 봐 그러는 것이다.

인간이 태어난 뒤 가장 먼저 배우는 말은 '엄마'라고 한다. 이 것은 세계 공통이라고 한다. 그렇다면 그다음으로 익히는 말은 무엇일까? '아빠'가 아니다. '왜?'라고 한다. 이것도 세계 공통이라고 한다.

'왜?'란 무엇일까? 바로 질문이다.

부모가 다리미질하고 있을 때 어린아이가 엉금엉금 기어 와 뜨거운 다리미를 만지려 하거나, 부엌으로 가서 가스레인지의 불꽃을 잡으려 하면 부모는 기겁하며 아이를 다짜고짜 밀쳐 낸다. 위험하기 때문이다. 하지만 아이는 전혀 위험한 줄 모른다. 오히려 '왜?'라는 표정으로 쳐다본다. 자신은 호기심 가득한 상태에서 다리미도 만져 보고 불꽃도 잡아 보고 싶은데, 어른들은 왜 기겁하며 밀쳐 내는지 궁금하다. 이러한 '왜?'가 차츰 쌓이면서 아이는 저절로 그런 것을 만지면 손이 덴다는 사실을 알게 된다. 점점 사회화가 되어 가는 것이다.

인간은 생물학적 생존을 위해 '엄마'라는 말을 익히지만, 사회적 생존을 위해서는 '왜?'라는 질문을 자연스레 익힌다. 하지만 학교에 다니면서 점점 '왜?'를 사용하지 않게 된다. 다시 말해 질문하는 입을 닫아 버리는 것이다. 호기심이 일지 않거나 일더라도 지레 포기해 버린다.

교과서가 마뜩잖은 또 다른 이유는 문학 작품과 관련이 있다. 중·고등학교 국어 및 문학 교과서에 실린 소설은 장편은 물론 단편도 대부분 작품 전체가 실리지 않는다. 그러면 원작을 찾아 작품 전체를 읽어야 하는데, 학생들은 그럴 겨를이 없다. 이를 고려해 교사용 지침서, 참고서, 문제집에서는 작품을 친절하게 정리해 준다. 이 소설의 줄거리와 주제는 무엇이며, 구조는 어떻게 이루어졌는지를 자세히 알려 준다. 그뿐만 아니라 등장인물의 기질과 나이 등을 도표로 정리해 알아보기 쉽게 해 준다.

아이들은 이를 암기한다. 주제, 줄거리, 등장인물, 글쓴이 관련 사항, 주로 쓰인 수사법, 시공간적 배경 등도 정리해 작품보다 더 어렵게 '가공'해서 내놓는다. 공부를 잘한다는 것은 이러한 사항을 잘 외우는 것이다. 하지만 문제는 그렇게 소설을 접하고도 제대로 읽었다고 착각하게 되는 데 있다. 교과서에는 소설 일부만 소개되지만, 참고서 등에는 소설의 각종 '정보'가 잘 정리되어 있어 교과서와 이어지는 참고서 등만 보고도 그 소설을 다 읽은 것처럼 착각하게 된다. 이러한 착각은 평생 간다. 소설 전체를 읽지 않아도 되는 소설 교육. 이런 것이 공부를 잘하는 것일까?

소설을 제대로 읽는 일은 우선 작품 전체를 읽는 데서 출발한다. 그리고 줄거리나 주제를 정리할 때 잘 들어가지 않는 묘사나 느낌, 분위기 등도 중요하다. 하지만 이러한 요소를 무시하고 정보만 외우는 것은 소설에 정서적으로 접근하는 것이 아니라 지식으로만 접근하는 것이다. 이로 인해 대부분 학생이 소설을 지겹게 생각한다.

교과서에 수록된 시를 대하는 경우도 아쉽기는 마찬가지이다. 시는 소설보다 짧아서 대부분 작품 전체가 실린다. 하지만 대부분 학생이 고등학교를 졸업하면 시와 멀어진다. 단순히 멀어지는 정도가 아니라 가까이할 수 없는 물건 취급을 한다. 왜 그럴까? 시를 분석하고 뼈를 발라내는 생선 정도로 여기기 때문이다.

중·고등학교 국어 시간의 시 수업을 생각해 보자. 학생들이 시의 전체적인 분위기를 느끼기도 전에 교사는 난도질해야 한다. 시의 주제를 단호하게 설명해 학생들이 달리 생각할 여지를 주지 않는다. 또한 은유와 직유, 원관념과 보조 관념, 의성어와 의태어 등을 설명하면서 시를 마구 해부하거나 해체한다.

시를 자세히 해부하면 할수록 학생들은 시에서 더 멀어진다. 결국 시는 분석하고 따져야 하는 대상이 되고 마는 것이다. 그렇게 되면 웬만한 시는 모두 난해해지고 만다. 시가 본래 그려 내고자 했던 것보다 훨씬 더 의미가 부여되고, 시인조차도 고개를 갸우뚱할 정도로 어려워져 버린다.

사실 아이들은 진짜 난해한 시조차도 별것 아니게 만들어 버리는 경우가 많다. 진정한 의미의 해체를 해 버리는 것이다. 시를 가지고 놀고 느끼게 해야 시와 가까워진다. 하지만 현실의 교실에서는 시를 시로 두지 않는다. 시가 매우 어려운 기호 풀이의 '텍스트'가 되고 만다. 그래서 중·고등학교를 마치고 나면 시가 지긋지긋한 것이 되어 생활에서 멀어진다.

많은 교사가 문학 교육에 어려움을 느끼지만, 교과서에 실린 소설이나 시를 보고도 고개를 갸우뚱거린다. '도대체 이 작품이 교과서에 왜 실렸지?' 이런 생각이 많이 든다. 아이들도 교과서에 실린 소설이나 시는 재미없는 것으로 일단 치부해 버린다. 자신들의 현실과 너무 동떨어진 내용을 다루고 있어 이해가 잘 되지 않기 때문이다.

과거 국정 교과서 체제일 때는 전국의 모든 학교가 똑같은 교과서로 수업했다. 당연히 획일적일 수밖에 없었다. 이를 개선하기 위해 국어 교과서도 검인정 교과서로 바뀌었다. 검인정 교과서로 바뀌었다고 획일성에서 벗어났을까? 그렇지 않다. 어떤 출판사든 검정을 통과하는 교과서를 만들려면 집필 기준인 '성취 기준' 등에서 벗어날 수 없다. 10~20개 출판사가 중·고등학교 국어 교과서를 개발했지만, 국정 교과서의 틀에서 완전히 벗어났다고 할 수는 없다. 그렇기 때문에 출판사가 달라도 대부분 어슷비슷한 작품이 실릴 수밖에 없다. 이는 교육부로 대표되는 정부 기관이 교과서를 관리하는 한 벗어날 수 없다. 이어 대학 입시가 '공부'의 최종 목표라는 사회 인식이 바뀌지 않으면 난망한 일이다.

소설과 시는 인간 삶의 겉모습과 내면, 그리고 인간관계를 반영한다. 중·고등학교에서는 장차 어른이 되어 삶의 온갖 것을 다 겪을 아이들에게 문학 작품을 통해 미리 대리 체험 또는 간접 체험을 하게 한다. 하지만 지금처럼 오로지 대학 입시용 지식만이 교실에서 학습된다면, 문학의 중요한 알맹이를 놓치는 '헛공부'를 오랫동안 하게 되는 셈이다.

학교 현장의 어려움은 이만저만이 아니다. 무엇보다 사회 인식이 바뀌어야 하지만, 이는 매우 어려운 문제이다. 그렇다고 교사들이 그동안 해 오던 대로 타성에 젖어 흥미 없는 문학 수업을 계속해도 되는 것은 아닐 터. 교사들은 여건과 환경이 따라 주지 않더라도 자신만의 문학 교육 방식을 마련해야 할 것이다.

몇 해 전, 한 출판사의 중학교 국어 교과서와 고등학교 국어 및 문학 교과서 집필에 참여한 적이 있다. 그때 교과서가 그리 좋은 책이 아니라는 느낌이 들었다. 특히 문학으로 좁혀 이야기하자면 여러 가지로 아쉬움이 많았다. 무엇보다 획기적인 교과서를 만들 수 없다는 현실적 절망감이 컸다.

아이들이 흥미를 잃지 않고, 문학 작품을 통해 더욱 성장하는 계기를 마련할 수 있도록 작품을 골라 수록하려 했지만 그러지 못했다. 가장 큰 이유는 바로 단원마다 지켜야 하는 '성취 기준' 때문이었다. 이를 안 지키면 검정을 통과할 수 없었다. 그리고 다양한 답변이 나올 수 있는 질문이나 발문을 짰지만, 그러면 한 교시 내내 토론만 하느라 진도를 나갈 수 없다는 현장 교사들의 볼멘소리를 들어야 했다.

소설과 시 중에서 문학사적으로 반드시 익혀야 하는 작품은 어쩔 수 없다 하더라도(어떤 작품이 문학사적으로 중요한지, 이것도 굉장히 주관적이겠지만……) 다른 문학 작품은 아이들의 삶과 직결되면서 가치관이나 세계관 형성에 도움이 되는 작품을 수록하면 좋겠다.

# 산문
## 정신과

### 시정신

수필은 소설과 시의 경계에 있는 문학 갈래이다. 이는 수필이 산문인 소설과 운문인 시의 특징을 함께 가지고 있다는 뜻이다. 물론 잘 쓰인 수필에 해당하는 이야기이다. 소설과 시의 단점만 드러내면 죽도 밥도 아닌 잡글이 되기 쉽다. 이것은 경계에 있는 모든 것의 운명이기도 하다. 그래서 함민복 시인은 "모든 경계에는 꽃이 핀다"라고 노래했으리라. 즉, 수필을 쓰는 사람은 수필의 특징을 잘 이해하고 경계에 꽃을 피워야 한다.

그런데 많은 사람이 '수필'이라는 명칭에 휘둘려 붓 가는 대로, 요즘 말로 하면 컴퓨터 자판을 두드리는 대로 쓰는 것이 수필이라고 생각한다. 더구나 "수필은 가장 개성적인 문학이다."라는 말에 속아 넋두리 수준의 수다를 펼쳐 놓고 수필이라고 하는 경우도 있다.

　분명히 말하자면, 수필은 붓 가는 대로 쓰는 글도 아니고, 손가락이 움직이는 대로 글자를 입력하기만 하면 되는 글도 아니고, 넋두리는 더더욱 아니다. 수필은 산문정신과 시정신을 함께 아우르는 문학 갈래이다. 그래야 경계에 꽃을 피울 수 있다.

　글을 쓰는 사람이라면 '산문정신'과 '시정신'이라는 말을 자주 들어 보았을 것이다. 그렇다면 산문정신과 시정신은 무엇일까?

　익히 알다시피 산문은 어떤 목적을 이루기 위해 언어를 도구로 사용한다. 산문의 주요 기능은 의미의 확산, 즉 설명에 있다. 설명을 하려면 운율 같은 것에 구애받지 않고 오로지 독자의 지적인 이해에 호소해야 한다. 즉, 사실, 상황, 지식, 정보 등을 효과적으로 전달하기 위해 언어를 사용한다. 이때 독자는 글쓴이가 사용한 언어의 사전적 의미나 문맥적 의미를 살펴 설득되거나 반박한다. 설명을 통해 독자를 설득하려면 산문은 필연적으로 객관성을 띠어야 한다. 객관적으로 설명하다 보면 비판하게 되기도 한다. 객관적으로 혹독한 비판이 이루어질 때 독자는 그 속에서 산문정신을 본다. 이는 산문가들이 세계를 객관화시키기 때문에 가능한 일이다.

　산문은 기본적으로 설명하기, 들려주기, 보여 주기 같은 묘사를 한다.

설명하기는 과학적 글쓰기 같은 것을 할 때 독자가 내용을 쉽게 이해하도록 서술하는 방식이다. 여기에서 '과학적'이라는 것은 무엇을 뜻할까? 같은 조건이면 누구나 똑같은 결과가 나오는 실험 같은 것을 이른다.

들려주기는 말 그대로 자신이 들은 것을 다른 이에게 전달하는 것이다. 그런데 이 과정에서 들려주는 사람의 주관이나 느낌, 판단 등이 개입한다. 따라서 완전히 객관적인 들려주기는 거의 불가능하다.

보여 주기는 오로지 보여만 줄 뿐 보여 주는 사람의 주관적인 느낌이나 판단 등을 배제하는 것을 말한다. 물론 모든 글에는 작가의 주관이 어느 정도 들어가기 마련이지만, 될 수 있으면 주관을 최소화한 보여 주기 묘사를 해야 글의 설득력이 높아진다.

들려주기는 소설, 보여 주기는 희곡이나 시나리오에서 많이 쓴다. 하지만 가능하다면 소설이든 희곡이든 보여 주기를 할 때 더 좋은 묘사가 된다. 판단은 독자가 해야지, 글 쓴 사람이 강요하면 안 되기에…….

그렇다면 수필은 어떨까? 내 생각에는 수필도 보여 주기 묘사를 할 때 작가가 말하고자 하는 바가 더 잘 살아난다. 다시 말해, 사건을 있는 그대로 묘사하는 형상화가 잘 이루어져야 한다. 작가가 장황하게 진술해서는 안 된다. 작가는 진술을 통해 더 빨리 사건의 실체를 알리고 싶어 하는 조급성을 가지고 있다. 하지만 이 조급성을 누르고 의뭉하리만치 시치미를 떼면서 묘사해야 형상화가 이루어진다. 판단은 독자에게 맡기고, 작가는 언어로 그려 주기만 하면 된다.

시는 언어가 도구인 산문과 달리, 언어 자체가 의미를 지닌다. 시의 언어는 어찌 보면 매우 비실용적이다. 그것은 현실적인 의사소통의 도구가 아니다. 언어 자체가 존재의 의미를 지닐 뿐이다. 시의 주요 기능은 함축이다. 그렇다면 시는 무엇을 함축할까? 시인은 자신의 내면과 정서 등을 순간적으로 떠오르는 언어를 사용해 토해 낸다. 그래서 시는 주관적일 수밖에 없으며, 압축과 생략이 생명이다. 이러한 과정에서 리듬감이 발생해 운율이 형성된다.

그렇다면 시정신이란 무엇일까? 시인은 세계를 자아로 끌어들여서 공감 능력이 뛰어나다. 세상의 일이 곧 자신의 일이 되므로 시인은 아프다. 이는 시인이 여러 직업 가운데 평균 수명이 짧은 이유이기도 하다. 다른 이유가 있기도 하겠지만, 통계적으로 시인은 소설가보다 일찍 죽는다. 이는 세상의 일을 자신의 일로 느끼며 아파하는 것과 무관하지 않다. 반면 공감 능력 없이 뻔뻔한 정치인은 오래 산다. 공감 능력은 곧 세계의 자아화이다. 시정신은 세상의 일을 자신의 일로 느끼는 공감 능력을 말하기도 한다.

우즈베키스탄 옛날 말로 시인은 '가슴으로 말하는 자'이다. 이는 곧 머리가 아닌 가슴으로 느낀다는 뜻이다. 그렇다면 느낌이란 무엇일까? 다른 사람의 사정이나 상황을 설명 없이도 곧바로 받아들이는 것이다. 그래서 옛 중국에서는 시인을 조용하지 않은 자, 특히 세상을 걱정하느라 조용하지 않은 자를 가리켰다.

시의 묘사는 기본적으로 '낯설게 하기'이다. 낯설게 하려면 주관과 객관을 바꾸거나 대상을 뒤집어 보는 것이 필요하다. 즉, 처지를 바꾸어 보는 역지사지이다. 이때 공감 능력이 생긴다.

산문정신과 시정신은 소설로 대표되는 산문과 운문의 대표격인 시의 바탕을 이르는 말이다. 소설 같은 서사 문학은 기본적으로 자아와 그 자아가 속한 세계의 대립을 다룬다. 그래서 설명이 끝나면 모순과 불합리를 그린다. 이 과정에서 적당히 타협하면 산문정신이 죽고 만다.

시는 어떨까? 시는 기본적으로 세계 자체를 자신 안으로 끌어온다. 세계의 자아화를 잘하는 사람이 시인이다. 꽃에 대한 시를 쓴다고 할 때 꽃을 바라보기만 하는 것이 아니라 자신이 곧 꽃이 되어 보기도 하는 것이다. 그렇게 역지사지하는 태도가 굳어진 사람이 시인이다. 그렇기에 시정신이 몸에 밴 시인은 아플 수밖에! 이는 "중생이 아프니 나도 아프다."라는 유마 거사의 말과도 통한다.

# 지금 이 땅에서
## 불교 문학이

### 나아갈 길

## 1

이 세상에 역사라고 부를 만한 인간의 삶이 형성된 이래, 인간의 이성으로 만들어 낸 것 중 가장 형이상학적인 개념은 아마도 종교일 것이다. 인간은 시대와 지역에 따라 모습과 방법은 달라도 유한한 삶을 연장하고 싶은 공통된 염원으로 세계 각 지역에서 고유한 종교를 탄생시켰다.

불교도 예외는 아니어서 고통스러운 삶과 유한한 생명의 굴레를 극복하기 위한 부처의 깨달음이 있은 이래, 그 종교적 보편성으로 인해 중국을 거쳐 우리나라에까지 들어왔고, 마침내 민족 종교로서 확고한 위치를 차지하게 되었다.

하지만 인간이 만들어 낸 것은 모두 그 사회 특유의 시대적·지역적 제약을 받는다. 우리나라에서 불교 또한 다른 나라와는 사뭇 다르게 변천하고 발전해 왔다. 특히 이 땅의 민중 속에 자연스럽게 파고들기 위해 토속 신앙인 무속과 결합하는가 하면, 조선 시대 이후 사회적·정치적 이유로 산간 불교로 물러앉기도 하는 등 우리 불교는 현실 상황에 따라 굴절되면서도 끊임없이 밑자리를 넓혀 왔다.

아무튼 불교는 인간 생명의 한계를 극복하려 함과 동시에 고통스럽거나 불합리한 삶을 변혁하고 삶의 질을 개선하려 한다. 이러한 점에서 불교는 현실의 다양한 삶의 모습을 갖가지 틀에 담아 여러 가지 모양으로 보여 주는 문학과 자연스레 만나게 된다.


2


불교가 종교적 교의와 방식으로 인간의 삶을 변혁하거나 인간 자체를 구원하려 한다면, 문학은 언어라는 독특한 매개체를 통해 문학적 방식과 예술적 틀로 인간의 삶을 개선하거나 구원하려 한다. 특히 불교는 신을 전제하지 않고 철저하게 인간 자체만을 처음부터 끝까지 상정하고 있다. 이러한 불교의 관심은 인간의 실존과 본래의 궁극적 모습을 규명하는 데 있다.

따라서 불교는 이 세상의 어느 종교보다도 인간적이라고 할 수 있다. 그런 점에서 다른 종교보다도 문학과 결합할 수 있는 소지가 많다. 왜냐하면 문학은 다양한 인간의 삶을 조망하는 과정에서 삶의 구체적 진실, 즉 인간적 진실에 도달하려는 속성을 일차로 지니고 있기 때문이다. 기독교에서는 『성서』 자체가 문학이라고 주장하는 『성서』 문학론까지 있는 줄 알지만, 『성서』는 어디까지나 유일신을 찬양하고 숭배하기 위한 기록이지 문학 그 자체는 아니다.

그렇게 따지면 불교의 수많은 경전이나 설화도 문학이라고 할 수 있다. 하지만 경전만으로 종교 문학을 정의할 수는 없다. 종교 문학이 되려면 해당 종교의 사상이나 철학이 언어라는 매개체를 통해, 또 반드시 미적 여과 장치를 통과해 문학적 틀로 재생되어야 한다. 그런 점에서 보면 불교 문학은 부처의 사상과 가르침이 작품 속에 녹아든 것이라고 할 수 있다.

물론 이전에도 어떤 의미의 불교 문학은 존재했고, 그 양도 엄청나다고 할 수 있다. 하지만 불교 경전이나 설화에서 소재를 따왔다고 해서 곧바로 불교 문학이라 할 수는 없다. 불교 문학이 되기 위해서는 단순한 소재 차용이 아니라 불교의 진의,

즉 부처의 교의가 문학적 틀과 방식으로 형상화되어 있어야 한다. 직설적으로 교리를 펼치는 것이 아니라 은유, 상징 등 문학적 장치를 빌려 감동을 주는 예술로 구성되어야 한다. 소재는 무엇이 되었든.

### 3

문학은 발생 초기부터 종교와 밀접한 관련을 맺으며 시작되었다. 신에게 제사를 지내거나 신을 찬양하고 숭배하는 도구로 문학이 활용된 것이다. 서사 문학이나 연극 등의 발생 계기를 살펴보면 대부분 종교적 이유를 바탕에 두고 있다. 하지만 궁극적으로는 구원을 바라는 마음에서 신을 예찬했다.

그러던 것이 점차 현실 속 인간의 삶을 묘사하게 되었고, 인간은 그 과정에서 자신을 발견하고 공동체적 삶의 지혜를 터득할 수 있었다. 그리하여 문학은 독특한 자기 자리를 굳히면서 종교와의 예속 관계에서 벗어났고, 마침내 종교와 문학은 서로 기능을 달리하게 되었다.

문학은 종교를 통해 양과 질을 점차 확대하거나 심화해 왔고, 종교는 문학을 통해 교의를 인간의 현실적 삶 속에 융해해 왔다.

그런데 인간의 삶은 고정된 그대로 머물러 있는 것이 아니라 역사가 이어지는 한 계속 변화한다. 이러한 변화 속에서 현실적 삶은 고통스러울 수도 있고 때로는 즐거울 수도 있다. 여하튼 문학은 변화하는 현실적 삶의 모습을 그려 내고자 한다.

왜 그려 내려고 할까? 답은 의외로 간단하다. 거기 그 자리에 바로 인간의 삶이 있기 때문이다. 인간의 삶이 지속되는 한, 문학은 계속 자기 기능을 발휘할 것이다. 마찬가지로 종교도 이제는 현실적 삶을 떠나서는 존재할 수 없다. 종교의 목적이 인간을 구원하는 것이라면, 종교는 끊임없이 땅에 발 딛고 사는 민중 속으로 파고들지 않을 수 없다. 인간은 머리에 하늘만 이고 사는 것이 아니라 일차적으로 땅에 발을 딛고 사는 존재이므로. 따라서 종교의 관심은 이제 하늘이 아니고 땅이다. 아니, 신이나 절대자가 아니고 인간이다.


# 4


불교는 다른 종교처럼 어떤 절대 신을 모신 것이 아니고, 처음부터 철저하게 인간으로부터 출발했다. 어느 날 갑자기 절대자의 계시를 받은 대리인이 하늘에서 내려온 것이 아니고, 인간

개개인 모두에게 부처가 있음을 믿는다. 따라서 불교는 죽은 뒤 내생來生에서 구원을 받는 것보다 현실 속에서 자신과 이웃의 삶을 구제하는 데 관심을 둔다.

불교에서는 인간이 현재 자신의 삶과 세상의 다양한 삶의 형태에 끊임없이 관심을 가져야 한다고 강조한다. 죽은 후보다는 현재의 삶이 훨씬 소중하기 때문이다. 이런 점에서 불교는 현실적이고 민중적이다. 오늘을 떠난 역사는 아무 의미가 없다. 어제는 오늘로 이어지고, 오늘은 내일로 이어지기 때문이다. 오늘은 항상 역사의 가장 확실한 축이다.

이렇듯 불교의 현실적이고 민중적인 특징을 우선시하면, 불교 문학이 갈 길도 자명해진다. 산중 불교나 단순한 기복 불교가 아니라면 불교 문학도 알 듯 말 듯한 말장난이나 복을 비는 염불 문학이 되어서는 안 된다. 철저하게 현실 문학이 되어야 한다. 고통받는 삶 속에서 다양한 형태로 존재하는 부처의 모습을 그려 내야 한다. 자신을 비롯해 이웃의 모든 중생, 즉 민중의 뒤틀리고 찌그러지고 비비 꼬인 삶 속에 자리한 진정한 부처의 모습을 담아내야 한다.

이 시대의 부처는 대웅전, 칠성당, 명부전에 머무르지 않는다. 방대한 경전 속에 있는 것도 아니다. 오늘날의 부처는 민중이다. 고통받는 중생 모두가 부처이다. 그들의 얼굴과 가슴속에 진리가 한 줄씩 두 줄씩 들어 있다. 불교 문학을 하고자 하는 작가는 죽은 경전 몇 구절, 말라비틀어진 염불 몇 가닥으로 귀중한 지면을 채워서는 안 된다. 생생하게 살아 있는 수많은 현실의 부처를 형상화하고 구체화해 문학이라는 그릇에 담아내야 한다.


## 5


오늘날 불교 문학계가 해결해야 할 첫 번째 문제는 소재 나열주의를 극복하는 것이다. 일반적으로 문학 작업은 소재를 잘 엮어 작가의 의도가 드러나도록 구성하는 데서 출발한다. 하지만 지금까지 나온 불교 문학 작품들을 보면, 거의 일반인이 해 보지 못한 특이한 체험을 문학적 여과의 틀을 제대로 거치지 않은 채 무턱대고 써 놓은 것이 많다. 소재만 특이하면 읽힌다는 잘못된 인식을 극복하지 않고서는 불교 문학의 발전을 기대할 수 없다. 문학의 기능 중 하나인 대리 경험을 통한 자기 동일시를 부추겨 주인공의 특이한 체험을 무조건 독자의 것으로 하기에는 무리가 따른다.

특히 문학이 소재주의로 빠지면 흥미 위주의 이야기만 찾게 되고, 흥밋거리의 강도도 점점 높아져 나중에는 특정 집단의 흥미로운 한 면만을 침소봉대針小棒大해 마침내 저급한 선정주의로 흐르게 된다. 물론 특이한 소재에도 작가의 의도를 잘 담아낼 수 있고, 누구든 읽고 난 뒤에 예술적 감동이나 미적 쾌감을 얻게 된다면 그 이상 바랄 것이 없다. 하지만 지금까지의 불교 문학 작품들을 보면 일부를 제외하고는 작가의 주제 의식이나 문학적 감동 없이 그저 안일하게 소재를 나열하는 데 그친 경우가 허다하다.

불교 문학계가 해결해야 할 두 번째 문제는 작가 의식의 결핍이다. 현대인은 풍족한 산업 사회에서 살아가지만, 풍요로울수록 깊은 허무에 빠지게 된다. 허무가 지나치다 보면 결국 향락과 자포자기에 이르러 정신적 파탄을 맞게 되는 경우가 많다. 그런데 일부 작가는 이러한 허무를 조장하는 작품을 서슴없이 내놓고 있다. 불교라는 이름을 내세워 신비로움을 다루는 듯 위장해 독자의 사고를 마비시키는 것이다. 이들은 산업 사회의 그늘에서 신음하는, 물질적 풍요와는 거리가 먼 고통받는 중생을 보지 못한다. 그저 시간이 많고 여유로운 특정 계층의 정신적 유희를 위해 붓을 놀리고 있다. 하지만 대부분 중생은 고통스러운 현실 속에서 하루하루를 고행하듯 참아 내지 않으면 안 된다.

부처는 누구일까? 당연히 고통받는 중생도 부처이며, 그들의 현실도 깨달음의 현장이다. 따라서 작가는 철저한 작가 의식을 지녀야 한다. 대다수 민중이 그들의 삶과 관련해 부딪히는 치열한 현장에 작가 의식이 항상 맴돌고 있어야 한다. 불교 문학은 불교라는 커다란 사상의 바다에 항상 젖줄을 대고 있으면서 고통받는 민중의 거리에 양질의 젖을 공급해 줄 수 있어야 한다. 배고픈 민중의 배를 채워 주고 갈증을 해소해 줄 젖을 문학이라는 그릇에 담아 나누어 줄 수 있어야 한다. 이를 위해 작가는 항상 깨어 있어야 한다. 최소한 문학이라는 그릇에 오물이 담기지 않도록, 항상 깨끗하고 영양 많은 젖이 담길 수 있도록 철저하게 깨어 있어야 한다.

## 6

종교 문학에 대해 수많은 논의와 정의가 있어 왔지만, 아직도 문학의 한 분파로서 종교 문학에 대한 일치된 의견은 없다. 어찌 되었든 최소한 종교 문학의 존재 자체를 인정한다면, 수많은 종교 문학 중에서 종파별로 나뉘는 한 갈래인 불교 문학은 어떻게 정의할 수 있을까? 지금까지는 소재를 불교적인 것에서 따오면 불교 문학이라 했고, 나아가 불교 경전이나 구절이 언급되면 불교 문학으로 쉽게 분류했다. 심지어 불교의 경전, 선시, 불교 설화 등을 전부 불교 문학의 범주에 넣기까지 했다. 하지만 이제는 불교 문학에 대한 새로운 정의가 필요하다.

첫째로, 이 시대의 불교 문학이 되기 위해서는 무엇보다도 작품의 내용과 주제가 현실에 바탕을 둔 불교적 사상이나 세계관을 적극적으로 수용해야 한다. 산간으로의 도피, 패배 의식, 절망적 허무주의, 말초적 선정주의가 아니라 현실 속 민중 불교로서 생산적 힘을 가진 불교적 세계를 녹여 내야 한다. 현실에서 한 발짝 물러앉은, 신비주의적이고 은둔주의적이 아닌 적극적인 실천 불교로서 민중 구원의 세계관을 담아야 한다. 승려가 등장하고, 사찰의 분위기가 묘사되고, 경전 몇 구절이 나온다고 해서 불교 문학이 되는 것은 아니다. 이 시대 민중의 삶을 진솔하게 담아내고, 인간 구원의 참모습을 그려 내야 진실한 불교 문학이라 할 수 있다.

둘째로, 불교 문학은 '문학'이어야 한다. 고답적인 논리성을 앞세운 나머지 예술로서의 '문학'을 무시해서는 안 된다. 따라서 불교 문학이 '문학'이기 위해서는 미적 쾌감과 예술적 흥취를 흠뻑 맛볼 수 있게 해야 한다. 경전과 문학은 엄연히 구별된다. 경전은 직접적인 교설로 본래의 뜻을 쏟아 내지만 문학은 그렇지 않다.

문학은 언어 예술이므로 치밀한 언어의 조탁을 통해 독자에게 감동을 줄 수 있어야 한다. 문학적 상징, 비유 등을 통해 독자가 감동에 젖는 기쁨을 맛볼 수 있게 해야 한다.

셋째로, 앞으로의 불교 문학은 고통받는 절대다수의 '중생'을 위해 대승적이고 실천적인 역할을 해야 한다. 한국 불교의 중요한 특징 중 하나는 선불교가 흥했다는 것이다. 선불교의 원래 의의는 대승적 차원의 실천 수행에 있다. 이는 면벽하며 죽은 화두만 깔고 앉아 있는 것이 아니라 중생과 더불어 울고 웃으며 살아 움직이는 수행을 의미한다. 그것이 있어 이나마 한국 불교가 지탱해 왔다. 따라서 불교 문학가는 개인적 차원의 소수 유희자를 위해 복무해서는 안 된다. 고통받는 절대다수의 중생을 위한 것이 무엇인가를 늘 깨어 있는 의식으로 챙겨 들고, 수행자 같은 치열한 장인 의식으로 문학이라는 예술의 그릇을 닦아야 한다.


## 7


흔히 이 땅에 불교가 들어온 지 오래되어서 문학적으로도 엄청난 자산이 쌓여 있으리라 생각한다. 하지만 '역사는 늘 오늘에 다시 쓰인다'는 관점에서 보면, 오늘의 기준에 맞는 불교 문학은 그리 많지 않다. 더구나 그 시기를 우리가 지금 살고 있는 시대를 기준으로 해서 현대라고 규정할 수 있는 선까지 밀고 올라가 보면, 현대적 의미에서 불교 문학의 존재는 정말 미미한 것이 되고 만다. 게다가 서구 기독교가 식민지 개척과 함께 들어온 이후, 기독교 문화가 알게 모르게 침투하면서 문학에서도 불교 문학은 밀리고 말았다.

# 쓴다 , , , 또 쓴다

| 박상률 수필집

**글을 씀으로써 삶과 세상을 읽는**
**박상률의 솔직하고 담백한 고백!**
**언어를 사랑한다는 건 언어로써 세계를 되찾는 것이다!**

한국 문학을 선두에서 이끄는 작가로 손꼽히는 박상률의 삶 속에서 얻은 문학의 자양분과 생각을 엿볼 수 있는 수필집이다. 때로는 무심하지만 다정하게, 때로는 우아하지만 날카롭게 펼쳐지는 문장 문장마다 일가(一家)를 이룬 박상률의 자부심과 단호한 면모를 엿볼 수 있다. 첫 장부터 마지막 장까지 글쓰기와 독서에 대한 박상률의 애정과 고민이 행간을 가득 메우고 있다.

★ 2020 문학나눔 선정도서

## 세상에 단 한 권뿐인 시집

| 박상률 소설

**세상 끝에 내몰린 아이들의 반(反)성장의 서사
성찰을 통한 영혼의 성장 같은 이야기!**

난생 처음 막다른 길에 서 보았고, 위태위태한 삶 속
에서 자신을 인정하고 지지할 수 있는 단 한 사람의
'어른'이 필요했을지도 모를 그때의 나에게 들려주고
싶은 이야기! 바로 우리들이 살아온 얘기이자 내 곁
에 있는 사람들의 이야기다.

★ 고등학교 국어·문학 교과서 수록 작품 ★

## 빡빡머리 앤

| 고정욱·김선영·박상률·박현숙·손현주·이상권 지음

교과서 수록 작가, 청소년문학 대표 작가 소설집

**고군분투하는 앤들을 응원하며!
더 나은 내일을 꿈꾸며 '나'를 찾아가는 앤들의 분투기!**

청소년문학을 대표하는 여섯 작가가 최근 사회·문화
적으로 '뜨거운 감자'로 떠오른 페미니즘을 다채롭게
풀어냈다. 독자들에게 그간 미처 알지 못했던 우리
사회 속의 성 불평등에 대해 인식하고 성찰해볼 기회
를 선사한다.

# 존재하는 것만으로도
# 힘이 되는 이들에게

ⓒ 박상률, 2025

초판 1쇄 인쇄일 | 2025년 5월 20일
초판 1쇄 발행일 | 2025년 6월  2일

지은이 | 박상률
펴낸이 | 사태희
편    집 | 박선규 · 책임편집 | 안주영
디자인 | 김경미
마케팅 | 장민영
제    작 | 이승욱 이대성

펴낸곳 | (주)특별한서재
출판등록 | 제2018-000085호
주 소 | 08505 서울특별시 금천구 가산디지털2로 101 한라원앤원타워 B동 1503호
전 화 | 02-3273-7878
팩 스 | 0505-832-0042
e-mail | info@specialbooks.co.kr
ISBN | 979-11-6703-167-9 (03810)